au $\frac{1}{4}$ f.

6 feuillets, p. 343 en table

X

Vosges

X, 1299.

9835

9851

LE GÉNIE DE LA LANGUE FRANCOISE.

Par le Sieur D** *D'aisy*

SPIRAT. Ioan. 6. SPIRITVS VBI VVLT

A PARIS.

Chez LAURENT D'HOURY, ruë S. Jacques, prés les Mathurins, au S. Esprit.

M. DC. LXXXV.

AVEC PRIVILEGE DV ROY.

GENIE

RANÇOISE

(ar le Sieur D.)

A PARIS

AUGUSTIN D ROSNAY
S. Elpin

M. DC. LXXV.

AVEC PRIVILEGE DV ROY

A MONSEIGNEUR
MESSIRE
JACQUES HONORE'
BARANTIN,
CHEVALIER, VICOMTE
de la Mothe, Baron de Mauriat,
Seigneur Châtelain de Monnoye,
Madere, des Belles-ruries, d'Har-
divilliers, Champmorin, Boſſay, &
autres lieux, Conſeiller du Roy
en tous ſes Conſeils, Maiſtre des
Requeſtes ordinaire de ſon Hoſ-
tel , & Premier Preſident au
Grand Conſeil.

MONSEIGNEVR.

Les glorieux Emplois & les émi-
nentes Qualitez qui rendent voſtre

ã

Nom illuſtre dans le Royaume, ſont des matieres trop relevées pour une plume auſſi foible que la mienne. En effet, il faut poſſeder le Genie de noſtre Langue, pour exprimer dignement cette Fermeté & cette Prudence qui ſauverent un Gouverneur de Paris, du peril d'une incendie & de la fureur d'une populace mutinée ; cette Integrité & cette Douceur qui vous ont acquis, dans les temps les plus durs & les plus difficiles, l'affection de deux Provinces ; cette Iuſtice que vous rendez dans le Grand Conſeil, avec l'applaudiſſement de tout le monde ; cette Experience conſommée dans les affaires ; cette grande Facilité à vous énoncer, & cette Penetration qui ont merité d'eſtre loüées par le plus grand

& le plus sage de tous les Rois.
Vn bel Esprit dont j'emprunterois
la plume, me fourniroit des rai-
sons pour montrer que j'ay dû
offrir ces Oracles de la Langue
Françoise, à l'un des plus sça-
vans & des plus éloquens Hommes du siecle. Mais, MON-
SEIGNEVR, je vous prie de
m'excuser, si desirant vous marquer mes respects par moy-même,
sans me servir d'une éloquence
étrangere, je vous parle avec
moins d'art & de politesse; & si
dans ce témoignage public de ma
reconnoissance, je considere seulement la bonté que vous avez
pour moy. J'avoüe, MON-
SEIGNEVR, qu'en vous ren-
dant ce devoir, je songe à m'acquerir de l'estime; car il me sera

glorieux de faire connoistre que j'ay un Protecteur de vostre merite, & que je suis, avec un profond respect,

MONSEIGNEVR,

Vostre trés-humble & trés-obéissant Serviteur,

D'HOURY.

AVERTISSEMENT.

MOnfieur de Vaugelas, dit le R.
Pere Bouhours, *a esté l'Ora-*
cle de laFrance durant sa vie, il l'est
encore aprés sa mort, & il le fera
tandis que les François seront jaloux
de la pureté & de la gloire de leur
Langue. Si Monfieur de Vaugelas
vivoit, il donneroit fans doute les
mêmes loüanges au R. Pere Bouhours, qui a un Genie merveilleux
pour nôtre Langue , & dont on
connoît assez le Bel Esprit. Monfieur Menage qui ne fuit pas toûjours les fentimens de Monfieur de
Vaugelas , l'appelle neanmoins en
quelques endroits, *le Maître Iuré de*
la Langue : & Monfieur de Vaugelas luy donne reciproquement cet
éloge, *Ie fuis bien aife de fortifier*
cette Remarque du fentiment d'une

ã iij

Avertiſſement.

perſonne qu'on peut nommer un des
Oracles de nôtre Langue , auſſi bien
que de la Greque & de la Latine ; &
chés qui les Muſes & les Graces, qui
ne s'accordent pas toûjours, ſont par-
faitement unies. En effet il eſt certain que pour ſe rendre parfait dans
la connoiſſance de nôtre Langue,
le moyen le plus ſûr & le meilleur,
eſt d'étudier ces trois Auteurs , &
d'entendre bien leurs deciſions. Les
Remarques de Monſieur de Vaugelas ne ſe peuvent aſſés loüer. Ses
reflexions ſont judicieuſes & ſubti-
les , & ſes raiſonnemens juſtes. Il
eſt vray que depuis la mort de ce
grand Homme, quelques locutions,
qu'il approuve, ont vieilly ; & que
quelques autres, qu'il condamne, ſe
ſont introduites : mais elles ſont en
petit nombre , comme on le voit
dans les nouvelles Remarques du
R. Pere Bouhours , qui nous four-
niſſent preſque tout ce qui pouvoit
manquer aux Remarques de Monſieur de Vaugelas, & ſervent parti-

Avertissement.

culierement pour regler le stile des
personnes qui se mêlent d'écrire.
Les Observations de Monsieur Menage sont pleines d'érudition , &
descendent dans le détail de tout
ce qui peut faire naître quelque
doute dans les mots, ou dans les
expressions. Mais ce qui fait de la
peine à ceux qui étudient la pureté & la netteté de nôtre Langue,
c'est que ces Auteurs n'ont observé
aucun ordre dans leurs Remarques
ou Observations. Monsieur de Vaugelas l'avoüe luy-même dans sa Preface. *Mais,* dit-il, *on me dira qu'il y
avoit une autre espece d'ordre à garder, plus raisonnable & plus utile,
qui estoit de ranger toutes ces Remarques sous les neuf Parties de l'O-
raison , & de mettre ensemble, pre-
mierement les Articles, puis les Noms,
puis les Pronoms, les Verbes, les Participes, les Adverbes, les Prepositions,
les Conjonctions & les Interjections.
Ie répons, que je ne nie pas que cet
ordre ne soit bon* * * *Mais comme je*

Avertissement.

n'ay eu deſſein que de faire des Remarques qui ſont toutes détachées
l'une de l'autre, & dont l'intelligence ne dépend nullement ny de celles
qui precedent, ny de celles qui ſuivent, la liaiſon n'y eût ſervy que
d'embarras, & j'euſſe bien pris de la
peine pour rendre mon travail moins
agreable. Cette raiſon n'eſt bonne
que pour les Remarques qui ſubſiſ-
tent ou font leur effet ſeparément,
& à l'égard de ceux qui n'ayant
point étudié, n'ont nulle teinture
de la Langue Latine. Mais il eſt
conſtant qu'il y a une infinité de
Remarques dont la parfaite intelligence dépend de leur liaiſon & de
leur rapport, comme on remarque-
ra dans ce nouveau Livre ; & ceux
qui ont de l'étude, ſont bien aiſes
de voir ces choſes dans quelque
ordre. C'eſt pourquoy Monſieur de
Vaugelas ajoûte, J'ay eu encore une
autre raiſon qui m'a obligé de n'obſerver point d'ordre, (je ne le veux
point diſſimuler,) c'eſt que n'ayant pas

achevé ces *Remarques*, quand ceux qui ont tout pouvoir sur moy, m'ont fait commencer à les mettre sous la presse, j'ay eu moyen d'en ajoûter toûjours de nouvelles : Ce que je n'eusse pû faire, si j'eusse suivy l'ordre dont je viens de parler. Voilà la veritable raison. Et lors que le R. Pere Bouhours témoigne qu'il n'a observé aucun ordre en ses Remarques, à l'exemple de Monsieur de Vaugelas, il dit ensuite que cependant il y a des *Remarques* dont l'une suppose l'autre, & que pour entendre de certains endroits, il faut lire necessairement le *Livre de suite*.

Dans cette veuë, l'Auteur de ce nouveau *Livre* a crû qu'il obligeroit le public, s'il formoit un dessein dont la methode pût rendre l'étude des *Remarques* plus facile, & mettre en leur jour plusieurs *Decisions* qui paroissent obscures, parcequ'elles sont separées les unes des autres, quoyqu'elles ayent un rapport & une dependance naturelle.

Avertissement.

Ce Livre a encore un autre avantage, qui est trés-considerable. Car il renferme sous un même Article, les Remarques & les Observations qui regardent une même difficulté, & qui sont neanmoins dispersées en plusieurs endroits des Ouvrages de ces trois illustres Auteurs. Il est vray qu'ils y ont mis des Tables à la fin : mais c'est une chose bien incommode & bien embarrassante de chercher l'explication d'un doute dans ces differentes Tables, où d'ailleurs les chiffres estant quelquefois faux, la recherche est inutile.

L'Auteur de ce Livre a tâché de prendre le sens de ces Maîtres de nôtre Langue , & de l'expliquer, quelquefois dans les mêmes termes, quelquefois d'une maniere qui le rend plus intelligible. Il pouvoit y ajoûter quelques Reflexions ; mais il a jugé à propos de ne point mêler parmy ces Oracles, des choses qui n'auroient pas la même force & la même autorité. Il s'est con-

Avertissement.

tenté de donner un Abregé de la Grammaire Françoise, qui sert de fondement aux Remarques, & qui estoit necessaire pour les bien entendre.

Cet Abregé est dans un ordre trés-methodique; & si l'on y fait reflexion, l'on reconnoîtra que les pages de cette Partie du Livre, sont comme autant de Tableaux, qui representent à l'œil & à l'Esprit toute l'analogie des Declinaisons & des Conjugaisons Françoises, d'une maniere qui se soûtient également par tout, & qui aide merveilleusement l'Imagination & la Memoire.

On y voit les Declinaisons Françoises, que l'on n'a point encore distinguées dans les autres Grammaires: Et cette difference de Declinaisons, éclaircit d'abord une infinité de difficultez touchant les Noms, que l'on a bien de la peine à entendre autrement.

Il y faut encore remarquer la division des Verbes Irreguliers, suivant

Avertissement.

leurs Terminaisons , pour en connoître l'analogie qui ne paroît pas
dans les Grammaires ordinaires, où
l'on suit seulement l'ordre Alphabetique : au lieu que joignant les Verbes dans l'ordre qu'ils sont disposés
en ce Livre, on voit aisément le
rapport qu'ils ont ensemble.

On donnera bien-tôt au public
la troisiéme Partie , qui renfermera
tout ce que l'on peut encore desirer pour la pureté & pour la netteté du stile.

✸   Ce Soleil signifie que dans l'Article on a suivy la decision de Monsieur
de Vaugelas.

✝   Cette Croix fait connoître que c'est
le sentiment du R. Pere Bouhours.

☞   Et cette Main montre que c'est
l'opinion de Monsieur Menage.

Ces marques s'étendent à tous les
Articles qui suivent, jusqu'à ce que l'on
en voye une autre.

LE GENIE
DE LA
LANGUE FRANÇOISE.

PREMIERE PARTIE.

ABREGE' DE LA GRAMMAIRE
FRANÇOISE.

TITRE PREMIER.

LES DECLINAISONS DES NOMS.

PREMIERE DECLINAISON.

LA premiere Declinaison n'a point d'Article au Nominatif.

Singulier.		*Plurier.*	
Nominatif,	DIEU.	*Nominatif,*	Nous.
Genitif,	de Dieu.	*Genitif,*	de nous.
Datif,	à Dieu.	*Datif,*	à nous.
Accusatif,	Dieu.	*Accusatif,*	nous.
Ablatif,	de Dieu.	*Ablatif,*	de nous.

Si le Nom commence par une voyelle, le Genitif *de* s'apoſtrophe. Exemple, *Eſtienne, d'Eſtienne, à Eſtienne.*

H forte ou aſpirée, tient lieu de Conſonne ; & H douce ne ſe compte point. Ainſi *haſard, de haſard :* mais *Honoré, d'Honoré.*

† Cette Declinaiſon ſert 1. aux Noms propres: 2. aux Noms appellatifs, qui n'ont point d'article au Nominatif, comme *Monſieur.* 3. aux Pronoms.

Pour le Vocatif, on prend ô, ou le Nominatif ſeul. Ex. *Dieu qui nous avez creez. ô Dieu de bonté!*

A

SECONDE DECLINAISON.

La seconde Declinaison prend l'Article LE ou LA, devant les Noms commencez par Consonne.

NOMS MASCULINS.

Singulier.		Plurier.	
Nominatif,	le Roy.	Nominatif,	les Rois.
Genitif,	du Roy-	Genitif,	des Rois.
Datif,	au Roy.	Datif,	aux Rois.
Accusatif,	le Roy *	Accusatif,	les Rois *
Ablatif,	du Roy *	Ablatif,	des Rois *

Pour le Vocatif on prend ô, ou le Nominatif, sans article. Ex. Venez, ô Roy de gloire ! Grand Roy, qui &c.

NOMS FEMININS.

Singulier.		Plurier.	
Nominatif,	la Reine.	Nominatif,	les Reines.
Genitif,	de la Reine.	Genitif,	des Reines.
Datif,	à la Reine.	Datif,	aux Reines.
Accusatif,	la Reine *	Accusatif,	les Reines *
Ablatif,	de la Reine *	Ablatif,	des Reines*

H forte ou aspirée tient lieu de Consonne, comme nous avons dit. Exemple, Le hasard, du hasard, &c. La harangue, de la harangue, &c.

REMARQUE SUR LES CAS.

L'Accusatif est toûjours semblable au Nominatif: & l'Ablatif au Genitif. Ainsi il ne reste que trois Cas differens.

† Les Articles du Plurier Masculin, & du Plurier Feminin, sont toûjours semblables.

TROISIE'ME DECLINAISON.

La troisiéme Declinaison prend l'Article apoſtrophé L', pour LE ou LA, devant les Noms commencez par Voyelle.

NOMS MASCULINS.

Singulier.		Plurier.	
Nominatif,	l'Amy.	Nominatif,	les Amis.
Genitif,	de l'Amy.	Genitif,	des Amis.
Datif,	à l'Amy.	Datif,	aux Amis.
Accuſatif,	*	Accuſatif,	*
Ablatif,	*	Ablatif,	*

On dit *l'Amy*, pour *le Amy*; & cette Declinaiſon eſt maſculine.

NOMS FEMININS.

Singulier.		Plurier.	
Nominatif,	l'Ame.	Nominatif,	les Ames.
Genitif,	de l'Ame.	Genitif,	des Ames.
Datif,	à l'Ame.	Datif,	aux Ames.
Accuſatif,	*	Accuſatif,	*
Ablatif,	*	Ablatif,	*

On dit *l'Ame*, pour *la Ame*; & cette Declinaiſon eſt feminine.

Le Nom commencé par H douce, ſuit la Declinaiſon des Noms commencez par Voyelle. Ainſi *l'Homme*, de *l'Homme*, &c.

A ij

QUATRIE'ME DECLINAISON.

La quatriéme Declinaiſon prend au Nominatif DU ou DE LA, (Articles indefinis) devant les Noms commencez par Conſonne.

NOMS MASCULINS.

Singulier.		Plurier.	
Nominatif,	du pain.	Nominatif,	des pains.
Genitif,	de pain.	Genitif,	de pains.
Datif,	à du pain.	Datif,	à des pains.
Accuſatif,	*	Accuſatif,	*
Ablatif.	*	Ablatif,	*

EXEMPLES.

Nominatif, C'eſt du pain. Ce ſont des pains.
Genitif, Un peu de pain. Beaucoup de pains.
Datif, Reſſembler à du pain : à des pains.
Accuſatif, Voilà du pain : des pains.
Ablatif, Se nourrir de pain : de pains.

NOMS FEMININS.

Singulier.		Plurier.	
Nominatif,	de la viande.	Nomin.	des viandes.
Genitif,	de viande.	Genitif,	de viandes.
Datif,	à de la viande.	Datif,	à des viandes.
Accuſatif,	*	Accuſatif,	*
Ablatif,	*	Ablatif,	*

Ainſi pour H forte ou aſpirée, *du harang : de la haine.*

CINQUIEME DECLINAISON.

La cinquiéme Declinaison prend au Nominatif
DE L' pour DU ou DE LA, devant les Noms
commencez par Voyelle.

Singulier Masculin.	Singulier Femin.	Plurier.
Nom. de l'argent.	Nom. de l'eau.	Nom. des
Gen. d'argent.	Gen. d'eau.	Gen. d'
Dat. à de l'argent.	Dat. à de l'eau.	Dat. à des

Ainsi pour H douce, *de l'honneur : de l'huîle.*

DES ADJECTIFS.

Les Adjectifs de la quatriéme Declinaison se declinent par *de, de, à de,* au Masculin & au Feminin, singulier & plurier. Ainsi,

Masculin.	Feminin.
N. de bon: de bons.	N. de bonne: de bonnes.
G. de bon: de bons.	G. de bonne: de bonnes.
D. à de bon: à de bons.	D. à de bonne: à de bonnes.

Les Adjectifs de la cinquiéme prennent *d'* apos-
trophé, & se declinent par *d', d', à d'.* Ainsi,

Masculin.	Feminin.
Nom. d'excellent.	Nom. d'excellente.
Gen. d'excellent.	Gen. d'excellente.
Dat. à d'excellent.	Dat. à d'excellente.

Plur. d'excellens, *&c.* *Fem.* d'excellentes, *&c.*

Exemples, *C'est de bon pain. Voilà de bon pain,* &c.
C'est d'excellent vin, &c. *C'est de bonne viande,* &c.

A iij

SIXIE'ME DECLINAISON.

La fixiéme Declinaifon prend l'Article indefiny UN ou UNE.

NOMS MASCULINS.

Singulier.	Plurier.
Nómin. un Roy.	Nom. des Rois.
Genitif, d'un Roy, *ou* de Roy.	Gen. de Rois.
Datif, à un Roy.	Dat. à des Rois.

Ai nfi *un Homme, d'un Homme,* ou *d'Homme,* pre- au t *d'* apoftrophé, pour *de.*

NOMS FEMININS.

Singulier.	Plurier.
Nom. une Reine.	Nom. des Reines.
Gen. d'une Reine, *ou* de Reine.	Gen. de Reines.
Dat. à une Reine.	Dat. à des Reines.

Ainfi *une Ame, d'une Ame,* ou *d'Ame,* &c.

EXEMPLES.

Nominatif, Un Roy doit aimer fes Sujets. Il y a un Roy, qui.

Genitif, Le Palais d'un Roy. Un plaifir de Roy. Eftre fils de Roy, & frere de Roy.

Datif, Plaire à un Roy.

PLUR. *Nom.* Il y a des Rois.

Genitif, Des feftins de Rois.

Datif, Plaire à des Rois.

* Les Adjectifs prennent au plurier, *de, de, à de :* ou *d', d', à d'.* Ainfi,

Vn bon, &c. Plur. *de bons.*

Vn excellent, &c. Plur. *d'excellens.*

REMARQUE SUR LES DECLINAISONS.

Un même Nom peut estre de plusieurs Declinaisons, selon ses differens usages, comme il se voit dans les exemples precedens.

REMARQUE SUR LES GENRES.

On peut dire qu'il y a trois Genres en François, comme en Latin ; le Masculin, le Feminin, & le Neutre.

Le Neutre est le même que le Masculin ; si ce n'est dans les Pronoms, qui ont un Neutre particulier, dont on se sert dans un usage absolu ; comme, Masculin, *celui-cy.* Feminin, *celle-cy.* Neutre, *cecy.* Ainsi *celui-là, celle-là, cela.*

DIVISION DES NOMS.

Le Nom est Propre ou Appellatif.

Le Nom Propre est particulier à une personne, ou à une chose qu'il démontre. Exemple, *Pierre, Iacques. Paris, Rome.*

L'Appellatif est celuy dont on appelle plusieurs personnes, ou plusieurs choses, parcequ'ils sont d'une même espece, ou qu'ils ont une qualité commune. Exemple, *Homme,* qui convient à *Pierre,* à *Iacques* &c. *Ville,* qui se dit de *Paris,* de *Rome* &c.

AUTRE DIVISION.

Le Nom est Substantif, ou Adjectif.

Le Substantif subsiste de lui-même dans le discours. Exemple, *l'Homme, le jour,* &c.

L'Adjectif s'ajoûte au Substantif, dont il marque la qualité, ou la maniere. Exemple, *bon, beau.*

DE L'ADJECTIF.

L'Adjectif a trois Genres, le Masculin, le Feminin, & le Neutre.

Ordinairement il a deux Terminaisons : l'une pour le Masculin & le Neutre ; l'autre pour le Feminin. Exemple, *le bon, la bonne, le bon. Le beau, la belle, le beau.*

Souvent il n'a qu'une terminaison. Exemple, *facile, sage :* car on dit, *un Livre facile ; une chose facile ; cela est facile.*

* Les Adjectifs se declinent comme les Substantifs: excepté dans la 4ᵉ 5ᵉ & 6ᵉ Declinaison, ainsi que nous avons remarqué cy-devant.

DES COMPARATIFS ET DES SUPERLATIFS.

On appelle *Positif*, l'Adjectif pris dans sa simple signification. Exemple, *Saint, bon.*

Le *Comparatif* augmente la signification par comparaison à d'autres. Exemple, *plus saint, meilleur.*

Le *Superlatif* signifie le souverain degré. Exemple, *trés-saint, trés-bon.*

* Le Comparatif se forme avec la particule *Plus*: Mais il y en a d'irreguliers, comme *meilleur ; pire,* &c.

Le Superlatif se forme avec *trés* ou *fort.*

Le Comparatif avec l'Article *le, la, les,* suivy d'un Genitif, a souvent un sens superlatif. Exemple, *Le plus saint des Hommes : Le meilleur des Hommes.*

Les Comparatifs & les Superlatifs sont de la seconde Declinaison, avec *le, la :* ou de la quatriéme, avec *de,* ou *du :* ou de la sixiéme, avec *un.*

DES NOMS DE NOMBRE.

Maſc. & Neut.		*Feminin.*	
Nominatif,	Un.	Nom.	Une.
Genitif,	d'un.	Genit.	d'une.
Datif,	à un.	Datif.	à une.

Les autres Nombres ſervent pour tous les trois Genres, ſous une même terminaiſon.

M. F. N.	*M. F. N.*	*M. F. N.*
N. Deux.	Trois.	Quatre.
G. de deux.	de trois.	de quatre.
D. à deux.	à trois.	à quatre.

Ainſi des autres Nombres, *cinq, ſix, ſept, huit, neuf, dix, onze, douze, treize, quatorze, quinze, ſeize, dix-ſept, dix-huit, dix-neuf, vingt, vingt & un, vingt-deux. Trente, quarante, cinquante, ſoixante, ſoixante-dix, quatre-vingts, quatre-vingts-dix, cent,* &c.

UN, comme Nombre, n'a point de plurier. Les autres ſont pluriers par leur ſignification. Mais *vingt* & *cent,* deviennent encore pluriers, prenant une *s.* Exemple, *Quatre-vingts, ſix-vingts, deux cens, trois cens,* &c.

TITRE II.

DES PRONOMS.

Le Pronom eſt un mot qui ſert au lieu du Nom, ou qui ſe met pour le Nom.

---

1. PRONOMS PERSONNELS.

Les Pronoms perſonnels marquent les trois Perſonnes, que l'on appelle la Premiere, (*moy:*) la Seconde, (*toy:*) & la Troiſiéme, (*luy, elle.*)

PERSONNELS ABSOLUS.

On appelle Perſonnels Abſolus, ceux dont on ſe ſert ſans eſtre joints à d'autres mots. Ils ſe declinent comme les Noms de la premiere Declinaiſon.

1. Perſ.	2. Perſ.	3. Perſ.	
Sing.	*Sing.*	*Maſc. ſing.*	*Fem. ſing.*
N. moy.	toy.	luy.	elle.
G. de moy.	de toy.	de luy.	d'elle.
D. à moy.	à toy.	à luy.	à elle.
Plur.	*Plur.*	*Plur.*	*Plur.*
N. nous.	vous.	eux.	elles.
G. de nous.	de vous.	d'eux.	d'elles.
D. à nous.	à vous.	à eux.	à elles.

RECIPROQUE.

Sing. & Plur.
N. ſoy.
G. de ſoy.
D. à ſoy.

Ces Perſonnels & le Reciproque ſe joignent ſouvent avec *même*, au ſing. & *mêmes* au plur. Ex. *moy-même, nous-mêmes*, &c.

PERSONNELS CONJONCTIFS.

On appelle ces Pronoms Conjonctifs, parcequ'ils se joignent neceſſairement à d'autres mots. On dit bien *moy*, abſolument ; mais *je*, ne ſe dit qu'avec un Verbe, comme *je dis*, &c.

Ils n'ont point de Genitif , ny par conſequent d'Ablatif : mais ils ont un Accuſatif different du Nominatif.

1. Perſ.	2. Perſ.	3. Perſ.	
Singulier.			
Nom. je	tu	il	elle
Dat. { me / moy	{ te / toy	luy	luy
Acc. me	te	le	la
* *Plurier.*			
Nom. nous	vous	ils	elles
Dat. nous	vous	leur	leur
Acc. nous	vous	les	les

RECIPROQUE. *Sing. & Plur. Dat.* ſe. *Accuſ.* ſe.

EXEMPLES.

Singulier.

N. je dis.   tu dis.   il dit.   elle dit.

D. Dieu me dône. Dieu te dône. Dieu luy dône.
   donne-moy. donne-toy.   donne-luy.   †

A. Dieu me voit. Dieu te voit. Dieu le voit. Dieu la voit.

* *Plurier.*

N. Nous diſons.   vous dites.   ils diſent.   elles diſent.

D. Dieu no⁹ dône. Dieu vo⁹ dône. Dieu leur dône.   †

A. Dieu nous voit. Dieu vousvoit. Dieu les voit.   †

RECIPR. *Sing. Dat.* Il ſe donne du plaiſir. *Plu.* Ils ſe dônent
       Acc. Il ſe réjoüit.   Ils ſe réjoüiſſent.

2. PRONOMS DEMONSTRATIFS.

Ces Pronoms Demonstratifs font des Adjectifs qui montrent les Personnes & les chofes. Ils fe declinent comme les Noms de la premiere Declinaifon.

DEMONSTRATIFS CONJONCTIFS.

Mafc. & Neu. Sing.	*Fem. Sing.*
Nomin. ce ou cet	*Nomin.* cette
Genitif, de ce	*Genitif,* de cette
Datif, à ce	*Datif,* à cette
Plurier.	*Plurier.*
Nomin. ces	*Nomin.* ces
Genitif, de ces	*Genitif,* de ces
Datif, à ces	*Datif,* à ces

Ces Pronoms fe joignent neceffairement à quelque Nom. Ainfi, *ce lieu : cet Homme : ces gens.*

Pour mieux montrer, on ajoûte *cy* & *là.* Exem. *Ce Livre-cy: ce lieu-là : cet Homme-cy: ces gens-là.*

Mafc. & N. Sing.	*Fem. Sing.*
Nomin. celuy	*Nomin.* celle
Genitif, de celuy	*Genitif,* de celle
Datif, à celuy	*Datif,* à celle
Plurier.	*Plurier.*
Nomin. ceux	*Nomin.* celles
Genitif, de ceux	*Genitif,* de celles
Datif, à ceux	*Datif,* à celles

Ces Pronoms fe joignent à *qui,* ou à un Genitif. Exemp. *Celuy qui parle. Celuy du Roy,* &c.

DE-

DEMONSTRATIFS ABSOLUS.

Masc. & Neut. Sing.	*Fem. Sing.*
Nomin. celuy-cy.	*Nomin.* celle-cy.
Genitif, de celuy-cy.	*Genitif,* de celle-cy.
Datif, à celuy-cy.	*Datif,* à celle-cy.

Plurier.	*Plurier.*
Nomin. ceux-cy.	*Nomin.* celles-cy.
Genitif, de ceux-cy.	*Genitif,* de celles-cy.
Datif, à ceux-cy.	*Datif,* à celles-cy.

Ainſi ſe decline *celuy-là : celle-là.*

PRONOM NEUTRE Subſtantif.
Sing. (ſans plurier)

Nom. ce.	cecy.	cela.
Gen. de ce.	de cecy.	de cela.
Dat. à ce.	à cecy.	à cela.

Exemples, *Ce qui paroit : Ce que je dis : Ce dit-on:*
Ce ſemble. C'eſt bien dit. Fais cecy. Donne cela.

✹✹✹✹✹✹✹✹✹✹✹✹✹✹✹✹✹✹✹✹✹✹✹✹✹✹✹✹✹✹✹✹

3. PRONOMS POSSESSIFS.

Ce ſont des Adjectifs qui marquent la poſſeſſion,
c'eſt à dire, à qui la choſe appartient. Exemple,
mon Livre : le mien.

POSSESSIFS ABSOLUS.

Ils ſe declinent comme les Noms de la ſeconde
Declinaiſon.

Masc. & Neut. Sing.	*Fem. Sing.*
Nominatif, le mien.	la mienne.
Genitif, du mien.	de la mienne.
Datif, au mien.	à la mienne.

Plurier.	*Plurier.*
Nominatif, les miens.	les miennes.
Genitif, des miens.	des miennes.
Datif, aux miens.	aux miennes.

Ainſi ſe declinent *le tien: la tienne. Le ſien : la ſienne.*

B

Masc. & N. Sing.	Fem. Sing.
Nom. le nôtre.	la nôtre.
Gen. du nôtre.	de la nôtre.
Dat. au nôtre.	à la nôtre.
Plurier.	*Plurier.*
Nom. les nôtres.	les nôtres.
Gen. des nôtres.	des nôtres.
Dat. aux nôtres.	aux nôtres.

Ainſi ſe declinent *le vôtre: la vôtre.*

Masc. & N. Sing.	Fem. Sing.	M. F. N. Plurier.
Nom. le leur.	la leur.	les leurs.
Gen. du leur.	de la leur.	des leurs.
Dat. au leur.	à la leur.	aux leurs.

POSSESSIFS CONJONCTIFS.

Ils ſe declinent comme les Noms de la premiere Declinaiſon.

Masc. & N. Sing.	Fem. Sing.	M. F. N. Plurier
Nom. mon	ma	mes
Gen. de mon	de ma	de mes
Dat. à mon	à ma	à mes.

Ainſi ſe declinent *Ton, ta, tes. Son, ſa, ſes.*

Devant les Noms commencez par Voyelle, on dit *mon, ton, ſon,* pour *ma, ta, ſa.* Ex. *mon ame* &c. H douce eſt muëtte, *mon haleine.* L'aſpirée tient lieu de conſonne, *ma harangue.*

Masc. F. N. Sing.	Plurier.
Nom. nôtre	nos
Gen. de nôtre	de nos
Dat. à nôtre	à nos

Ainſi ſe declinent *vôtre, vos.*

Masc. F. N. Sing.	Plurier.
Nom. leur	leurs
Gen. de leur	de leurs
Dat. à leur.	à leurs.

4. PRONOMS INTERROGATIFS.

Ces Pronoms servent à interroger, ou à demander.

Il y en a quatre, *Quel? Lequel? Qui? Quoy?*

INTERROGATIF CONJONCTIF.

Masc. & Neut. Sing.	*Fem. Sing.*
Nominatif, Quel	Quelle
Genitif, de quel	de quelle
Datif, à quel,	à quelle.

Plurier.	*Plurier.*
Nominatif, quels	quelles
Genitif, de quels	de quelles
Datif, à quels	à quelles.

Exemples, *Quel Homme est-ce ? Quelle Charge voulez-vous ?*

INTERROGATIFS ABSOLUS.

Masc. & Neut. Sing.	*Fem. Sing.*
Nominatif, lequel	laquelle
Genitif, duquel	de laquelle
Datif, auquel	à laquelle

Plurier.	*Plurier.*
Nominatif, lesquels	lesquelles
Genitif, desquels	desquelles
Datif, ausquels	ausquelles.

Exemples, *Lequel est-ce ? Laquelle voulez-vous ?*

B ij

Sing. & Plur. M. F.	Sing. Neutre.
Nominatif, Qui	Nom. Quoy. * que
Genitif, de qui	Gen. de quoy
Datif, à qui	Dat. à quoy
Accusatif, qui	Acc. quoy. * que

Exemples, *Qui est-ce ? Qui voyez-vous ?
Quoy ? Qu'est-ce ? Que voulez-vous ?*

On dit aussi indéfiniment, *Ie ne sçay* quel *Homme c'est. Ie ne sçay* lequel *prendre. Ie sçay* qui *vous
estes. Ie ne sçay* quoy, &c.

---

5. PRONOMS RELATIFS.

Ce sont des Pronoms qui ont rapport à un Nom,
ou à un autre Pronom qui les précede, & qui se
nomme Antecedent.

PURS RELATIFS.

Masc. & Neut. Sing.	Fem. Sing.
Nomin. lequel	laquelle
Genitif, duquel *ou* dont	de laquelle *ou* dont
Datif, auquel.	à laquelle.

Plurier.	Plurier.
Nomin. lesquels	lesquelles
Genitif, desquels *ou* dont	desquelles *ou* dont
Datif, ausquels.	ausquelles

Exemple, *Il y a un Tableau dans la Sale, lequel
represente,* &c.

M. F. N. Sing. & Plur.	Sing. Neutre.
Nomin. Qui	Nom. quoy. * qui
Genitif, de qui *ou* dont	Gen. de quoy *ou* dont
Datif, à qui	Dat. à quoy
Accus. que * qui	Acc. quoy. † que

Exemp. *L'Homme* qui *veut. Celuy* qui *dit. C'est
cela* qui, &c.
Dieu que *j'aime. Celuy* que *je voy,* &c.

* *Qui*, est un Accusatif, aprés une Préposition. Exemple, *Celuy pour* qui *je parle.*

† *Que*, est un Nominatif Neutre, dans *Ce que c'est*, comme dans *qu'est-ce?*

* Declinaison de *Ce qui.*

Nominatif, ce qui
Genitif, ce dont : ce dequoy
Datif, ce à quoy
Accusatif, ce que

6. RELATIFS DEMONSTRATIFS.

Ce font les Personnels conjonctifs, *le, la, les; luy, leur:* considerez comme ayant rapport à un Substantif précedent, pour *luy, elle; eux, elles: à luy, à elle; à eux, à elles.* Exemples,

Apportez-moy ce Livre, je le *liray,* (i. ce Livre)

La Reine vient, je la *voy,* (i. la Reine)

Ces gens m'aiment, je les *aime aussi,* (i. ces gens)

Le Maître vient, je luy *parleray,* (i. au Maître)

Les envieux m'attaquent, je leur *répondray,* (i. à ces envieux.)

* Du Neutre LE.

Ce Pronom a un usage particulier pour signifier un Adjectif precedent, ou le Pronom *cela.* Exemples,

Si vous estes riche, je le *suis aussi,* (i. riche)

Vous dites cela, je le *croy,* (i. cela)

7. DES RELATIFS EN *&* Y.

EN, a rapport à la Personne, à la chose & au lieu ; & vaut un Genitif. Exemples,

Il est venu, j'en apprendray quelque nouvelle,
  (i. de luy)
Ie vous en *avertis,* (i. de cela)
Il s'en va ; Il en revient, (i. d'icy ; de-là)

Y, est relatif de la chose & du lieu ; & vaut un Datif. Exemples,

Pensez-y, (i. à cela)
Il y vient. Il y va, (i. icy ; là)

* Dans *il y a,* Y signifie *icy,* ou est surabondant : & *A* se dit pour *est* ou *sont.* Comme, *Il y a un Homme qui,* c'est à dire, *un Homme est, qui. Il y a des gens qui,* c'est à dire, *des gens sont, qui.*

DU RELATIF OÙ.

OÙ, se considere comme Relatif du lieu & de l'état. Exemples,

La Ville où *je suis : Le lieu* où *je vas.*
L'état où *je suis reduit,* (i. dans lequel)

AUTRES RELATIFS.

1. Le même. *Fem.* la même. *Plur.* les mêmes.

2. L'autre. *Feminin,* l'autre. *Plur.* les autres.

3. Autruy, signifie autre personne. *Genitif,* d'autruy. *Datif,* à autruy.

8. DES PRONOMS NUMERAUX
ET INDÉFINIS.

Les Numeraux marquent le nombre ou la quantité.

Les Indéfinis marquent indifferemment la personne ou la chose, fans déterminer précisément qui c'eſt, ou ce que c'eſt.

1. CHAQUE.

Chaque eſt Conjonctif, Maſc. *chaque jour.* Fem. *chaque nuit.* Sans plurier.

2. CHACUN.

Chacun, eſt Abſolu. Maſc. *chacun dit.* Fem. *chacune à part.* Sans plurier.

3. AUCUN.

Aucun, eſt indifferent, c'eſt à dire Conjonctif ou Abſolu. Maſc. *aucun Homme.* Fem. *aucune Femme.* Plur. *aucuns, aucunes.*
† *Il n'y en a aucun.*

4. QUELQUE.

Quelque eſt Conjonctif. Maſc. *quelque bien.* Fem. *quelque bonté.* Plur. *quelques.*
* *Quelque bien qu'il ait.*
Quelque eſt auſſi Adverbe, *quelque bons que vous ſoyez.*

5. QUELQU'UN.

Quelqu'un, eſt Abſolu. Maſc. *quelqu'un parle.* Fem. *quelqu'une.* Plur. Maſc. *quelques-uns.* Fem. *quelques-unes.*

6. UN CERTAIN.

Un certain, eſt Conjonctif. Maſc. *un certain Homme.* Fem. *une certaine Femme.* Plur. Maſc. *de certains.* Fem. *de certaines.*

7. TEL.

Tel, eſt indifferent. Maſc. *tel ſe plaint qui a tort.* Fem. *telle.* Plur *tels, telles.*
* *Un tel Homme que luy.*

8. NUL.

Nul est Conjonctif. Masc. *nul dessein.* Fem. *nulle peine.* Plur. *nuls, nulles.*

9. PAS-UN

Pas-un, est indifferent. Masc. *pas-un.* Fem. *pas-une.* Sans plurier.

10. PERSONNE.

Personne est Absolu. *Personne ne vient.* Sans plurier.

11. PLUSIEURS.

Plusieurs est des deux Genres, Conjonctif ou Absolu.

12. TOUT.

Tout est indifferent. Mascul. *tout le mois.* Fem. *toute l'année.* Plur. *tous, toutes.* * *Ils y sont tous.* † Quelquefois *Tout* est Adverbe. *Tout sages qu'ils sont.*

13. QUICONQUE.

Quiconque est Absolu & Masculin, sans plurier. *Quiconque veut réüssir, doit* &c.

14. QUELCONQUE.

Quelconque est Conjonctif. Masc. & Fem. sans plurier. *En façon quelconque.*

15. QUI QUE.

Qui que, est Absolu & Masculin, sans plurier. *Qui que tu sois. Ie ne voy qui que ce soit.*

16. QUOY QUE.

Quoy que est Absolu & Neutre, *quoy que ce soit, quoy qu'il en soit.*

17. QUEL, QUE.

Quel, que est Absolu. Masc. *quel, que soit vôtre pouvoir : quel, qu'il soit.* Fem. *quelle, qu'elle soit.* Plur. Masc. *quels, qu'ils soient.* Femin. *quelles, qu'elles soient.*

TITRE III.

DES VERBES.

LE Verbe eſt un mot qui ſignifie Eſtre, Avoir, Agir, Souffrir ou Recevoir; deſignant la Perſonne & le Temps. Exemples, *Ie ſuis*, *I'ay*, *Ie fais*, *Ie ſens*.

Le Verbe ſe conjugue par Mœufs, par Temps, par Nombres & Perſonnes.

Il y a cinq Mœufs ou Modes, l'*Indicatif*, le *Conjonctif* ou *Subjonctif*, le *Conditionnel*, l'*Imperatif*, & l'*Infinitif*.

On y joint le *Participe*, & le *Gerondif*.

La formation des Temps ſe fait par le changement des *Terminaiſons* que nous avons marquées en caractere italique : Mais il faut obſerver l'analogie & le rapport de quelques Temps.

L'Imparfait Indicatif, le Preſent Conjonctif, & le Participe Actif, ſont relatifs, changeant *ois* en *e* ou *ant*.

Le Défini Indicatif, & l'Imparfait Conjonctif, changeant dans la premiere Conjugaiſon, *ay* en *aſſe*; & dans les autres, ajoûtant *ſe*.

Le Futur Indicatif, & l'Imparfait Conditionnel, changeant *ray* en *rois*.

Pour l'Inflexion, elle n'eſt differente que pour le Preſent Indicatif, le Défini & l'Imperatif: Elle eſt ſemblable dans toutes les Conjugaiſons pour les autres Temps.

Il y a quatre Conjugaiſons diſtinguées par les Infinitifs, en *er, ir, oir* & *re*.

CONJUGAISON DU VERBE AVOIR.
qui fert aux Conjugaifons Actives.

TEMPS SIMPLES.

INDICATIF.	CONJONCTIF.
Prefent.	*Prefent*
J'ay	&
Imparfait.	*Futur.*
J'avois	J'aye
Définy.	*Imparfait.*
J'eus	J'euffe
Futur.	CONDITIŌNEL *Imparfait.*
J'auray	J'aurois

IMPERA. Ayez.
INF. *Prefent.* Avoir. | PART. *Pref.* { *Actif.* Ayant. *Paffif.* Eu.

GERONDIF. Ayant, *ou* En ayant.

TEMPS COMPOSEZ.

INDICATIF.	CONJONCTIF.
Parfait.	*Parfait.*
J'ay eu	J'aye eu
Plufqueparfait.	*Plufqueparfait.*
J'avois eu	J'euffe eu
Définy double.	CONDITIONNEL.
J'eus eu	
Futur-Parfait.	*Plufqueparfait.*
J'auray eu.	J'aurois eu.

INFINITIF.	PARTICIPES.
Parfait. Avoir eu	*Parfait.* Ayant eu
Futur. Devoir avoir.	*Futur.* Devant avoir.

INFLEXION DU VERBE AVOIR.

Par Perfonnes & Nombres.

INDICATIF.	*Imparfait.*
Prefent.	J'avois
Singulier.	tu avois
J'ay	il avoit.
tu as	Nous avions
il a.	vous aviez
Plurier.	ils avoient.
nous avons	*Futur.*
vous avez	J'auray, tu auras, il aura:
ils ont.	nous aurons, vous aurez, ils auront
†	CONJONCTIF.
	Prefent.
Définy.	J'aye, tu ayes, il ait:
Singulier.	nous ayons, vous ayez, ils ayent.
J'eus	*Imparfait.*
tu eus	J'euffe, tu euffes, il eût:
il eut.	nous euffions, vous euffiez, ils
Plur.	[euffent.
nous eûmes	CONDITIŐNEL *Imparfait.*
vous eûtes	J'aurois, tu aurois, il auroit:
ils eurent	nous aurions, vous auriez, ils au-
	(roient.

IMPERATIF. *Sing.* Ayez
Plurier. Ayons, ayez.

Les Temps compofez fe conjuguent comme les fimples, avec le Participe Paffif, *Eu.* Exemples, *J'ay eu, tu as eu, il a eu : nous avons eu,* &c. Et cette Remarque fuffit pour tous les Temps compofez.

PREMIERE CONJUGAISON.
Des Verbes en ER, à l'Infinitif.
DONNER.
TEMPS SIMPLES.

INDICATIF.	CONJONCTIF.
Prefent.	*Prefent*
Je donne	&
Imparfait.	*Futur.*
Je donnois	Je donne
Définy.	*Imparfait.*
Je donnay	Je donnaſſe
Futur.	CONDITIONEL *Imparfait.*
Je donneray	Je donnerois

IMPERA. Donne.	PART. *Pref.* ⟨ *Actif.* Donnant.
INF. *Pref.* Donner.	*Paſſif.* Donné.

GERONDIF. Donnant, *ou* En donnant.

TEMPS COMPOSEZ.

INDICATIF.	CONJONCTIF.
Parfait.	*Parfait.*
J'ay donné.	J'aye donné.
Pluſqueparfait.	*Pluſqueparfait.*
J'avois donné	J'euſſe donné
Définy double.	
J'eus donné.	CONDITIONEL.
Futur-parfait.	
J'auray donné.	*Pluſqueparfait.*
	J'aurois donné.

INFINITIF.	PARTI. *ou plûtôt* GERONDIFS.
Parf. Avoir donné.	*Parfait.* Ayant donné.
Fut. Devoir donner.	*Futur.* Devant donner.

IN-

INFLEXION de DONNER.

Par Perfonnes & Nombres.

INDICATIF.
Prefent.
Sing.
Je donne
tu donnes
il donne.
Plurier.
Nous donnons *
vous donnés
ils donnent.

†

Definy.

Sing.
Je donnay
tu donnas,
il donna.
Plurier.
Nous donnâmes.
vous donnâtes
ils donnerent.

Imparfait.
Je donnois *
tu donnois
il donnoit.
Nous donnions
vous donniés
ils donnoient.
Futur.
Je donneray, ras, ra.
Nous donnerons, rez, ront.

CONJONCTIF.
Prefent.
Je donne
tu donnes
il donne.
Nous donnions
vous donniés
ils donnent.
Imparfait.
Je donnaffe, affes, ât.
No⁹ donnaffions, affiés, affent.

CONDITIONNEL. *Imparfait.*
Je donnerois, rois, roit.
Nous donnerions, riés, roient.

IMPERATIF. *Sing.* Donne.
Plurier. Donnons. Donnés.

Les Temps composés, *l'ay donné, tu as donné,* &c.

C

SECONDE CONJUGAISON.

Des Verbes en IR, à l'Infinitif.

FINIR.

TEMPS SIMPLES.

INDICATIF.	CONJONCTIF.
Present.	*Present*
Je finis.	&
Imparfait.	*Futur.*
Je finiſſois.	Je finiſſe.
Définy.	*Imparfait.*
Je finis.	Je finiſſe.
Futur.	CONDITIŌNEL *Imparfait.*
Je finiray.	Je finirois.

| IMPERAT. Finy. | PART. Preſ. | Actif. Finiſſant. |
| INF. Preſ. Finir. | | Paſſif. Finy. |

GERONDIF. Finiſſant, *ou* En finiſſant

TEMPS COMPOSEZ.

INDICATIF.	CONJONCTIF.
Parfait.	*Parfait.*
J'ay finy.	J'aye finy.
Pluſqueparfait.	*Pluſqueparfait.*
J'avois finy.	J'euſſe finy.
Définy double.	
J'eus finy.	CONDITIONNEL.
Futur-parfait.	*Pluſqueparfait.*
J'auray finy.	J'aurois finy.

INFINITIF.	GERONDIFS.
Parf. Avoir finy.	*Parfait.* Ayant finy.
Fut. Devoir finir.	*Futur.* Devant finir.

INFLEXION de FINIR.

Par Perſonnes & Nombres.

INDICATIF.
Preſent.
Singulier.
Je finis,
tu finis,
il finit.
Plurier
Nous finiſſons *
vous finiſſés,
ils finiſſent.

†

Définy.

Singulier.
Je finis,
tu finis,
il finit.
Plur.
Nous finîmes,
vous finîtes,
ils finirent.

Imparfait.
Je finiſſois *
tu finiſſois,
il finiſſoit.
Nous finiſsions,
vous finiſsiés,
ils finiſſoient.
Futur.
Je finiray, ras, ra.
Nous finirons, rés, ront.

CONJONCTIF.
Preſent.
Je finiſſe,
tu finiſſes,
il finiſſe.
Nous finiſsions,
vous finiſsiés,
ils finiſſent.
Imparfait.
Je finiſſe, iſſes, it.
Nous finiſſions, iſſiés, iſſent.
CONDITIONNEL. Imparfait.
Je finirois, rois, roit.
Nous finirions, riés, roient.

IMPERATIF. Sing. Finy ou Finis.
Plurier. Finiſſons. Finiſſés.

Les Temps compoſez, I'ay finy, tu as finy. &c.

C ij

SENTIR.   *(contracte.)*

INDICATIF.	CONJONCTIF.
Present.	*Present*
Je sens *(pour sentis)*	*&*
Imparfait.	*Futur.*
Je sentois.	Ie sente.
Définy.	*Imparfait.*
Je sentis.	Ie sentisse.
Futur.	CONDITIONNEL. *Imparfait.*
Je sentiray.	Ie sentirois.

IMPÉR. Sens.
INF. *Pref.* Sentir. | PART. *Pref.* { *Actif.* Sentant. / *Passif.* Senty.

GERONDIF. Sentant, *ou* En sentant.

INFLEXION de SENTIR.
Par Personnes & Nombres.

INDICATIF.	Imparfait.
Present.	Ie sentois, &c. *
Sing. Ie sens	*Futur.*
tu sens	Ie sentiray, &c.
il sent.	CONJONCTIF. *Present.*
Plur. Nous sentons*	Ie sente, { Nous sentions,
vous sentés	tu sentes, { vous sentiés,
ils sentent.	il sente. { ils sentent.
Définy.	*Imparfait.*
Ie sentis, &c.	Ie sentisses, isses, &c.
	CONDITIONNEL.
	Ie sentirois, &c.

IMPERATIF. *Sing.* Sens.
Plurier. Sentons. Sentés.

OFFRIR. *(mixte, 1. & 2.)*

INDICATIF.	CONJONCTIF.
Prefent.	*Prefent*
J'offre.	*&*
Imparfait.	*Futur.*
J'offrois.	J'offre.
Définy.	*Imparfait.*
J'offris.	J'offriffe.
Futur.	CONDITIONNEL. *Imparfait.*
J'offriray.	l'offrirois.

IMPER. Offre. | { *Aftif.* Offrant.
INF. *Pref.* Offrir | PART. *Pref.* { *Paffif.* Offert.

GERONDIF. *Pref.* Offrant, *ou* En offrant.

INFLEXION d'OFFRIR.
Par Perfonnes & Nombres.

INDICATIF,	*Imparfait.*
Prefent.	l'offrois, &c.
Sing. l'offre,	*Futur.*
tu offres,	l'offriray, &c.
il offre.	CONJONCTIF. *Prefent.*
Plur. Nous offrons,	l'offre, {Nous offrions,
vous offrés,	tu offres, {vous offriés,
ils offrent.	il offre. {ils offrent.
Définy.	*Imparfait.*
l'offris, &c.	l'offriffe, iffes, &c.
	CONDITIONNEL.
	l'offrirois, &c.

IMPERATIF. *Sing.* Offre.
Plurier. Offrons. Offrés.

C iij

TROISIE'ME CONJUGAISON.
Des Verbes en OIR, à l'Infinitif.
VOIR.
TEMPS SIMPLES.

INDICATIF.	CONJONCTIF.
Prefent.	*Prefent*
Je voy.	*&*
Imparfait.	*Futur.*
Ie voyois.	Je voye.
Définy.	*Imparfait.*
Ie vis.	Ie viſſe.
Futur.	CONDITIŌNEL *Imparfait.*
Ie verray.	Ie verrois.

IMPER. Voy.	PART. Preſ.	Actif. Voyant. Paſſif. Veu.
INF. *Pre'ent.* Voir.		

GERONDIF. Voyant, *ou* En voyant.

TEMPS COMPOSEZ.

INDICATIF.	CONJONCTIF.
Parfait.	*Parfait.*
J'ay veu.	J'aye veu.
Pluſqueparfait.	*Pluſqueparfait.*
J'avois veu.	J'euſſe veu.
Définy double.	CONDITIONNEL.
J'eus veu.	
Futur-parfait.	*Pluſqueparfait.*
J'auray veu.	J'aurois veu.

INFINITIF.	GERONDIFS.
Parfait. Avoir veu.	*Parfait.* Ayant veu
Futur. Devoir voir.	*Futur.* Devant voir.

INFLEXION de VOIR.

Par Personnes & Nombres.

INDICATIF.
Present.
Sing.
Je voy,
tu vois,
il voit.
Plurier.
Nous voyons *
vous voyés,
ils voyent.

†

Définy.

Sing.
Ie vis,
tu vis,
il vit.
Plur.
Nous vîmes,
vous vîtes,
ils virent.

Imparfait.
Ie voyois *
tu voyois,
il voyoit.
Nous voyions,
vous voyiés,
ils voyoient.
Futur.
Ie verray, ras, ra.
Nous verrons, rez, ront.

CONJONCTIF.
Present.
Ie voye,
tu voyes,
il voye.
Nous voyions.
vous voyiés,
ils voyent.
Imparfait.
Ie visse, isses, ît.
Nous vissions, issiés, issent.

CONDITIONNEL. Imparfait.
Ie verrois, rois, roit.
Nous verrions, riés, roient.

IMPERATIF. Sing. Voy, ou Vois.
Plurier. Voyons. Voyez.

Les Temps Composez, I'ay veu, tu as veu, &c.

DEVOIR. (*Ainsi* RECEVOIR.)

TEMPS SIMPLES.

INDICATIF.	CONJONCTIF.
Present.	*Present*
Je dois.	&
Imparfait.	*Futur.*
Je devois.	Je doive. (*pour* deve)
Definy.	*Imparfait.*
Je deus.	Je deuſſe.
Futur.	CONDITIONEL. *Imparfait.*
Je devray.	Je devrois.

IMPER. Doy.	PART. *Preſ.* { *Actif. Devant.*
INF. *Preſ.* Devoir.	*Paſſif.* Deu.

GERONDIF. Devant, *ou* En devant.

TEMPS COMPOSEZ.

INDICATIF.	CONJONCTIE.
Parfait.	*Parfait.*
J'ay deu.	J'aye deu.
Pluſqueparfait.	*Pluſqueparfait.*
J'avois deu.	J'euſſe deu.
Definy double.	
J'eus deu.	CONDITIONNEL.
Futur - parfait.	*Pluſqueparfait.*
J'auray deu.	J'aurois deu.

INFINITIF.	GERONDIFS.
Parfait. Avoir deu.	*Parfait.* Ayant deu.
Futur. Devoir	*Futur.* Devant. . . .
† recevoir.	† recevoir.

INFLEXION de DEVOIR.

Par Personnes & Nombres.

INDICATIF.

Present.

Sing.

Je dois,
tu dois,
il doit.

Plurier.

Nous devons *
vous devez,
ils doivent.

†

Définy.

Sing.

Je deus.
tu deus,
il deut.

Plur.

Nous deûmes,
vous deûtes,
ils deurent.

Imparfait.

Je devois *
tu devois,
il devoit.
Nous devions,
vous deviés,
ils devoient.

Futur.

Je devray, ras, ra.
Nous devrons, rés, ront.

CONJONCTIF.

Present.

Je doive,
tu doives,
il doive.
Nous devions *
vous deviés *
ils doivent.

Imparfait.

Je deuffe, euffes, euffent.
Nous deuffions, euffiés, euffent.

CONDITIONNEL. *Imparfait.*

Je devrois, rois, roit.
Nous devrions, riés, roient,

IMPERATIF. *Sing.* Dois.
Plurier. Devons. Devés.

Temps composés, *J'ay deu, tu as deu*, &c.

QUATRIEME CONJUGAISON.
Des Verbes en RE, à l'Infinitif.
RIRE.

TEMPS SIMPLES.

INDICATIF.	CONJONCTIF.
Present.	*Present*
Je ris.	&
Imparfait.	*Futur.*
Je riois.	Je rie.
Definy.	*Imparfait.*
Je ris.	Je risse.
Futur.	CONDITIŌNEL. *Imparfait.*
Je riray.	Je rirois.

IMPER. Ry.

INF. *Pres.* Rire | PART. *Pres.* { *Actif.* Riant. / *Passif.* Ry.

GERONDIF. Riant, *ou* En riant.

TEMPS COMPOSEZ.

INDICATIF.	CONJONCTIF.
Parfait.	*Parfait.*
J'ay ry.	J'aye ry.
Plusqueparfait.	*Plusqueparfait.*
J'avois ry.	J'eusse ry.
Definy double.	
J'eus ry.	CONDITIONNEL.
Futur-parfait.	*Plusqueparfait.*
J'auray ry.	J'aurois ry.

INFINITIF.	GERONDIFS.
Parfait. Avoir ry.	*Parfait.* Ayant ry.
Futur. Devoir rire.	*Futur.* Devant rire.

INFLEXION de RIRE.

Par Perſonnes & Nombres.

INDICATIF.

Preſent.
Sing.
Je ris,
tu ris,
il rit.

Plurier.
Nous rions
vous riés,
ils rient.

✝

Definy.
Sing.
e ris,
tu ris,
il rit.
Plur.
Nous rîmes.
vous rîtes,
ils rirent.

Imparfait.
Je riois *
tu riois,
il rioit.
Nous riïons,
vous riïés,
ils rioient.

Futur.
Je riray, ras, ra.
Nous rirons, rés, ront.

CONJONCTIF.

Preſent.
Je rie,
tu ries,
il rie.
Nous riïons,
vous riïés.
ils rient.

Imparfait.
Je riſſes, iſſes, rît.
Nous riſſions, iſſiés, iſſent.

CONDITIONNEL *Imparfait.*
Je rirois, rois, roit.
Nous ririons, riés, roient.

IMPERATIF. *Sing.* Ry ou ris.
Plurier. Rions. Riés.

Les Temps compoſés, J'ay ry, tu as ry. &c.

RENDRE.

TEMPS COMPOSEZ.

INDICATIF.	CONJONCTIF.
Present.	*Present*
Je rends.	&
Imparfait.	*Futur.*
Je rendois.	Ie rende.
Definy.	*Imparfait.*
Je rendis.	Ie rendiſſe.
Futur.	CONDITIONNEL *Imparfait.*
Ie rendray.	Ie rendrois.

IMPER. Rends.
INF. *Preſ.* Rendre. | PART. *Preſ.* { *Actif.* Rendant.
{ *Paſſif.* Rendu.

GERONDIF. Rendant, *ou* En rendant.

TEMPS COMPOSEZ.

INDICATIF.	CONJONCTIF.
Parfait.	*Parfait.*
J'ay rendu.	J'aye rendu.
Pluſqueparfait.	*Pluſqueparfait.*
J'avois rendu.	J'euſſe rendu.
Definy double.	
J'eus rendu.	CONDITIONNEL.
Futur-parfait.	*Pluſqueparfait.*
J'auray rendu.	I'aurois rendu.

INFINITIF.	GERONDIFS.
Parfait. Avoir rendu.	*Parfait.* Ayant rendu.
Futur. Devoir rendre.	*Futur.* Devant rendre.

IN-

INFLEXION de RENDRE.

Par Personnes & Nombres.

INDICATIF.

Present.

Sing.

Je rends,
tu rends,
il rend.

Plurier.

Nous rendons,
vous rendés,
ils rendent.

†

Définy.

Sing.

Je rendis,
tu rendis,
il rendit.

Plur.

Nous rendîmes.
vous rendîtes,
ils rendirent.

Imparfait.

Je rendois,
tu rendois,
il rendoit.

Nous rendions,
vous rendiés,
ils rendoient.

Futur.

Je rendray, ras, ra.
Nous rendrons, rés, ront.

CONJONCTIF.

Present.

Je rende,
tu rendes,
il rende.

Nous rendions,
vous rendiés.
ils rendent.

Imparfait.

Je rendisse, isses, it.
Nous rendissions, issiés, issent.

CONDITIONNEL *Imparfait.*

Je rendrois, rois, roit.
Nous rendrions, riés, roient.

IMPERATIF. *Sing.* Rends.
Plurier. Rendons. Rendés.

Les Temps composés, *l'ay rendu, tu as rendu, &c.*

D

CONJUGAISON DU VERBE ESTRE.

Qui sert aux Verbes Passifs.

TEMPS SIMPLES.

INDICATIF.	CONJONCTIF.
Present.	*Present*
Je suis.	&
Imparfait.	*Futur.*
J'estois.	Je sois.
Désiny.	*Imparfait.*
Je fus.	Je fusse.
Futur.	CONDITIONNEL *Imparfait.*
Je seray.	Je serois.

IMPER. Sois.	PART. *Pres.* { *Actif.* Estant.
INF. *Pres.* Estre.	*Passif.* Esté.

GERONDIF Estant, *ou* En estant.

TEMPS COMPOSEZ.

INDICATIF.	CONJONCTIF.
Parfait.	*Parfait.*
J'ay esté.	J'aye esté.
Plusqueparfait.	*Plusqueparfait.*
J'avois esté.	J'eusse esté.
Désiny double.	
J'eus esté.	CONDITIONNEL.
Futur-parfait.	*Plusqueparfait.*
J'auray esté.	J'aurois esté.

INFINITIF.	PARTICIPES.
Parfait. Avoir esté.	*Parfait.* Ayant esté.
Futur. Devoir estre.	*Futur.* Devant estre.

INFLEXION DU VERBE ESTRE.

Par Perſonnes & Nombres.

INDICATIF

Preſent.

Sing.

Je ſuis,
tu es,
il eſt.

Plurier.

Nous ſommes,
vous eſtes,
ils ſont.

†

Déſiny.

Sing.

Je fus,
tu fus,
il fut.

Plurier.

Nous fûmes,
vous fûtes,
ils furent.

Imparfait.

J'eſtois,
tu eſtois,
il eſtoit.
Nous eſtions,
vous eſtiés,
ils eſtoient.

Futur.

Je ſeray, tu ſeras, il ſera.
Nous ſerons, vo⁹ ſerés, ils ſeront.

CONJONCTIF.

Preſent.

Je ſois, tu ſois, il ſoit.
Nous ſoyons, vous ſoyés, ils
(ſoient.

Imparfait.

Je fuſſe, tu fuſſes, il fût.
Nous fuſſions, vous fuſſiés, ils
(fuſſent.

CONDITIONNEL. *Imparfait.*

Je ſerois, tu ſerois, il ſeroit.
Nous ſerions, vous ſeriés, ils ſe-
(roient.

IMPERATIF. *Sing.* Sois.
Plurier. Soyons, Soyés.

Les Temps compoſés, *J'ay eſté, tu as eſté, il a eſté.
Nous avons eſté, &c.*

D ij

VERBES PASSIFS.

Tous les Verbes Paſſifs ſe font avec le Verbe *Eſtre*, & le Participe Paſſif. Exemple,

ESTRE AIME'.

TEMPS SIMPLES.

INDICATIF.	CONJONCTIF.
Preſent.	*Preſent*
Je ſuis aimé.	&
Imparfait.	*Futur.*
J'eſtois aimé.	Je ſois aimé.
Définy.	*Imparfait.*
Je fus aimé.	Je fuſſe aimé.
Futur.	CONDITIÓNEL *Imparfait.*
Je ſeray aimé.	Je ſerois aimé.

IMPER. Sois aimé.
INF. *Preſ.* Eſtre aimé. | PART. *Preſ.* { Eſtant aimé.

GERONDIF. Eſtant aimé, *ou* En eſtant aimé.

TEMPS COMPOSEZ.

INDICATIF.	CONJONCTIF.
Parfait.	*Parfait.*
J'ay eſté aimé.	J'aye eſté aimé.
Pluſqueparfait.	*Pluſqueparfait.*
J'avois eſté aimé.	J'euſſe eſté aimé.
Définy double.	
J'eus eſté aimé.	CONDITIONNEL.
Futur-parfait.	*Pluſqueparfait.*
J'auray eſté aimé.	J'aurois eſté aimé.

INFINITIF.	PARTICIPES.
Parfait. Avoir eſté aimé.	*Parf.* Ayant eſté aimé.
Futur. Devoir eſtre aimé	*Fut.* Devant eſtre aimé.

NEUTRES-PASSIFS,

Dont les Temps composés prennent le Verbe
Eftre, au lieu du Verbe *Avoir*. Exemple.

ENTRER.

TEMPS SIMPLES.

INDICATIF.	CONJONCTIF.
Prefent.	*Prefent*
J'entre.	&
Imparfait.	*Futur.*
J'entrois.	J'entre.
Définy.	*Imparfait.*
J'entray.	J'entraffe.
Futur.	CONDITIŌNEL. *Imparfait.*
J'entreray.	J'entrerois.

IMPER. Entre.
INF. *Pref.* Entrer. | PART. *Pref.* } *Actif.* Entrant. / *Paffif.* Entré.

GERONDIF. Entrant, *ou* En entrant.

TEMPS COMPOSEZ.

INDICATIF.	CONJONCTIF.
Parfait.	*Parfait.*
Je fuis entré.	Je fois entré.
Plufqueparfait.	*Plufqueparfait.*
J'eftois entré.	Je fuffe entré.
Définy double.	
Je fus entré.	CONDITIONNEL.
Futur-parfait.	*Plufqueparfait.*
Je feray entré.	Je ferois entré.

INFINITIF.	GERONDIFS.
Parfait. Eftre entré.	*Parfait.* Eftant entré.
Futur. Devoir entrer.	*Futur.* Devant entrer.

D iij

VERBES RECIPROQUES.

Exemple. SE TROMPER.

TEMPS SIMPLES.

INDICATIF.	CONJONCTIF.
Preſent.	*Preſent*
Je me trompe.	*&*
Imparfait.	*Futur.*
Je me trompois.	Je me trompe.
Définy.	*Imparfait.*
Je me trompay.	Je me trompaſſe.
Futur.	CONDITIÓNEL. *Imparfait.*
Je me tromperay.	Je me tromperois.

IMP. Trompe-toy.   PART. *Preſ*   *A.* Se trompant.
INF. *Pr.* Se tromper.   *P.* Trompé.

GERONDIF. Se trompant, *ou* En ſe trompant.

TEMPS COMPOSEZ.

INDICATIF.	CONJONCTIF.
Parfait.	*Parfait.*
Je me ſuis trompé.	Je me ſois trompé.
Pluſqueparfait.	*Pluſqueparfait.*
Je m'eſtois trompé.	Je me fuſſe trompé.
Définy double.	
Je me fus trompé.	CONDITIONNEL.
Futur-parfait.	*Pluſqueparfait.*
Je me ſeray trompé.	Je me ſerois trompé.

INFINITIF.	GERONDIFS.
Parfait. S'eſtre trompé.	*Parfait.* S'eſtant trompé.
Fut. Se devoir tromper.	*Futur.* Se devant tromper.

INFLEXION des RECIPROQUES.

Le Pronom se redouble ainſi,

Sing.	Ou avec l'apoſtrophe. Sing.
Je me	Je m'
tu te	tu t'
il ſe.	il s'
Plur.	Plur.
Nous nous	Nous nous
vous vous	vous vous
ils ſe.	ils s'

EXEMPLES.

Preſent.

S. Je me trompe,
tu te trompes,
il ſe trompe.
P. Nous nous trompons
vous vous trompez,
ils ſe trompent.

S. Je m'abſtiens (de ſ'Abſtenir)
tu t'abſtiens,
il s'abſtient.
P. Nous nous abſtenons,
vous vous abſtenés,
ils s'abſtiennent.

Parfait.

S. Je me ſuis trompé,
tu t'es trompé,
il s'eſt trompé.
P. Nous nous ſommes
trompés,
vous vo⁹ eſtes trompés
ils ſe ſont trompés.

S. Je me ſuis abſtenu,
tu t'es abſtenu,
il s'eſt abſtenu,
P. Nous nous ſommes
abſtenus,
vous vous eſtes abſtenus,
ils ſe ſont abſtenus.

Pluſqueparfait.

S. Je m'eſtois trompé,
tu t'eſtois trompé,
il s'eſtoit trompé, &c.

VERBES IRREGULIERS,
ou ANOMAUX.

DE LA PREMIERE CONJUGAISON.

ALLER.

INDICATIF.	CONJONCTIF.
Present.	*Present*
S. Je vais, tu vas, il va.	&
P. Nous allons, vo⁹ allés,	*Futur.*
ils vont.	J'aille, tu ailles, il aille.
Imparfait.	Nous allions, v o⁹ alliés
J'allois. *reg.*	ils aillent.
Définy.	*Imparfait.*
J'allay. *reg.*	J'allaſſe. *reg.*
Futur.	CONDITIONNEL.
J'iray.	J'irois.

IMPERATIF. Va. Allons. Allés.

PARTICIPE. { *Actif.* Allant. / *Paſſif.* Allé.

TEMPS COMPOSEZ.

INDICATIF.	CONJONCTIF.
P.arf. Je ſuis allé.	*Parf* Je ſois allé.
Pluſq. J'eſtois allé.	*Pluſq.* Je fuſſe allé.
Déf. Je fus allé.	CONDITIONNEL.
Fut. Je ſeray allé.	*Pluſq.* Ie ſerois allé.

INFINITIF.	GERONDIFS.
Parf. Eſtre allé.	*Parfait.* Eſtant allé.
Fut. Devoir aller.	*Futur.* Devant aller.

Prenant le Participe *Eſté*, pour *Allé*, on ſe ſert du Verbe *Avoir*. Ainſi,

INDICATIF.	CONJONCTIF.
Parf. J'ay eſté	*Parf.* J'aye eſté
Pluſq. J'avois eſté	*Pluſq.* J'euſſe eſté
Déf. J'eus eſté	CONDITIONNEL.
Fut. J'auray eſté.	*Pluſq.* J'aurois eſté.

INFINITIF.	PARTICIPE.
Parf. Avoir eſté.	*Parf.* Ayant eſté.

PUER. († Puïr. *inuſ.*)

INDICATIF.

Preſent. Ie pus, tu pus, il put.
Nous puons, vous pués, ils puënt.

Imparfait.	CONJONCTIF. *Preſ.*
Je puois.	Ie puë.
Déſiny.	*Imparfait.*
Ie puay. † *inuſ.*	Ie puaſſe. † *inuſ.*
Futur.	CONDITIONNEL.
Ie puëray.	Ie puërois.

PARTICIPE. Puant.

Au lieu de ce Verbe, on dit plus ſouvent & mieux, *Sentir mauvais.*

VERBES IRREGULIERS,

DE LA SECONDE CONJUGAISON.

Verbes Contractes.

1. MENTIR suit la Conjugaison de SENTIR. *Ie mens, tu mens, il ment. Nous mentons*, &c.

2. SE REPENTIR la suit aussi : Mais il est Reciproque. *Ie me repens, tu te repens, il se repent. Nous nous repentons*, &c.

3. PARTIR se conjugue comme SENTIR. *Ie pars, tu pars, il part. Nous partons*, &c.
   Mais aux Temps Composés, il prend le Verbe *Estre*, comme Neutre-passif, *Ie suis party, tu es party*, &c.
   * *Partir* pour *Partager*, suit FINIR. *Ie partis, tu partis*, &c. Mais il est rare en ce sens.

4. SORTIR est Neutre-passif, comme *Partir*. *Ie sors, tu sors, il sort. Nous sortons*, &c. *Ie suis sorty*, &c.
   * *Assortir* suit FINIR. *I'assortis, tu assortis*, &c. Ainsi *Ressortir*, quand il signifie le Ressort d'une Iustice à une Iurisdiction superieure.

5. VETIR suit SENTIR. *Ie vêts.* (Mais ce Temps est rare, & tous les autres : *Ie vétois ; je vétiss; je vétiray.*) On dit au Participe Passif, *Vétu*. De *Revétir* on dit *Nous nous revétons*, & au Conjonctif, *Qu'il se revéte.*
   * *Investir* suit FINIR. *I'investis, tu investis*, &c.

6. SERVIR suit l'analogie de SENTIR, perdant la figurative V au Present singulier, où *Sentir* perd le T ; & la gardant ailleurs où *Sentir* garde le T. *Ie sers, tu sers, il sert. Nous servons*, &c. *Ie servois*, &c.
   * *Asservir* suit FINIR. *I'asservis, tu asservis*, &c.

7. DORMIR fuit SENTIR ; perdant M au Singulier, & la gardant ailleurs. *Ie dors, tu dors, il
dort. Nous dormons, &c. Ie dormois, &c.*

8. BOUILLIR imite auffi SENTIR. *Ie bouls (l s'é-
crit fans fe prononcer) tu bouls, il boult. Nous
bouillons, &c. Ie bouillois, &c.* On écrit auffi *Ie
boûs.*

***

CONTRACTES QUI GARDENT
LA FIGURATIVE
au Prefent Singulier.

1 COURIR

INDIC. *Pref.* Ie cours, tu cours, il court.
    Nous courons, vous courés, ils courent.

Imparfait.	CONJONCTIF.
Je courois.	*Pref.* Ie coure.
Définy.	*Imparfait.*
Ie courus.	Ie couruffe.
Futur.	CONDITIONNEL.
Ie courray.	Ie courrois.

IMPERATIF. Cours. Courons. Courés.

PARTICIPE. { *Actif.* Courant. *Paffif.* Couru.

2. MOURIR.

IND. *Pref.* Ie meurs, tu meurs, il meurt.
    Nous mourons, vous mourez, ils meurent.

Imp. Ie mourois.	Conj. *Pref* Ie meure.
Déf. Ie mourus.	*Imp.* Ie mouruffe.
Fut. Ie mourray.	COND. Ie mourrois.

IMPERATIF. Meurs. Mourons. Mourés.

PARTICIPE. { *Actif.* Mourant. *Paffif.* Mort.

* Il eft Neutre-Paffif. *Je fuis mort, tu es mort, &c.*

3. ACQUERIR.

IND. *Pref.* l'acquiers, tu acquiers, il acquiert.
Nous acquerons, vous acquerez, ils acquierent.

Imp. l'acquerois. | CONJ. *Pref.* l'acquiere, tu acquieres, il
                      [acquiere.
                Nous acquerions, vous acqueriés,
                      (ils acquierent.

Déf. l'acquis. | *Imp.* l'acquiffe.
Fut. l'acquierray | COND. l'acquierrois.

IMPERATIF. Acquiers. Acquerons : Acquerés.

PARTICIPE. { *Actif.* Acquerant. { *Paffif.* Acquis.

* Ainfi *Requerir*, *Enquerir*, &c. *Querir* n'a que l'Infinitif. Ex. *Ie vay querir*, &c.

4. TENIR.

INDICATIF.	CONJONCTIF.
Prefent.	*Prefent & Futur.*
Ie tiens, tu tiens, il tient.	Ie tienne, tu tiennes, il tien-
N. tenons, v. tenez, ils tien-	(ne.
(nent.	N. tenions, v. teniés, ils tien-
	(nent.
Imp. Ie tenois.	
Déf. Ie tins, tu tins, il tint.	*Imparfait.*
N. tînmes, vous tîntes, ils	Ie tinffe, tu tinffes, il tînt.
(tinrent.	Nous tinffions, &c.
Fut. Ie tiendray.	COND. Ie tiendrois.

IMPERATIF. Tiens. Tenons. Tenés.

PARTICIPE. { *Actif.* Tenant. { *Paffif.* Tenu.

Temps Composés, *I'ay tenu, tu as tenu*, &c.

5. VENIR.

Comme *Tenir.* Mais aux Temps Composés il eft Neutre-Paffif. *Ie viens : Ie venois*, &c. *Ie fuis ve-nu*, &c.

IR-

IRREGULIERS EN IR PUR.

HAÏR.

Il n'eſt irregulier qu'au Preſent ſingulier. Dans le reſte il ſuit FINIR.

IND. *Preſ.* Je hay, tu hais, il hait, *(d'une ſyllabe)* No⁹ haïſſons, vo⁹ haïſſés, ils haïſſent, *(de 3. ſyll.)*

Imp. Je haïſſois.	CONJ. *Preſ.* Je haïſſe.
Déf. Je haïs.	*Imp.* Je haïſſe.
Fut. Je haïray.	COND. Je haïrois.

    IMPERATIF. Hay. Haïſſons : Haïſſés.

    PARTICIPE. { *Actif.* Haïſſant.
    { *Paſſif.* Haï.

FUÏR.

Il imite SENTIR, & garde *ui* par tout.

IND. *Preſ.* Je fuy, tu fuis, il fuit.
    Nous fuyons, vous fuyés, ils fuyent.

Imp. Je fuyois.	CONJ. *Preſ.* Je fuye.
Déf. Je fuis.	*Imp.* Je fuïſſe.
Fut. Je fuïray.	COND. Je fuïrois.

    IMPERATIF. Fuy. Fuyons : Fuyés.

    PARTICIPE. { *Actif.* Fuyant.
    { *Paſſif.* Fuï.

OUÏR.

IND. *Preſ.* J'oy, tu ois, il oit.
    Nous oyons, vous oyés, ils oyent.

Imp. J'oyois *Déf.* J'ouïs. *Fut.* J'ouïray, *ou* J'orray.
PART. *Actif.* Oyant. *Paſſif.* Oüy.

On ne ſe ſert gueres que du Définy *l'ouïs,* & des Temps Compoſés, *l'ay oüy,* &c.

E

MIXTES.

Souffrir, Ouvrir, & Couvrir, fuivent *Offrir.*

Ainfi Cueillir.

Ind. *Pref.* Ie cueille, tu cueilles, il cueille.
    Nous cueillons, vous cueillés, ils cueillent.

Imp. Ie cueillois.	Conj. *Pref.* Ie cueille.
Déf. Ie cueillis.	*Imp.* Ie cueilliffe.
Fut. Ie cueilliray.*	Cond. Ie cueillirois.

* On dit plus fouvent, *cueilleray*, de *cueiller.*

    Imperatif. Cueille. Cueillons ; cueillés.
    Participe. { *Actif.* Cueillant.
                 { *Paffif.* Cueilly.

De même Faillir, Saillir : & les Composés,
Affaillir, Treffaillir.

DE'FECTIFS.

GESIR.

Pref. Il git. *Imparf.* Il giffoit. *Partic.* Giffant.

ISSIR.

Participe Paffif. Iffu.
Ces Infinitifs font hors d'ufage.

VERBES IRREGULIERS,

DE LA TROISIE'ME CONJUGAISON.

1. COMPOSEZ DE VOIR.

REVOIR, PRE'VOIR, &c. se conjuguent com
me VOIR.

MAIS POURVOIR fait au Définy, *Ie pourveus.* Au
Futur, *Ie pourvoiray.*

2. CHEOIR.

On dit au Définy, *Ie cheûs :* & aux Temps composés, *Ie suis cheû , j'estois cheû ,* &c. Le reste
n'est pas en usage.

E'CHEOIR. *Pres.* Il échet. *Définy,* Il écheut.
    Futur, Il écherra. *P. composé,* Il est écheu.

3. SEOIR.

SEOIR ne se dit gueres ; mais ASSEOIR Actif ; &
s'ASSEOIR Reciproque.

INDIC. *Pres.* Je m'assieds, tu t'assieds, il s'assied.
    Nous no° asseyons, vous vo° asseyés, ils s'assient.

Imp. Je m'asseyois.	CONJ. *Pres.* Je m'asseye.
Déf. Je m'assis.	*Imp.* Je m'assise.
Fut. Je m'asseyray.	COND. Je m'asseyrois.

IMPER. Assieds-toy. Asseyons-nous : asseyés-vous.

PARTIC. { *Actif.* Asseyant. (*le Simple fait* Seant.).
        { *Passif.* Assis.

Les Temps composés, *Ie me suis assis,* &c. comme
les autres Reciproques.

* SURSEOIR fait au Present , *Ie surseois :* au Futur, *Ie surseoiray.*

E ij

CONTRACTES EN VOIR.
1. POUVOIR.

INDICATIF.	CONJONCTIF.
Préſent.	*Préſent.*
S. Je peux, *ou* je puis,	S. Je puiſſe,
tu peux,	tu puiſſes,
il peut.	il puiſſe.
Pl. Nous pouvons,	*Pl.* Nous puiſſions,
vous pouvés,	vous puiſſiés,
ils peuvent.	ils puiſſent.
Imparfait.	
Je pouvois, *&c.*	*Imparfait.*
Définy.	S. Je pûſſe,
S. Je pûs,	tu pûſſes,
tu pûs,	il pûſt.
il pût.	*Pl.* Nous pûſſions,
Pl. Nous pûmes,	vous pûſſiés,
vous pûtes,	ils pûſſent.
-ils pûrent.	
Futur.	CONDITIONNEL.
Je pourray.	Je pourrois.

IMPERATIF. (*rare*) Peux. Pouvons : pouvés.

PARTICIPE. $\begin{cases} Actif. \text{ Pouvant.} \\ Paſſif. \text{ Pû.} \end{cases}$

Les Temps Composés, *l'ay pû : l'avois pû, &c.*

2. MOUVOIR. *Emouvoir.*

INDICATIF.	CONJONCTIF.
Present.	*Present.*
Je meus,	Je meuve,
tu meus,	tu meuves,
il meut.	il meuve.
Nous mouvons,	Nous mouvions,
vous mouvés,	vous mouviés,
ils meuvent.	ils meuvent.
Imparfait.	
Je mouvois.	*Imparfait.*
Définy.	Je mûsse,
Je mûs,	tu mûsses,
tu mûs,	il mûst.
il mût.	Nous mûssions,
Nous mûmes,	vous mûssiés,
vous mûtes,	ils mûssent.
ils mûrent.	
	CONDITIONNEL.
Futur.	
Je mouvray.	Je mouvrois.

IMPERATIF. Meus. Mouvons : mouvés.

PARTICIPE. { *Actif.* Mouvant.
{ *Passif.* Mû.

Les Temps composés, *I'ay mû : I'avois mû,* &c.

3. R'AVOIR.

R'AVOIR n'a que l'Infinitif. C'est un Composé
d'*Avoir.*

4. SÇAVOIR.

INDICATIF.	CONJONCTIF.
Preſent.	*Preſent.*
Je ſçay,	Je ſçache,
tu ſçais,	tu ſçaches,
il ſçait.	il ſçache.
Nous ſçavons,	Nous ſçachions,
vous ſçavés,	vous ſçachiés,
ils ſçavent.	ils ſçachent.
Imparfait.	
Je ſçavois, &c.	*Imparfait.*
Définy.	Je ſceûſſe,
Je ſceûs,	tu ſceûſſes,
tu ſceûs,	il ſceûſt.
il ſceût.	Nous ſceuſſions,
Nous ſceûmes,	vous ſceuſſiés,
vous ſceûtes,	ils ſceuſſent.
ils ſceûrent.	
Futur.	CONDITIONNEL.
Je ſçauray, *&c.*	Je ſçaurois, *&c.*

IMPERATIF. Sçache. Sçachons : ſçachés.

PARTICIPE. { *Actif.* Sçachant.
{ *Paſſif.* Sceû.

Les Temps Compoſés, *I'ay ſceu, tu as ſceu,* &c.

CONTRACTES EN LOIR.

1. VOULOIR.

INDICATIF.

Present.

Je veux,
tu veux,
il veut.
Nous voulons,
vous voulés,
ils veulent.

Imparfait.

Je voulois, &c.

Définy.

Je voulus,
tu voulus,
il voulut.
Nous voulûmes,
vous voulûtes,
ils voulurent.

Futur.

Je voudray, &c.

CONJONCTIF.

Present.

Je veüille,
tu veüilles,
il veüille.
Nous voulions,
vous vouliés,
ils veüillent.

Imparfait.

Je voulusse,
tu voulusses,
il voulust.
Nous voulussions,
vous voulussiés,
ils voulussent.

CONDITIONNEL.

Je voudrois, &c.

IMPERATIF. Veus. Voulons : voulés.

PARTICIPE { *Actif.* Voulant.
{ *Passif.* Voulu.

Les Temps Composés, *I'ay voulu, tu as voulu,* &c°

2. VALOIR.

INDICATIF.

Present.

Je vaus,
tu vaus,
il vaut.
Nous valons,
vous valés,
ils valent.

Imparfait.
Je valois,

Définy.
Je valus,
tu valus,
il valut.
Nous valûmes,
vous valûtes,
ils valûrent.

Futur.
Je vaudray, &c.

CONJONCTIF.

Present.

Je vaille,
tu vailles,
il vaille.
Nous valions.
vous valiés,
ils vaillent.

Imparfait.

Je valuſſe,
tu valuſſes,
il valuſt.
Nous valuſſions,
vous valuſſiés,
ils valuſſent.

CONDITIONNEL.

Je vaudrois, &c.

IMPERATIF. Vaus. Valons : valés.

PARTICIPE. { *Actif.* Valant. *
{ *Paſſif.* Valu.

---

* *Vaillant* eſt un Adjectif, qui ſignifie *genereux,*
brave : ou un Subſtantif, qui ſignifie *richeſſes,*
bien. Exemple, *Vn vaillant homme. Il a cent*
mille écus vaillant. Tout ſon vaillant.

VERBES IRREGULIERS,

DE LA QUATRIE'ME CONJUGAISON.

IRREGULIERS EN IRE.

1. SUFFIRE.

IND. *Pref.* Je suffis, tu suffis, il suffit.
Nous suffisons, vous suffisés, ils suffisent.

Imp. Je suffisois.	CONJ. *Pref.* Ie suffise.
Déf. Je suffis.	*Imp.* Je suffisse.
Fut. Je suffiray.	COND. Je suffirois.

IMPERATIF. (*rare*) Suffis. Suffisons : suffisés.

PARTICIPE. } *Actif.* Suffisant.
} *Passif.* Suffy.

* CIRCONCIRE fait au *Participe-Passif,* Circoncis.

2. DIRE.

IND. *Present.* Je dis, tu dis, il dit.
Nous disons, vous dites *, ils disent.

Imp. Je disois.	CONJ. *Pref.* Je dise, *ou* je die.
Déf. Je dis.	*Imp.* Je disse.
Fut. Je diray.	COND. Je dirois.

IMPERATIF. Dis. Disons : dites.

PARTICIPE. } *Actif.* Disant.
} *Passif.* Dit.

* Contredire, Médire, Prédire, *font au Pluriel,*
Vous contredisés : Vous médisés : Vous prédisés.

Maudire *double ss.* Nous maudissons, vous mau-
dissés, ils maudissent. *Imp.* Ie maudissois. *Conj.* Ie
maudisse. *Part.* Maudissant.

3. LIRE.

IND. *Prefent.* Je lis, tu lis, il lit.
　　　Nous lifons, vous lifés, ils lifent.

Imp. Je lifois.	CONJ. *Pref.* Je life.
Déf. Je leus.	*Imp.* Je leuffe.
Fut. Je liray.	COND. Je lirois.

IMPERATIF. Lis. Lifons : Lifés.

PARTICIPE. {*Aĉif.* Lifant.
　　　　　　 {*Paffif.* Leû.

4. E'CRIRE.

IND. *Prefent.* J'écris, tu écris, il écrit.
　　　Nous écrivons, vous écrivés, ils écrivent.

Imp. J'écrivois.	CONJ. *Pref.* J'écrive.
Déf. J'écrivis.	*Imp.* J'écriviffe.
Fut. J'écriray.	COND. J'écrirois.

IMPERATIF. Ecris. Ecrivons : écrivés.

PARTICIPE. {*Aĉif.* Ecrivant.
　　　　　　 {*Pafsif.* Ecrit.

5. FRIRE.

IND. *Pref.* Je fris, tu fris, il frit. *Sans Plurier.*
Fut. Je friray. *Condit.* Je frirois. *Participe-Pafsif.*
Frit.

IRREGULIERS EN UIRE.

1. CUIRE.

IND. *Pref.* Je cuis, tu cuis, il cuit.
Nous cuisons, vous cuisés, ils cuisent.

Imp. Je cuisois.	CONJ. *Pref.* Je cuise.
Déf. Je cuisis.	*Imp.* Je cuisse.
Fut. Je cuiray.	COND. Je cuirois.

IMPERATIF. Cuis, *ou* Cuy. Cuisons : cuisés.

PARTICIPE. { *Actif.* Cuisant.
{ *Passif.* Cuit.

2. CONDUIRE.

IND. *Pref.* Ie conduis, tu conduis, il conduit.
No⁹ conduisons, vo⁹ conduisés, ils conduisent. *(com.* Cuire)

Imp. Ie conduisois.	CONJ. *Pref.* Ie conduise.
Déf. Ie conduisis.	*Imp,* Ie conduisse.
Fut. Ie conduiray.	COND. Ie conduirois.

IMPERATIF. Conduis, *ou* Conduy. Conduisons : conduisés.

PARTICIPE. { *Actif.* Conduisant.
{ *Passif.* Conduit.

Ainsi Réduire, Produire, *&c.*

3. NUIRE, & LUIRE.

Ils font au Participe-Passif, Nuy, *&* Luy.

4. BRUIRE.

Ce Verbe n'a que le Participe-Passif, Bruissant.

IRREGULIERS EN ORRE.

CLORRE, & ENCLORRE.

Ces Verbes n'ont que le Participe Paſſif, *Clos*, & *Enclos*.

IRREGULIERS EN URRE, ou URE.

CONCLURE, EXCLURE.

IND. *Pref.* Je conclus, tu conclus, il conclut.
Nous concluons, vous conclués, ils concluënt.

Imp. Je concluois.	CONJ. *Pref.* Ie concluë.
Déf. Ie conclus.	*Imp.* le concluſſe.
Fut. Ie concluray.	COND. Ie conclurois.

IMPERATIF. Conclus. Concluons : conclués.

PARTICIPE. { *Actif.* Concluant.
{ *Paſſif.* Conclu.

IRREGULIERS EN AIRE.

1. PLAIRE.

IND. *Pref.* Je plais, tu plais, il plaît.
Nous plaiſons, vous plaisés, ils plaiſent.

Imp. Je plaiſois.	CONJ. *Pref.* Ie plaiſe.
Déf. Ie pleûs.	*Imp.* Ie pleuſſe.
Fut. Ie plairay.	COND. Ie plairois.

PARTICIPE. { *Actif.* Plaiſant.
{ *Paſſif.* Pleû.

2. TAI-

2. TAIRE.

Comme *Plaire.* Je tais. Je taisois. Je teûs. Je tairay, &c.

3. FAIRE.

IND. *Pref.* Je fais, tu fais, il fait.
Nous faisons, vous faites, ils font.

Imp. Je faisois.	CONJ. *Pref.* Je fasse.
Déf. Je fis.	*Imp.* Je fisse.
Fut. Je feray.	COND Je ferois.

IMPERATIF. Fais. Faisons : faites.

PARTICIPE. { *Actif.* Faisant. { *Passif.* Fait.

4. TRAIRE.

Ce Verbe n'a que l'Infinitif. Ainsi *Attraire.*

* *Trait,* lors qu'on dit Or *trait,* est un Adjectif.

Ces Composés *Extraire, Distraire.* & *Portraire,* ont des Participes Passifs, *Extrait. Distrait, Portrait.*

IRREGULIERS EN OIRE.

1 CROIRE.

IND. *Pref.* Je croy, tu crois, il croit.
Nous croyons, vous croyés, ils croyent.

Imp. Je croyois.	CONJ. *Pref.* Je croye.
Déf. Je creûs.	*Imp.* Je creusse.
Fut. Je croiray.	COND. Je croirois.

IMPERATIF. Croy. Croyons : croyés.

PARTICIPE. { *Actif.* Croyant. { *Passif.* Creû.

F

2. BOIRE.

IND. *Prefent.* Je bois, tu bois, il boit.
Nous beuvons, vous beuvés, ils boivent.

Imp. Je beuvois.	CONJ. *Pref.* Je boive *
Déf. Je beûs.	*Imp.* Je beuffe.
Fut. Je boiray.	COND. Je boirois.

IMPERATIF. Boy. Beuvons : beuvés.

PARTICIPE. *Actif.* Beuvant.
Paffif. Beû.

* L'Inflexion du Prefent Conjonctif fe fait ainfi,

Je boive, tu boives, il boive.
Nous beuvions, vous beuviés, ils boivent.

IRREGULIERS EN DRE.

1. COUDRE.

IND. *Pref.* Je couds, tu couds, il coud.
Nous coufons, vous cousés, ils coufent.

Imp. Je coufois.	CONJ *Pref.* Je coufe.
Déf. Je coufis.	*Imp.* Je coufiffe.
Fut. Je coudray.	COND. Je coudrois.

IMPERATIF. Couds. Coufons : cousés.

PARTICIPE. *Actif.* Coufant.
Paffif. Coufu.

2. SOUDRE.

Le simple ne se dit gueres, mais *Resoudre, Ab-*
soudre, Dissoudre.

RESOUDRE.

IND. *Pres.* Je resous, tu resous, il resoud.
Nous resolvons, vous resolvés, ils resolvent.

Imp. Je resolvois.	CONJ. *Pres.* Je resolve
Déf. Je resolus	*Imp.* Je resolusse.
Fut. Je resoudray.	COND. Je resoudrois.

IMPERATIF. Resouds. Resolvons : resolvés.

PARTICIPE. { *Actif.* Resolvant.
{ *Passif.* Resolu. *

* *Parlant des choses fondües, on dit* resous.

ABSOUDRE & DISSOUDRE.

Comme *Resoudre* ; mais ils n'ont point de Définy :
Et leur Participe-Passif est *Absous, Dissous.*
On dit *Absolu,* & *Dissolu* ; mais ce sont des Ad-
jectifs d'une autre signification.

3. MOUDRE.

Futur. Je moudray. *Partic.* Moulu.

IRREGULIERS EN NDRE.

1. PRENDRE.

IND. *Pres.* Je prends, tu prends, il prend.
Nous prenons, vous prenés, ils prennent.

Imp. Je prenois.	CONJ. *Pres.* Je prenne.
Déf. Je pris.	*Imp.* Je prisse.
Fut. Je prendray.	COND. Je prendrois.

IMPERATIF. Prends. Prenons : prenés.

PARTICIPE { *Actif.* Prenant.
{ *Passif.* Pris.

2. CRAINDRE,

Et les autres Verbes en AINDRE.

IND. *Pref.* Je crains, tu crains, il craint.
   Nous craignons, vous craignés, ils craignent.

Imp. Je craignois.	Conj. *Pref.* Je craigne.
Déf Je craignis.	*Imp.* Je craignisse.
Fut. Je craindray.	Cond. Je craindrois.

    I M P E R A T I F. Crains. Craignons : craignés.

P A R T I C I P E. $\begin{cases} \textit{Actif.} \text{ Craignant.} \\ \textit{Passif.} \text{ Craint.} \end{cases}$

* Ainsi *Plaindre, Contraindre,* &c. *Ie plains, tu plains,* &c. *Ie plaignois,* &c.

3. FEINDRE.

Et les autres Verbes en EINDRE.

IND. *Pref.* Je feins, tu feins, il feint.
   Nous feignons, vous feignés, ils feignent.

Imp Je feignois.	Conj. *Pref.* Je feigne.
Déf. Je feignis.	*Imp.* Je feignisse.
Fut. Je feindray.	Cond. Je feindrois.

    I M P E R A T I F. Feins. Feignons : feignés.

P A R T I C I P E. $\begin{cases} \textit{Actif.} \text{ Feignant.} \\ \textit{Passif.} \text{ Feint.} \end{cases}$

* Ainsi *Peindre, Eteindre,* &c. *Ie peins, tu peins,* &c. *Ie peignois,* &c.

4. JOINDRE.

Et les autres Verbes en OINDRE.

IND. *Pref.* Je joins, tu joins, il joint.
Nous joignons, vous jóignés, ils joignent.

Imp. Je joignois.	Conj. *Pref.* Je joigne.
Déf Je joignis.	*Imp.* Je joignisse.
Fut. Je joindray.	COND. Je joindrois.

IMPERATIF. Joins. Joignons : joignés.

PARTICIPE. { *Aĉtif.* Joignant.
{ *Paſſif.* Joint.

IRREGULIERS EN TRE.
ou STRE, avec S muette.

1. METTRE.

IND. *Pref.* Je mets, tu mets, il met.
Nous mettons, vous mettés, ils mettent.

Imp. Je mettois.	Conj. *Pref.* Je mette.
Déf. Je mis.	*Imp.* Je misse.
Fut. Je mettray.	COND. Je mettrois.

IMPERATIF. Mets. Mettons : mettés.

PARTICIPE. { *Aĉtif.* Mettant.
{ *Paſſif.* Mis.

* Ainſi *Omettre, Commettre, Permettre,* &c. *l'omets,*
tu omets , &c.

2. NAISTRE, ou NAÎTRE.

IND. *Pref.* Je nais, tu nais, il naît.
Nous naiſſons, vous naiſſés, ils naiſſent.

Imp. Je naiſſois.	CONJ. *Pref.* Je naiſſe.
Déf. Je naquis.	*Imp.* Je naquiſſe.
Fut. Je naîtray.	COND. Je naîtrois.

IMPERATIF. Nais. Naiſſons : naiſſés.
PARTICIPE. { *Actif.* Naiſſant.
{ *Paſſif.* Né, *ou* Nay.

3. PAÎTRE.

IND. *Pref.* Je pais, tu pais, il paît.
Nous paiſſons, vous paiſſés, ils paiſſent.

Imp. Je paiſſois.	CONJ. *Pref.* Je paiſſe.
Déf. *inuſité* *	*
Fut. *	*

Repaître fait au Définy, *Ie repus.* Partic. *Repû.*

4. CROÎTRE.

IND. *Pref.* Je croîs, tu croîs, il croît.
Nous croiſſons, vous croiſſés, ils croiſſent.

Imp. Ie croiſſois.	CONJ. *Pref.* Ie croiſſe.
Déf. Ie creûs.	*Imp.* Ie creûſſe.
Fut. Ie croîtray.	COND. Ie croîtrois.

IMPERATIF. Croîs. Croiſſons : croiſſés.
PARTICIPE. { *Actif.* Croiſſant.
{ *Paſſif.* Creû.

Ainſi *Connoître, Paroître.* Partic. Paſſif, *Connu, Paru.*

IRREGULIERS EN VRE, & CRE.

1. SUIVRE.

IND. *Pref.* Je fuy, tu fuis, il fuit.
Nous fuivons, vous fuivés, ils fuivent.

Imp. Je fuivois.	CONJ. *Pref.* Je fuive.
Déf. Ie fuivis.	*Imp.* Ie fuivifle.
Fut. Ie fuivray.	COND. Ie fuivrois.

IMPERATIF. Suy. Suivons : fuivés.

PARTICIPE { *Actif.* Suivant.
{ *Paffif.* Suivy.

2. VIVRE.

IND. *Pref.* Je vis, tu vis, il vit.
Nous vivons, vous vivés, ils vivent.

Imp. Je vivois.	CONJ. *Pref.* Ie vive.
Déf. Ie vécus, *ou* véquis.	*Imp.* Ie vécufle.
Fut. Ie vivray.	COND. Ie vivrois.

IMPERATIF. Vis. Vivons : vivés.

PARTICIPE. { *Actif.* Vivant.
{ *Paffif.* Vécu.

3. VAINCRE.

IND. *Pref.* Je vaincs, *rare.*
Nous vainquons, vous vainqués, ils vainquent.

Imp. Ie vainquois.	CONJ. *Pref.* Je vainque.
Déf. Ie vainquis.	*Imp.* Ie vainquifle.
Fut. Ie vaincray.	COND. Ie vaincrois.

PARTICIPE. { *Actif.* Vainquant.
{ *Paffif.* Vaincu.

DES
VERBES IMPERSONNELS.

LEs Verbes Imperſonnels ſont ceux qui n'ont que la troiſiéme Perſonne du Singulier.

Il y en a de deux ſortes. Les uns ſont purs Imperſonnels, qui ne ſont uſités qu'à la troiſiéme Perſonne du Singulier ; comme *Neger, il nege : Pleuvoir, il pleut.* Car on ne dit pas, *Ie nege, tu neges : Ie pleus,* &c.

Les autres ſont des Verbes ordinaires, pris dans une conſtruction imperſonnelle ; comme *Tenir, il tient à vous. Plaire, il me plait de.* Car dans un autre ſens, on dit *Ie tiens : Ie plais,* &c.

Les Imperſonnels prennent le Pronom *il,* ou la particule *on,* ou *l'on :* Exemples, 1. *Neger, il nege. Aimer, on aime.* 2. *Tenir, il tient à. Finir, on finit.* 3. *Faloir, il faut. Pouvoir, on peut.* 4. *Plaire, il me plaît de. Dire, on dit.*

Il y en a de Neutres-Paſſifs, comme *Arriver, il eſt arrivé que.* Et de Reciproques, comme *S'enſuivre, il s'enſuit. Voir, il ſe voit que,* &c.

Pour conjuguer ces Verbes, on prend ſeulement la troiſiéme Perſonne du Singulier.

IMPERSONNELS REGULIERS.

1. NEGER.

IND. *Present.* Il nege.

Imp. Il negeoit.	CONJ. Il nege.
Déf. Il negea.	*Imp.* Il negeât.
Fut. Il negera.	COND. Il negeroit.

Temps Composés, *Il a negé : Il avoit negé.* &c.

2. FINIR.

IND. *Present.* On finit.

Imp. On finiſſoit.	CONJ. *Preſ.* On finiſſe.
Déf. On finit.	*Imp.* On finît
Fut. On finira.	COND. On finiroit.

Temps Composés, *On a finy. On avoit finy,* &c.

IRREGULIERS.

1. FALOIR, *comme* VALOIR.

IND. *Present.* Il faut.

Imp. Il faloit.	CONJ. *Preſ.* Il faille.
Déf. Il falut.	*Imp.* Il falût.
Fut. Il faudra.	COND. Il faudroit.

Temps Composés, *Il a falu. Il avoit falu,* &c.

2. PLEUVOIR.

INDIC. *Present.* Il pleut.

Imp. Il pleuvoit.	CONJ. *Preſ.* Il pleuve.
Déf. Il plut.	*Imp.* Il plût.
Fut. Il pleuvra.	COND. Il pleuvroit.

Temps Composés, *Il a plû. Il avoit plû,* &c.

TITRE IV.

DU PARTICIPE.

LE Participe eſt ainſi nommé, parcequ'il tient en partie du Nom; & en partie du Verbe. Il ſe decline par Genres & par Cas, comme le Nom: & il ſignifie le Temps, comme le Verbe dont il eſt formé, & dont il a le Regime.

Le Participe eſt Actif, comme *Aimant* : ou Paſſif, comme *Aimé.*

Dans la Conjugaiſon des Verbes Reguliers & Irreguliers, nous avons montré comment ſe formoient les Participes.

TITRE V.

DES PARTICULES INDECLINABLES

ARTICLE PREMIER.

DE L'ADVERBE.

L'Adverbe ſe nomme ainſi, parcequ'il ſe joint ordinairement au Verbe. C'eſt un mot indeclinable, qui marque la Qualité & la Maniere; comme *Bien, mal, ſagement* : ou la Quantité, comme *Beaucoup, peu, aſſés :* ou le Temps, comme *Maintenant, bien-tôt :* ou le Lieu, comme *Icy, là, ailleurs.* Et autres circonſtances des Actions.

ARTICLE SECOND.

DE LA PRE'POSITION.

LA Préposition est ainsi appellée, du mot Latin *Præpositus*, qui signifie *mis devant* : parceque son usage est d'estre mise devant les Noms qu'elle regit.

Les unes regissent l'Accusatif, comme *Aprés*, *Avec*, &c.

Les autres, le Genitif, comme *Auprés*, *à côté de*, &c.

Iusques regit le Datif. Exemple, *Iusques à Paris* : *jusqu'au Ciel*. Mais devant les Adverbes, ou les Prépositions de Lieu, il n'a point de Regime. Exemple, *Iusques-là* : *jusques dans le Palais*.

ARTICLE III.

DE LA CONJONCTION.

LA Conjonction est un mot qui joint les mots, les Phrases, ou les Periodes. Les mots, comme, *Le Roy & les Princes*. Les Phrases, comme, *Il est heureux*, mais *il manque de prudence*. Les Periodes, comme, *C'est pourquoy*, &c.

Il faut principalement remarquer les Conjonctions Verbales, c'est à dire, qui se joignent aux Verbes, comme *Puisque Si*, *Afin que*, &c.

ARTICLE IV.

DE L'INTERJECTION.

L'Interjection marque les Passions ou mouvemens de l'Ame, comme *Ah! Helas! O!*

TITRE VI.

DE LA SYNTAXE.

LA Syntaxe eſt la diſpoſition & la conſtruction des mots.

Elle eſt de Convenance, ou de Regime.

La Convenance eſt le rapport des mots à l'égard du Genre, du Nombre, du Cas, &c.

Le Regime regarde les Cas & les Meufs qu'il faut joindre aux Verbes, aux Prepoſitions, &c.

ARTICLE PREMIER.

DE LA CONVENANCE.

1. *Des Subſtantifs enſemble.*

DEux Subſtantifs joints par Appoſition, c'eſt à dire, entre leſquels on peut ſous-entendre *qui eſt*, s'accordent en Cas. Exemple, *Le Prophete Roy.* * On conçoit le même Cas, dans le ſecond Subſtantif ; mais l'Article ne ſe repete pas. Ainſi on dit, *du Prophete Roy : au Prophete Roy.*

Quand le premier eſt le Nom Appellatif du ſecond, on les joint avec *de.* Exemple, *La Ville de Paris.*

2. *Du Subſtantif, & de l'Adjectif.*

L'Adjectif s'accorde avec ſon Subſtantif, en Genre, & en Nombre. Exemple, *Vn grand Roy. Les grands Roys. Vne grande Reine.*

* On

* On y conçoit le même Cas ; mais l'Article n'est point repeté, *D'un Roy triomphant : à un Roy trés-sage.*

Il en est de même du Pronom, avec son Substantif. Exemple, *mon Livre : ma maison.*

La même Regle s'observe pour le Relatif, avec son Antecedent. Exemple, *Le Roy vient, je le voy. La Vertu est aimable, je la préfere aux richesses. Le Roy & La Vertu* sont les Antecedens : *Le & La* qui suivent, sont les Relatifs.

Le Pronom *Vous,* joint au Verbe plurier, & pris pour *Tu,* s'accorde neanmoins avec le singulier. Exemple, *Vous estes bon,* pour *tu es bon.*

3. *D'un Adjectif aprés plusieurs Substantifs.*

L'Adjectif qui se rapporte à plusieurs Substantifs, se met au plurier : Et si les Substantifs sont de different Genre, l'Adjectif suivant est au Masculin, comme plus noble. Exemple, *Le Roy & la Reine accompagnez des Princes.*

4. *Du Nom ou Pronom, avec le Verbe.*

Le Verbe est de même Personne & Nombre que le Pronom, ou le Nom qui luy sert d'Antecedent. Exemple, *Ie veux : nous voulons. Le Roy veut.*

* On dit *vous estes,* pour *tu es,* au singulier.

5. *Du Verbe aprés plusieurs Noms, ou Pronoms.*

Le Verbe qui se rapporte à plusieurs Antecedens, se met au plurier. Exemple, *Le Roy & la Reine*

G

font icy. *Les richeffes & la gloire aveuglent les mondains.*

S'il y a un Pronom de la premiere Perfonne, le Verbe fe met à la premiere Perfonne comme à la plus noble. Exemple, *Eux, vous, & moy, fommes d'intelligence.*

S'il y en a un de la feconde Perfonne, avec un Nom ou un Pronom de la troifiéme, le Verbe fe met à la feconde Perfonne. Exemple, *Cet homme-jà, ny vous, ne pouvez pas le faire.*

Aprés la Conjonction *ny*, jointe à deux Noms finguliers, le Verbe fe met au fingulier, ou au plurier. Exemple, *Ny l'efperance, ny la crainte ne le touche,* ou *ne le touchent point.*

Aprés la Conjonction *ou*, le Verbe fe doit mettre au fingulier. Exemple, *Ou l'efperance, ou la crainte le touchera.*

Si le fecond des Noms eft au plurier, le Verbe y fera auffi. Exemple, *La crainte, ou les promeffes le toucheront.*

ARTICLE II.

DU REGIME.

Le Regime appartient aux Noms, aux Verbes, aux Prepofitions, & aux Conjonctions.

I. Le *Nom* regit le Genitif. Exemple, *Plein d'eau.* Ou le Datif. Exemple, *Porté, Enclin à la vertu.* Ou il fe joint avec une Prepofition. Exemple, *Riche en terres, en argent,* &c.

2. Le *Verbe* regit l'Accusatif, qui est semblable au Nominatif. Exemple, *Aimer la Vertu*.

Ou le Genitif. Exemple, *Parler de quelqu'un*.

Ou le Datif. Exemple, *Obeïr à Dieu*.

Plusieurs ont un double Regime. Exemple, *Parler à quelqu'un de quelque chose*.

D'autres regissent l'Infinitif, avec *De*. Exemple, *Tâcher de réüssir*. Ou avec *A*. Exemple, *Commencer à voir*.

Quelques-uns prennent *Que*. Exemple, *Ie sçay que vous estes riche*.

Il y en a qui prennent *Si*. Exemple, *Ie ne sçay si je dois*, &c.

3. La *Préposition* regit l'un des trois Cas, comme nous avons observé, page 71.

4. La *Conjonction* regit l'Indicatif; comme *Puisque*, *Si*, *Quand* je voy, &c.

Ou le Conjonctif; comme *Afin que*, *Quoyque*, *Pourvû que* je sois, &c.

Ou l'Infinitif; comme *Afin de* voir. *Pour* connoître, &c.

LE GENIE
DE LA
LANGUE FRANCOISE.

SECONDE PARTIE.
REMARQUES
SUR LA
GRAMMAIRE FRANCOISE.
TITRE PREMIER.
DE L'ARTICLE.

I. LES NOMS PROPRES N'ONT
POINT D'ARTICLE.

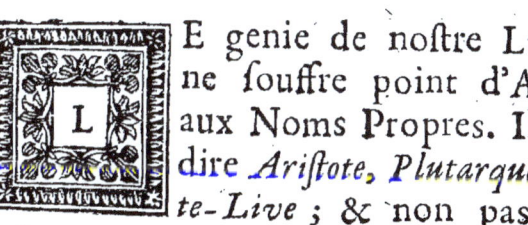 E genie de noſtre Langue ne ſouffre point d'Article aux Noms Propres. Il faut dire *Ariſtote, Plutarque, Ti-te-Live* ; & non pas *l'A-riſtote, le Plutarque, le Tite-Live.* Lors même qu'on entend parler de leurs Oeuvres, il n'y faut point d'Article : *Lire Ariſtote, &c.*

G iij

Mais on nomme les Auteurs Italiens,
à la façon d'Italie, où l'on dit, *il Pe-*
trarca, *il Taſſo*, *l'Arioſto* : Et ainſi nous
diſons *le Petrarque*, *le Taſſe*, *l'Arioſte*, &c.
☞   Nous diſons *la Magdeleine*, & *le*
Lazare. Henry Eſtienne a crû que l'on
ajoûtoit l'Article à ces Noms, pour
marquer que l'on parloit de la Magdeleine & du Lazare, dont il eſt fait men-
tion dans l'Evangile. *Adeò ut ibi, ſicut no-*
vum, ita etiam διακριτικὸν & ἐμφατικὸυ
eſſe Articulum dicere poſſimus. A l'égard
de la Magdeleine, la raiſon eſt, dit Mr
Menage, que c'eſt un Nom Appellatif;
cette Sainte ayant eſté ainſi appellée
de Magdale, lieu de ſa naiſſance. Ainſi
nous diſons *la Cananée*, *la Samaritaine*,
&c. Malherbe & M. Gombaud ont dit
de même, *la Cytherée*. Le nom de *La-*
zare, eſt auſſi devenu Appellatif, & a
ſignifié un Lepreux ; comme il paroît,
dit M. Menage, par le mot *Lazaret*,
dont ſe ſervent les Provençaux, pour
ſignifier une Maladerie : Et par le mot
de *Ladre*, qu'on a dit indifferemment
pour dire & un Lepreux, & S. Lazare.
On met encore l'Article devant les
Noms Propres, pour les diſtinguer d'autres Noms ſemblables. Ainſi on dit *le*

Ciceron de Gruter, la Diane d'Ephese, &c.

Pour ce qui eſt des Noms Propres Italiens, on dit indifferemment *Petrarque & le Petrarque;* & même plus ordinairement *Petrarque.* Et anciennement tous ces noms Italiens ſe mettoient en François ſans article. Du-Bellay dit *Bocace,* dans ſon Illuſtration de la Langue Françoiſe : M. de Balzac dit *Arioſte, Caſtelvetro,* &c. Et le Pere Bouhours, dans l'Entretien du Bel Eſprit, a dit *Bartoli.* A l'égard de *Dante,* c'eſt mal parler que de dire *le Dante;* c'eſt un nom Propre, & non pas un ſurnom de famille : Et les Italiens ne diſent point *il Dante.*

Il faut excepter de la regle generale des Noms Italiens, ceux des Auteurs qui ſont connus particulierement par des Ouvrages Latins, comme *Manuce, Baronius, Sadolet, Sannaʒar* : Et c'eſt comme parle M. de Balzac.

Quand *Amour* eſt un Dieu ſelon la fiction des Poëtes, on dit indifferemment *Amour,* & *l'Amour.* Ainſi en Vers nous diſons *Nature,* & *la Nature* : mais on dit toûjours *l'Aurore,* & non pas *Aurore.*

On dit auſſi *la Victoire, la Paix,* &c.

lors qu'on les represente comme des personnes, par la figure que les Orateurs appellent Profopopée.

✝　　Les Noms Propres de Villes, n'ont point ordinairement d'Article : *Paris, Rome*, &c. Il en faut excepter *le Mans, le Lude, le Kaire, la Meque* ; & les Villes qui ont des noms appellatifs, comme *la Charité, le Câtelet,* &c.

2. Suppression de l'Article, en certaines façons de parler.

Il a esprit.

✳　C'est mal parler de dire, *il a esprit : Il a esprit & cœur.* Noftre Langue aime les Articles, & il faut dire, *il a de l'esprit : Il a de l'esprit & du cœur.* Il y a certains endroits où l'on se dispense des Articles, avec une grace merveilleuse. Ainsi M. Coëffeteau dit, *Il fit main baffe, & tua femmes & enfans.* Mais *il a esprit* ne se peut dire, ny selon le bon usage, ny selon la Grammaire.

Oüir Messe.

☞　*Oüir la Messe*, est mieux dit que *oüir Messe* : Cette derniere façon de parler, est neanmoins conforme à ces autres, *Chanter Messe, Entendre Vespres,*

Dire Vespres, &c. qui font trés-Fran-
çoifes.

Aprés difner. Aprés fouper.

✳ On omet l'Article dans ces façons
de parler, au lieu de dire, *Aprés le difner.*
Aprés le fouper. Car c'eſt un Infinitif
dont nous faifons un Nom fubſtantif,
avec l'Article *le*, comme nous difons *le*
boire, *le dormir*, &c.

De-là Loire.

✳ L'ufage fait dire *de-là Loire*, pour *de-*
là la Loire : parceque la rencontre des
deux *la*, offenferoit l'oreille.

Hôtel Seguier. Palais Mazarin. Palais Cardinal.

☞ L'Ufage retranche l'Article *de*, dans
ces Infcriptions, *Hôtel Seguier*, *Palais*
Mazarin, comme nous difons *l'Hôtel-*
Dieu, *l'Eglife Noſtre-Dame*, *la Foire S.*
Germain, &c. L'Article *du*, eſt fupprimé
en celle-cy, *Palais Cardinal*. *Qui vit*
jamais, dit M. de Balzac, *un Palais qui*
fut Cardinal? Cependant ces façons de
parler font Françoifes.

C'eſt chofe glorieufe.

✳ On ne dit plus, *c'eſt chofe glorieufe* :
mais *c'eſt une chofe glorieufe*, avec l'Article
un, *une*.

3. *De jour à autre. D'heure à autre.*

❋ *D'un jour à l'autre*, fignifie proprement l'efpace & la fuite de d ux jours, & exprime un temps definy. *De jour à autre*, fans article, marque un efpace de temps indefiny, en parlant d'une chofe qui fe fait peu à peu. Ainfi l'on dir, *D'un jour à l'autre, du plus riche homme de la ville, il eft devenu le plus pauvre*, voulant dire qu'eftant aujourd'huy fort riche, il eft devenu fort pauvre le lendemain. Mais fi l'on vouloit marquer indefiniment que ce changement s'eft fait peu à peu, on difoit, *De jour à autre*. Il en eft de même, *D'une heure à l'autre*, & *d'heure à autre*. C'eft pourquoy il faut dire, *Y penfer d'heure à autre. Et d'une heure à l'autre il a paru tout changé.*

4. De, *avec les Adjectifs.*

❋ Devant l'Adjectif, on met *de* au Nominatif & à l'Accufatif, & non pas *des*. Par exemple, on dit. *Il y a d'excellens hommes : Ce pays porte d'excellens hommes* ; & non pas *des excellens hommes*. Mais au Genitif, & à l'Ablatif, on prend *des*. Car on dit, *La gloire des excellens hommes*, & *On l'a dépouillé des belles charges qu'il poffedoit.*

5. *Vent de Midy. Vent du Midy.*

✱ On se sert indifferemment de l'Article
definy, ou de l'indefiny. Ainsi l'on dit,
Du côté de Septentrion, ou *du côté du
Septentrion : Du côté d'Orient,* ou *du côté
de l'Orient.*

Des Noms de Fleuves qui ont du, *ou de* au
Genitif.

☞ Les Noms de Fleuves, Masculins, &
commencez par une Consonne, ont *du*
au Genitif, & non pas *de.* On dit, *Les
rives du Pô, du Rhône,* &c. Et Malherbe
est inexcusable, dit M. Ménage, d'avoir
dit les *rives de Caistre :* En quoy neanmoins il a esté suivy par M. de Maroles.
M. de Segrais a dit de même, *aux riva-
ges de Loin,* au lieu *du Loin.* Ceux qui
sont Masculins, & commencent par une
Voyelle, ont *de,* avec l'article *le* apo-
strophé. *Les bords de l'Euphrate,* &c.
Pour ce qui est des Feminins, ils ont indifferemment *de,* ou *de la.* On dit, *Les
bords de la Loire,* & *les bords de Loire :
De la Marne,* & *de Marne,* &c. L'usage neanmoins reçoit seulement, *De la
Meuse, de la Moselle ;* & non pas, *De
Meuse, de Moselle :* Si ce n'est dans le
voisinage de la Moselle, où l'on dit, *Vin
de Moselle.*

6. *Article incorporé au mot.*

Il eſt arrivé à quelques mots, que l'article apoſtrophé, joint au commencement, a fait enſuite partie du mot, auquel on a ajoûté un autre article. On a eſté long-temps que l'on diſoit *l'hierre*, pour *la hierre* ; comme on dit encore à preſent l'Abbaïe d'Hierre, en Latin *Hedera :* Mais depuis on en a fait un ſeul mot, *Lierre*, & alors il a falu luy donner un nouvel article, & dire *le Lierre*. Ainſi les meilleurs Etymologiſtes croyent que d'*otium*, on a dit *oiſir*, & avec l'article, *l'oiſir* ; puis incorporant l'article avec le mot, *le loiſir*. Il eſt arrivé de même dans les mots que les Eſpagnols ont pris de l'Arabe, qui commencent par *al*, comme *Alcova*, *Alguazil*, &c. où quoy que cét *al* ſoit l'article Arabe, on n'a pas laiſſé d'y ajoûter l'article Eſpagnol, & dire *el Alcova*, *el Alguazil*, &c.

TITRE

TITRE II.

DES NOMS.

CHAPITRE PREMIER.

DES NOMS USITEZ AU SINGULIER, OU AU PLURIER.

1. *Si l'on dit* Bonheurs *au Plurier.*

❋ L'Opinion commune est, que *Bonheur* ne se dit qu'au Singulier, quoyque l'on dise, *malheur, & malheurs.* Il y a neanmoins des endroits où *Bonheur* se peut dire au Plurier, comme en ces exemples. *Pour un malheur qui luy arrive, il luy arrive cent bonheurs. Tous les bonheurs & tous les malheurs du monde.*

☞ *Bonheur* ne se dit point au Plurier, s'il n'est opposé à *malheurs* : Et même en ce cas, il ne se dit plus guere.

2. *Mes obéïssances.*

❋ Il faut dire, *Ie vous iray asseurer de mon obéïssance,* & non pas, *de mes obéïssances.* Quoyqu'une infinité de gens se servent de cette façon de parler, elle n'est pas Françoise. Le mot d'*obéïssance*

H

au Singulier, signifie l'habitude, & les actes réiterez de l'obéissance.

3. *Bonnes graces.*

❋ On ne dit plus au Singulier, *Ie me recommande à vôtre bonne grace*, ny *gagner la bonne grace du Peuple.* Il faut dire, *bonnes graces* au Plurier : Car *bonne grace* au Singulier, veut dire tout autre chose, comme chacun sçait.

4. *Delice.*

❋ Beaucoup de gens disent, *C'est un délice* : Mais cette façon de parler, n'est pas du beau langage, ny du beau stile. *Delices* se dit seulement au Plurier, & est Feminin ; comme *deliciæ* en Latin ; *de grandes delices.*

☞ On disoit anciennement, *un delice* au Singulier, & au Masculin, du Latin *delicium*, (qui est dans Martial, &c.) mais on ne dit plus que *delices* au Plurier, & au Feminin.

5. *Toute sorte, & Toutes sortes.*

❋ *Toute sorte,* se met d'ordinaire avec le Singulier, & *Toutes sortes*, avec le Plurier ; comme, *Ie vous souhaite toute sorte de bonheur. Dieu vous preserve de toutes sortes de maux* : Mais ce n'est pas une faute de joindre le Singulier avec le Plurier. Un celebre Ecrivain a dit, *Toutes autres sortes d'avantages ;* mais *Toute au-tre sorte d'avantage ,* est bien plus doux.

☞ Il est plus élegant de dire toûjours, *Toute sorte* au Singulier , à l'imitation des Latins, qui disent, *Omne genus. Ge-nus omne ferarum.* Il y a neanmoins des endroits où il faut dire *Toutes sortes* au Plurier , comme, *Il y en a de toutes sortes.*

6. *Détail.*

✝ On peut dire *Détails* au Plurier, quand il s'agit de plusieurs affaires ; comme, *Il faut descendre dans mille détails :* Mais il vaut mieux dire, *dans le détail de mille choses.*

7. *Richesse.*

✝ *Richesse* au Singulier, a quelquefois la signification de *Richesses* au Plurier ; comme, *D'où vient vôtre richesse ?* Mais on ne dit jamais, *Acquerir de la richesse,* pour *Acquerir des richesses.*

Dans le figuré, on dit *la richesse, & les richesses d'une Langue :* Mais il semble que le mot de *Richesses ,* signifie toutes les belles locutions qu'une Langue a de son fonds, ou d'ailleurs ; & que par *Richesse,* on conçoit l'abondance & la beauté de ces locutions.

On dit fort bien, *La richesse d'un ha-bit : La richesse d'une Tapisserie, &c.* pour en marquer le prix & la beauté.

8. *Anceſtres.*

☞　　Ronſard & Malherbe ont dit, *An-*
ceſtre au Singulier. *Mon Anceſtre : Leur*
Anceſtre ; Mais c'eſt trés-mal parler.

9. *Gens.*

☞　　*Gent,* en la ſignification de *Nation,* ſe
diſoit autrefois au Singulier, & même **on**
le lit dans les Poëſies de Malherbe, du
Cardinal du Perron, & de M. de Segrais.
Mais quand il ſignifie, *Perſonnes,* il ne ſe
dit qu'au Plurier.

10. *Gueules.*

☞　　*Gueules,* en termes de Blazon, n'a
point de Singulier. *Il porte de Gueules.*

11. *Pleurs.*

☞　　Baïf & Deſportes ont dit, *Le pleur*
au Singulier : Mais ce Singulier n'eſt plus
en uſage.

12. *Ail.*

☞　　Ce mot n'eſt plus uſité qu'au Singulier. Il faut dire, *Sentir l'ail,* & non pas
les aux : Quoyque M. de Balzac ait dit,
Tant que leur éloquence, pour uſer des ter-
mes de Varron, a ſenty les aux & les
ognons.

13. *Air.*

☞　　Il n'a point de Plurier en Proſe,
quand il ſignifie l'Element de l'Air ; mais

en Poësie on dit, *Voler dans les airs.*

14. *Alibi.*

☞ On difoit autrefois des *Alibis ;* mais on ne le dit plus. On dit bien, *Ils ont bien justifié leur alibi.*

15. *Absinthe.*

✳ *Absinthe* au Plurier, n'est pas bon.

☞ On peut fe fervir d'*Absinthes* au Plurier, en Vers, comme les Latins ont dit *Absinthia,* en ce nombre. Malherbe s'en est fervy. *Adoucir toutes nos absinthes.*

16. *Arene.*

☞ *Arenes,* fe peut dire au Plurier dans la Poësie.

17. *Bétail.*

☞ On ne dit point, *Les Bétails ;* mais on dit *les Bestiaux,* du Singulier *Bestial,* qui n'est plus du bel ufage.

18. *Coral.*

☞ On ne dit point, *Coraux* au Plurier, ny *Corals.*

19. *Courroux.*

☞ En Vers on peut dire, *Les courroux* au Plurier.

20. *Fiévre.*

☞ Il faut dire, *J'ay la fiévre,* & non pas, *J'ay les fiévres. La fiévre tierce ; La fiévre quarte,* & non pas, *Les fiévres tierces ; Les fiévres quartes :* Mais on dit

H iij

fort bien, *Toutes sortes de fiévres* ; & par imprecations, *Vos fiévres quartaines.*

21. *Herbe.*

☞ On dit, *Estre couché sur l'herbe*, & non pas, *Sur les herbes.*

22. *Paix.*

☞ Ce mot ne se dit qu'au Singulier. Les Latins ont neanmoins dit, *Paces* au Plurier.

23. *Patience.*

☞ On peut quelquefois dire, *Des patiences* au Plurier ; par exemple, *On a vû des patiences plus grandes que celle de Iob.*

24. *Santé.*

☞ Ce mot n'a point de Plurier, si ce n'est en cette façon de parler, *Boire des santez.*

CHAPITRE II.

DES PLURIERS IRREGULIERS.

1. *Pseaumes Penitentiaux.*

TOus les Noms, dont les Pluriers sont terminez en *aux*, se terminent en *al*, ou *ail* au Singulier ; comme, *maux*, de *mal* : *émaux*, d'*émail*. Cependant l'Usage veut qu'on dise, *Penitentiaux*, quoyqu'on

ne dife pas, *Penitential* au Singulier,
mais *Penitentiel* ; d'où il faudroit dire,
Penitentiels.

2. *Arc-en-ciel.*

❋ Quand il y a lieu d'employer le Plurier, il faut dire, *Arc-en-ciels*, & non pas,
Arc-en-cieux.

3. *Madrigal.*

☞ Il faut dire, *Madrigaux* au Plurier,
quoyque M. de Balzac ait dit, *Madrigals.*

4. *Bal,* & *Bail.*

☞ *Bal*, fait *Bals* : & *Bail*, *Baux.*

5. *Mal,* & *Mail.*

☞ *Mal*, fait *Maux* : & *Mail*, fait
Mails au Plurier.

6. *Pal.*

☞ *Pal*, en Blazon, fait *Pals* au Plurier.
Arragon porte d'or à quatre pals de gueules.

7. *Criftal.*

☞ On dit des *Criftaux*, & non pas des
Criftals : Mais on ne dit, ny *Corals*, ny
Coraux ; car *Coral*, n'a point de Plurier.

8. *Piedeftal.*

☞ Les opinions font partagées pour
Piedeftals, & *Piedeftaux* : Ce dernier eft
le plus ufité. On dit auffi plus communément, *Portaux*, que *Portails.*

9. *Arcenal.*

❋ On dit au Plurier, *Arcenaux*, d'*Arce-*

nal, & non pas, *Arcenacs*, d'*Arcenac*.

☞ *Arſenaux*, eſt plus uſité qu'*Arſenacs* : mais avec le temps, *Arſenacs* l'emportera ſur *Arſenaux* : Et j'apprends, dit M. Ménage, que M. de Gomberville dans ſon Polexandre, a dit *Arſenacs*.

10. *Amiral.*

☞ *Amiral*, fait *Amiraux*.

11. *Poitral, Quintal.*

☞ On dit des *Poitrals*, & non pas des *Poitraux* : mais *Quintal*, fait *Quintaux*.

12. *Eventail, Email, Ail, Soûpirail.*

☞ D'*Eventail*, on dit au Plurier, des *Eventails* : *Email*, fait *Emaux* ; & *Ail*, fait *Aux* ; mais ce Plurier n'eſt plus du bel uſage. *Soûpirail*, fait auſſi *Soûpiraux*.

13. *Martial, Iuvenal.*

☞ *Martial*, en la ſignification de *Courageux*, fait *Martiaux* ; Des gens martiaux : mais *Martial* le Poëte, fait *Martials*. J'ay ſix *Martials* de differente édition. On dit de même, des *Iuvenals*, & non pas, des *Iuvenaux*.

14. *Les Vniverſaux.*

☞ On dit, *Les Vniverſaux*, en termes de Philoſophie, & non pas, *les Vniverſels*.

CHAPITRE III.

DE QUELQUES NOMS
INDECLINABLES.

☞ NOus avons plusieurs Noms indecli-
nables ; c'est-à-dire, qui ont la ter-
minaison du Plurier, semblable à celle du
Singulier. Nous disons, par exemple, *Vn
Opera*, & *Deux Opera ;* & non pas, *Deux
Operas.*

Ainsi, *Vn Errata*, & *Les Errata.*

Cinq Pater, & *Cinq Ave ;* & non pas,
Cinq Paters, & *Cinq Avez.*

Un *Te Deum*, & deux *Te Deum ;* &
non pas, *Te Deons* : quoy qu'on dise,
Des Factons, de *Factum ;* comme, *Des
Dictons*, des *Rogatons.*

Vn Acacia, & *Deux Acacia ;* & non
pas, *Deux Acacias.*

Vn Impromptu, & des *Impromptu*. On
peut aussi dire, des *Impromptus*, aprés M.
Sarrazin, & le P. Bouhours.

† La plus saine opinion fait, *Feu*, indeclinable. M. Patru, M. de Segrais , &
d'autres Ecrivains celebres, sont pour
La feu Reine ; quoyque d'autres disent,
La feuë Reine.

☞ *La feu,* est un monstre de Grammaire.
Ce mot ne vient point de *Fuit,* mais de
Felix, (*Felice, Felce,*) & il se decline :
Ainsi il faut dire, *La feuë Reine-Mere.*

CHAPITRE IV.

INFINITIFS MIS POUR
DES SUBSTANTIFS.

❋ IL y a des Infinitifs, dont nous faisons
des Noms Substantifs, avec l'article *Le;*
comme, *Le manger, le boire, le dormir,
le disner, le souper :* A l'imitation des
Grecs qui disent, τὸ φαγεῖν, τὸ πιεῖν,
τὸ δειπνεῖν.

CHAPITRE V.

VARIATION DES ADJECTIFS.

1. *Gentil.*

❋ CEt Adjectif, *Gentil,* ne fait pas, *Gen-
tile* au Feminin, mais *Gentille,* qui se
prononce, comme *Fille.* Ce qui est tout
particulier à ce mot : Les autres Adjectifs en *il,* formant leur Feminin en *ile ;*

comme, *Subtil, Subtile : Civil, Civile,* &c.

2. *Exclus.*

☞ *Exclus,* fait au Feminin, *Excluë :* Mais on dit, *Recluse,* & *Incluse.*

3. *Dispos.*

☞ *Dispos,* n'a point de Feminin dans le bel usage : Mais si on estoit obligé de s'en servir, il faudroit dire, *Vne femme disposte,* & non pas, *Dispose.*

4. *Borgne, Yvrogne.*

☞ *Borgne,* & *Yvrogne,* Adjectifs, ont au Feminin, *Borgne* & *Yvrogne.* On dit aussi *Borgne,* Substantif, au Masculin & au Feminin. *Vn Borgne, une Borgne :* Mais par mépris, ou par injure, on dit, *Vne Borgnesse ; Vne Yvrognesse.*

CHAPITRE VI.

DES COMPARATIFS ET
DES SUPERLATIFS.

1. *Prochain. Voisin.*

❊ CEs deux mots ne reçoivent point de Comparatif, ny de Superlatif. On ne dit point, *Plus prochain, plus voisin :* *Trés-prochain, trés-voisin ;* ny *fort prochain, fort voisin :* Il faut dire, *Plus proch,*

trés - proche. Par exemple, *A la maison
la plus proche* ; & non pas, *A la maison
la plus prochaine*, ny *la plus voisine*. Ainsi, *C'est mon plus proche voisin* ; & non
pas, comme le Peuple dit abusivement,
C'est mon plus prochain voisin.

☞   Ce ne seroit pourtant pas une faute
de dire, *Plus prochain*, & *plus voisin* ; plusieurs celebres Ecrivains ayant parlé de
la sorte. Malherbe dit, *Par la porte qui
se trouva la plus prochaine*. M. de Balzac,
dans les Vers qui sont devant son Traité
de la Conversation des Romains ; ou
plûtôt M. Chapelain, qui est l'Autheur
de ces Vers, a dit, *Et de cette vertu si
voisine des Dieux*. Dans toutes les Coûtumes, on lit, *Le plus prochain heritier*.

2.   *Si le Comparatif Masculin peut estre
suivy d'un Pronom Feminin,
& au contraire.*

✳   Si un homme dit à une fille, *Ie suis
plus beau que vous* ; ou qu'une fille dise
à un homme, *Ie suis plus vaillante que
vous* ; ce n'est pas mal parler : Mais il
faudroit dire pour parler regulierement,
Ie suis plus beau que vous n'estes belle ; &
Ie suis plus vaillante que vous n'estes vaillant ; ou changer la phrase, *I'ay plus de*
beauté

beauté que vous : I'ay plus de courage que
vous. Mais un homme dira fort bien à
une femme ; ou une femme à un homme , *Ie suis plus riche que vous : Ie suis
plus noble que vous* ; parceque ces Adjectifs , *Riche* , & *Noble* , font du genre
commun , & conviennent également à
l'homme & à la femme : ce qui n'arrive
pas dans les autres Adjectifs, qui ont des
terminaisons differentes, pour le Masculin & pour le Feminin ; comme , *Beau,
Belle* , & *Vaillant* , *Vaillante*.

2. *Beaucoup* , ou *gueres* , joints *au Comparatif*.

✸ Quand on met, *beaucoup*, aprés le
Comparatif, il y faut ajoûter *de*, & dire,
de beaucoup. Mais quand *beaucoup*, est devant le Comparatif, il est mieux de n'y
pas mettre le *de*. Par exemple, *Il est plus
diligent de beaucoup. Il est beaucoup plus
diligent* : Ainsi, *Il est plus grand , mais de
gueres. Il n'est gueres plus grand.*

3. *Habilissime, Grandissime, Bellissime, Rarissime*.

✝ Ces Superlatifs se disent dans le discours familier ; mais on ne les écrit pas,
si ce n'est dans une Lettre familiere &

I

enjoüée, ou dans quelque autre piece
de ce caractere. *Il est habilissime. Faire
une grandissime fortune,* &c. M. de Balzac s'est servy de *circonspectissime,* en écrivant à M. Chapelain. *Vous estes circonspectissime dans les moindres actions de vôtre vie.*

CHAPITRE VII.

DES NOMS NUMERAUX,
OU DE NOMBRE.

1. Quatre, *pour* Quatriéme, *& autres
semblables.*

✳ L'Usage semble autoriser ces façons de
parler, *Henry quatre, Au Chapitre
neuf,* &c. Mais il est bien mieux de se
servir du nombre Adjectif ou ordinant,
que du Substantif ou primitif, comme
parlent les Grammairiens ; & dire, *Henry quatriéme, Au Chapitre neuviéme,* &c.

✝ On dit communément aujourd'huy,
*Henry quatre, Henry trois, Loüis quator-
ze.* On ne dit pas neanmoins, *Henry
deux,* ny *Henry deuxiéme,* mais *Henry second. Henry quatriéme,* est plus selon la
Grammaire ; mais *Henry quatre,* est plus
selon l'Usage.

☞ Ces façons de parler, *Loüis onze, Charles neuf, Henry quatre,* &c. font trés-ufitées. Pour *Henry deux,* ou *deuxiéme,* il ne fe dit point : on ne dit qu'*Henry fecond.*

Quand on veut parler de l'Empereur Charles, il faut dire, *Charles quint :* Si ce n'eft qu'on ajoûte, *Cinquiéme du nom,* fuivant l'obfervation de M. la Motte le Vayer.

On dit dans le difcours familier, *Livre quatre, Article cinq,* &c. Mais pour parler élegamment, il faut dire, *Livre quatriéme, Article cinquiéme,* &c. Ainfi *le deuxiéme Mars,* & non pas, *le deux Mars,* &c. Mais quand deux de ces nombres ordinans fe fuivent, on met le premier au Subftantif, & l'on dit, *le dix ou douziéme, le fept ou huitiéme,* &c.

2. *Septante, Octante, Nonante.*

✳ Le nom de *Septante,* eft confacré, quand on parle des Interpretes de la Bible. *Les Septante : la Traduction des Septante.* Hors de-là, il faut dire, *Soixante-dix.*

On ne dit point, *Octante,* ny *Nonante,* mais *quatre-vingts,* & *quatre-vingts dix.*

☞ Mais, en termes d'Arithmetique &

I ij

d'Aftronomie, on dit fort bien, *Septante,*
octante, nonante. On peut dire les *Soi-*
xante-dix, ajoûtant, *Interpretes de la Bi-*
ble, comme a remarqué M. de Balzac.

3. *Mille.*

✳ Les noms de nombre, *Vingt, cent,*
millier, million, ont un Plurier ; & l'on
dit, *Quatre-vingts, cinq cens, six milliers,*
deux millions. Mille, en a un auffi ; mais
il ne prend point d's. L'on dit, par e-
xemple, *Deux mille, trois mille,* & non
pas, *Deux milles.*

Mais quand *Mille,* fignifie *une étenduë*
de chemin, laquelle fait une partie d'une
lieuë Françoife, alors il faut mettre une
s au Plurier, & dire, *Deux milles, trois*
milles, &c.

☞ On difoit anciennement, *Mil,* &
Mille, indifferemment ; mais il n'y a
plus que les Notaires & les Praticiens
qui écrivent ce mot de la forte. Il faut
prononcer & écrire, *Mille* ; *Deux mille*
hommes : Si ce n'eft, en datant les années, où l'on dit, *Mil* ; comme, *L'an*
mil fix cens quatre-vingts quatre.

Mille, au refte eft indeclinable. Il faut
dire, *Ie luy ay mille obligations,* & non
pas, *Milles obligations.*

Vingt, eft Plurier Adjectif, comme a

remarqué Ramus : *Vingt hommes.* Quand il devient Subſtantif, il prend *s* au Plurier. *Quatre-vingts, les Quinze-vingts,* &c.

Cent, ſe decline. On dit, *Cens* au Plurier. *Cinq cens hommes.*

Millier, & *Million,* ſuivent la regle des Subſtantifs. *Dix milliers : Dix millions.*

Quatre, Cinq, &c. ne prennent point d's au Plurier. On dit, en joüant aux cartes, *J'ay deux quatre, deux cinq, deux ſept, deux huit,* &c. & non pas, *Deux quatres, deux cinqs, deux ſepts, deux huits,* &c.

✝ Il y en a qui croyent qu'il faut écrire, *Deux cent chevaux,* comme, *deux mille chevaux.* Mais ils ſe trompent, on dit, *Cent chevaux,* & *Deux cens chevaux : Cent hommes,* & *Deux cens hommes.*

TITRE III.
DES PRONOMS.
CHAPITRE PREMIER.
DES PRONOMS PERSONNELS.

1. *Pronoms supprimez*, ou *non repetez*.

LA suppression des Pronoms personnels devant les Verbes, est mauvaise,
lorsque la construction change tout-à-
fait, comme en cét exemple. *Vne chose
mal donnée, ne sçauroit estre bien deuë, &
ne venons plus à temps de nous plaindre,
quand nous voyons qu'on ne nous la rend
point.* Il faloit dire, *Et nous ne venons,* &c.

Cette suppression est aussi mauvaise,
lorsque la construction est interrompuë
par une particule separative ou disjonctive; comme, *Mais, ou,* & autres semblables. Par exemple, *Nous ne sommes pas
contens de nous informer du fonds de celuy
qui emprunte; mais foüillons jusques dans
sa cuisine.* Il faut dire, *Mais nous foüillons.* Ainsi, *Ou nous le confesserons, ou
le nierons,* ne vaut rien; il faut dire, *Ou*

nous le confefferons, ou nous le nierons.

　　2. *Il*, aprés *Quiconque.*

✳ Quand on a dit, *Quiconque*, il ne faut pas dire, *il* aprés, quelque diftance qu'il y ait entre-deux. Par exemple, *Quiconque veut vivre en homme de bien, & fe rendre heureux en ce monde & en l'autre, doit,* &c. & non pas, *il doit.*

　　3. *Pronoms Perfonnels, ou Demonftratifs, aprés* Ame, Efprit.

✝ Il ne faut pas mettre un Pronom aprés ces mots, *Ame, Efprit,* quand ils font pris perfonnellement. Par exemple, ce feroit mal dit, en parlant à une Devote, *Les Ames devotes n'ont pas tant d'ardeur pour les richeffes, que la vôtre en a;* ou en parlant à un bel Efprit, *Les beaux Efprits ne font pas fi fombres, ny fi triftes que le voftre.* Au lieu de, *Que la vôtre en a,* il faut dire, *que vous en avez;* & au lieu de, *Que le vôtre,* il faut dire, *que vous eftes.*

　　Il faut dire le même de *Tefte, Plume, Epée,* quand ils tiennent lieu de la perfonne. *Il n'y a pas dans le Parlement, une meilleure tefte que Monfieur ✳✳ & non pas, que celle de Monfieur ✳✳*

CHAPITRE II.

DES PRONOMS RECIPROQUES.

1. Soy, *Pronom.*

* CE Pronom ne fe rapporte jamais au Plurier, fi ce n'eft quelquefois avec la prépofition *de.* Par exemple, il ne faut pas dire, *Comme gens qui ne croyent pas avoir occafion de penfer à foy* ; mais, *de penfer à eux.* Ny, *Ils ne font pas tant cela pour vous, que pour foy* ; mais, *pour vous que pour eux.*

2. De foy.

* On dit bien, *de foy* au Plurier, en parlant des chofes, lorfque *de foy*, eft devant l'Adjectif Plurier. Ainfi, *De foy ces chofes font indifferentes* ; mais la plûpart le condamnent, quand il eft aprés, comme, *Ces chofes font indifferentes de foy*, & foûtiennent qu'il faut dire, *Ces chofes font indifferentes d'elles-mêmes.*

3. Soy, Luy. Soy-même, Luy-même.

✝ Quand on parle en general, fans marquer une perfonne particuliere, qui foit le Nominatif du Verbe, il faut fe fervir

de *Soy*. Par exemple, *On fait mille fau-*
tes, quand on ne fait nulle reflexion sur
foy. Mais quand il s'agit de quelqu'un en
particulier, on met *Luy*, au lieu de *Soy*.
C'eſt un homme qui ne fait point de refle-
xion fur luy.

Quand on parle de l'*exterieur*, on met
Soy, plûtôt que *Luy*. Par exemple, *Il eſt*
propre fur foy.

Quand il s'agit d'une chofe, & non pas
d'une perfonne, on met d'ordinaire *Soy*.
Ce corps attire à foy la vertu des autres :
La vertu a dans foy tout ce qui peut la
rendre aimable. On pourroit dire neanmoins, *à luy*, & *dans elle :* Mais il y a des
endroits où l'on ne pourroit pas dire, *luy*
& *elle*, comme en cét exemple. *Le vice*
a dans foy tout ce qui peut le rendre odieux ;
on ne pourroit pas dire, *Le vice a dans*
luy, &c. Ainſi, *Pas-une de ces efpeces n'eſt*
parfaite de foy, & non pas, *parfaite d'elle.*

Soy-même, fe dit comme *Soy*, en general. *Faire mille reflexions fur foy-même.*

En parlant de quelqu'un en particulier,
on dit prefque également, *Soy-même*, &
Luy-même. C'eſt un homme qui a bonne
opinion de foy-même, ou *de luy-même :*
Mais au Nominatif on met toûjours,
Luy-même. Il y courut luy-même.

Qand il eft queſtion d'une choſe, &
non pas d'une perſonne, on met preſque toûjours, *Soy-même. Vn diſcours qui
coule de foy-même. Ce qui s'offre de foy-
même,* &c.

4. Même, *Pronom.*

✱ Avec *Moy, Toy, Luy, Nous, Vous, Eux,
Elles* ; *Même,* eſt un Pronom qui prend
s au Plurier. Ainſi il faut dire, *Eux-
mêmes, Elles-mêmes,* & non pas, *Eux-
même, Elles-même,* &c.

CHAPITRE III.

DES PRONOMS POSSESSIFS

1. *Mon, Ton, Son.*

✱ SOit que ces Pronoms ſoient du genre
commun, ſervant toûjours au Maſculin, & quelquefois au Feminin, devant
les noms commencez par une Voyelle ;
ſoit qu'eſtant toûjours Maſculins, on ne
laiſſe pas de les joindre avec les Feminins qui commencênt par une Voyelle,
afin d'éviter la cacophonie : Il faut toûjours dire, *Mon ame, mon inclination,* &c.
On dit bien, *M'amie, m'amour;* mais

c'eſt en termes de careſſes : Car l'on ne dira pas, *Vne telle eſtoit fort m'amie : M'amour eſt conſtante ;* mais, *Mon amie, mon amour.*

Devant *H* aſpirée, on dit, *Ma,* & non pas, *Mon. Ma harangue.* Mais ſi l'*H* eſt muëtte, on dit, *Mon. Mon hiſtoire,* &c.

2. *Mien, Tien, Sien.*

❋ Ces trois Pronoms ne ſe mettent plus avec des Subſtantifs, comme on avoit accoûtumé d'en uſer. Par exemple, ceux qui ont ſoin de la pureté du langage, ne diſent plus, *Vn mien frere, Vne tienne ſœur ;* mais, *Vn de mes freres,* s'il y en a pluſieurs ; ou *Mon frere,* s'il n'y en a qu'un.

☞ Il y a des Pronoms poſſeſſifs, dit M. Ménage, aprés l'Autheur de la Grammaire generale & raiſonnée, qui ſe mettent toûjours avec un Nom ſans article. *Mon Livre,* &c. D'autres qui ſe mettent toûjours avec l'article ſans Nom. *C'eſt le mien,* &c. Et il y en a qui ſe mettent en toutes les deux manieres. *Nôtre Livre : C'eſt le nôtre,* &c.

3. *Mon Quartier. Nôtre Quartier.*

✝ Les Bourgeoiſes diſent, *Nôtre quar-*

tier. Les Dames de qualité difent, *Mon quartier.* Ce *mon quartier,* ne femble pas trop raifonnable, ny trop modefte; mais il eft du grand air, & du bel ufage. Aprés tout, il n'eft pas plus choquant que *Mon païs,* que tous les honnêtes gens difent. Il n'y a que le peuple qui dife, *Nôtre païs,* en parlant à des gens qui ne font pas du même païs : Car fi les gens à qui nous parlons, font de même païs que nous, *Nôtre païs,* ne choque point.

4. Son, *pour* En.

✝ En parlant d'une maladie, il ne faut pas dire, *je connois fa caufe,* ou *fon origine* : mais *j'en connois la caufe.* On dit bien du malade qui a la fiévre, *fes accés font longs,* c'eft à dire, *les accés qu'il a font longs* : mais en parlant de la fiévre, on dira *les accés en font longs.*

CHAPITRE IV.

DES PRONOMS DEMONSTRATIFS

1. *Celuy-là, qui.*

✱ JAmais on ne joint le Pronom *celuy-là,* au Relatif *qui,* ou *lequel.* Exemple, *Ceux-là qui aiment Dieu, gardent fes*

Com-

Commandemens : C'eſt trés-mal parler.
Il faut dire, *Ceux qui aiment Dieu :*
Mais quand il y a quelque Verbe entre
le Pronom demonſtratif, & le Relatif,
il faut ajoûter la particule *là ;* comme,
Ceux-là ſe trompent, qui croyent, &c.

☞ Il y a pourtant de certains endroits
où il eſt mieux d'ajoûter la particule *là.*
Comme quand on dit demonſtrative-
ment, *C'eſt celuy-là qui m'a bleſſé, arre-
ſtez-le.*

2. *Ceux de ſes Serviteurs, qui,* &c.

✱ Quand on ne veut pas parler genera-
lement de tous, mais de quelques-uns
ſeulement qui font partie du tout, il
faut uſer de ce Pronom. Exemple, *Il
récompenſa ceux de ſes Serviteurs, qui l'a-
voient bien ſervy ;* & non pas, *Il recompenſa ſes Serviteurs qui l'avoient bien ſervy.* Car cette derniere expreſſion ne re-
ſtraint pas la recompenſe à quelques-uns
des Serviteurs, & l'on peut entendre
qu'il recompenſa tous ſes Serviteurs, qui
tous l'avoient bien ſervy.

3. *Ce temps-cy : Ce temps icy.*

✱ Tout Paris dit, *Cét homme-cy, ce
temps-cy :* Mais la plus grand'part de la
Cour, dit, *Cét homme icy, ce temps icy.*

K

On peut dire l'un & l'autre en parlant, mais pour écrire, si ce n'eſt dans le ſtile le plus bas, on ne ſe ſert ny de l'un, ny de l'autre. *Cét homme, ce temps,* ne diſent-ils pas la même choſe, ſans y ajoûter *cy,* ou *icy.* Cette particule n'eſt bonne qu'au Pronom *celuy,* comme *celuy-cy, celle-cy ;* car *cettuy-cy,* n'eſt plus gueres en úſage.

✝ On dit, *Dans ce temps-cy,* & non pas, *Dans ce temps icy :* Et on doit ſe ſervir quelquefois de cette expreſſion pour bien marquer ce qu'on veut dire. *Ce temps-cy* eſt oppoſé à *ce temps-là ;* de la même maniere que *cecy* eſt oppoſé à *cela.*

4. Elle, *aux cas obliques.*

✝ *Elle,* au Nominatif, convient à la perſonne & à la choſe, mais aux cas obliques *Elle* ne convient pas toûjours à la choſe. Voicy quelques endroits où *Elle* ſe met fort bien dans les cas obliques.

1. Quand la choſe ſe prend pour une perſonne. Par exemple, *Si la Vertu paroiſſoit à nos yeux, nous ſerions tous charmez d'elle.*

2. Quand on employe une phraſe qui a rapport aux perſonnes. Par exemple, *La Philoſophie triomphe aiſément des maux paſſez, & de ceux qui ne ſont pas preſts*

d'arriver ; *mais les maux prefens triom-*
phent d'elle, parceque *Triompher,* eft un
mot qui regarde les perfonnes. [Voyez
l'ufage de *Qui,* au premier Article du
Chapitre 5. qui fuit.]

3. Aprés *C'eft,* comme en parlant de
la Philofophie, on dira bien, *C'eft d'elle*
que les hommes ont appris à vivre : C'eft à
elle qu'ils doivent leurs plus belles connoif-
fances.

5. *Ce,* Neutre demonftratif, reperé
aprés *Ce qui.*

✳ Quelques-uns repetent *ce,* difant *c'eft ;*
& d'autres ne le repetent pas. Par exemple, *Ce qu'il y a de plus deplorable,* *c'eft,*
&c. D'autres difent, *Ce qui eft de plus*
deplorable, *eft,* &c. Ce dernier eft plus
ufité, fi ce n'eft que le premier *ce,* foit
fort éloigné du Verbe Subftantif *eft,* qui
fuit : Car alors il eft meilleur de dire
c'eft ; comme, *Ce qui eft de plus deplora-*
ble & de plus étrange en tout le cours de la
vie humaine fujette à tant de miferes, *c'eft,*
&c. *Eft,* y feroit bon, mais *c'eft,* ÿ eft
beaucoup meilleur, parcequ'il recueïlle
tout ce qui a efté dit entre-deux ; & re-
joignant le Nominatif au Verbe, fait
l'expreffion plus nette & plus forte.

Si au lieu de *ce,* il y a quelque autre

mot auparavant, on dit ensuite, *est,*
beaucoup mieux que *c'est;* comme, *La*
difficulté que l'on y pourroit apporter, est,
&c. Si neanmoins le Nom estoit fort
eloigné du Verbe, on diroit mieux, *c'est;*
comme, *La cause de tant de malheurs & *
de miseres qui nous arrivent en ce monde
les unes sur les autres, c'est, &c. plûtôt
qu'*est.*

6. *Ce que c'est que.*

❋ On ne dit plus, *que c'est.* Par exemple, *Il n'y a point de Loy qui nous appren-*
ne ce que c'est que l'ingratitude, & non
pas, *que c'est que l'ingratitude.*

7. *Ce sont, ce furent.*

❋ On met fort bien *ce,* avec le Plurier
du Verbe Substantif. Par exemple, *Les*
plus grands Capitaines de l'Antiquité, ce
furent Alexandre, Cesar, &c. On pourroit dire, *furent,* sans *ce,* & peut-estre,
ce fut : Mais *ce furent,* est incomparablement meilleur.

Ce, au commencement de la periode,
se dit encore au même sens, & avec
plus de grace qu'en l'exemple precedent.
Par exemple, *Ce furent les Romains qui*
domterent, &c.

Ce Pronom se met encore avec le
Verbe Substantif au Plurier, quoyque le

Nom qui precede foit au Singulier.
Exemple, *L'affaire la plus fâcheuse que
j'aye, ce font les comptes d'un tel,* &c. & non
pas, *c'est les comptes,* où le Plurier qui
fuit, regit le Verbe Subftantif qui precede. Ces façons de parler des Latins,
Domus antra fuerunt, & *omnia pontus
erant,* reviennent à peu prés à celles que
nous venons de dire.

8. Ce, *pour* Cela.

✳ *Outre ce,* ne vaut rien. Il faut dire,
Outre cela.

Pour ce, ne fe dit plus ; mais, *à caufe
de cela,* ou *partant.*

A ce faire, & *en ce faifant,* ne font
plus du beau ftile.

9. *Ce dit-il, ce dit-on.*

✳ On dit tous les jours l'un & l'autre,
en parlant ; mais on ne le doit point
dire en écrivant, que dans le ftile bas.
Il fuffit de dire, *Dit-il, dit-on,* par pa-
renthefe, quand on introduit quelqu'un
qui parle.

10. *Il m'a fait ce bien, de,* &c.

✳ Il ne faut pas condamner abfolument,
*Il m'a fait ce bien, de me dire. Il m'a fait
cét honneur, de,* &c. Mais il eft bien plus
doux & plus regulier de dire avec l'ar-

ticle, *Il m'a fait le bien, il m'a fait l'hon-*
neur de me dire.

11. *Ce que,* pour *Si,* ou *Quant à ce que.*

❋ Il eſt bien François, & a beaucoup de
grace, quand il ne fait point d'équivoque. Par exemple, *Ce que Mercure eſt*
peint en la compagnie des Graces, c'eſt pour
ſignifier, &c.

CHAPITRE V.

Du Pronom Relatif.

1. Uſage de *Qui,* aux cas obliques.

❋ QVi, eſt des deux genres & des deux
nombres, & s'attribuë aux perſonnes
& aux choſes. Il eſt de même de *Que,* à
l'Accuſatif : mais au Genitif, au Datif &
à l'Ablatif, il ne s'attribuë qu'aux perſonnes. Par exemple, en parlant des Animaux,
on ne dira pas, *C'eſt un cheval, de qui j'ay*
reconnu les défauts : Vn cheval à qui j'ay
fait faire de grandes traittes ; Vn cheval
pour qui j'ay penſé avoir querelle. Il faut
dire, *Vn cheval dont j'ay reconnu les dé-*

fauts : *Vn cheval auquel* , &c. *Vn cheval pour lequel,* &c.

Il en eſt de même , ſi l'on parle d'une choſe inanimée ; comme , *table , lit, chaiſe,* &c. Car on ne dira pas , *C'eſt la table de qui je vous ay donné la meſure* ; ny *à qui je me ſuis bleſſé,* ny *pour qui on a tant fait de bruit* : Mais, *La table dont,* &c. *à laquelle,* &c. *pour laquelle,* &c.

Cette remarque eſt encore vraye aux choſes morales ; comme, *Bonté, magni-ficence,* &c. Car on ne dira point , *C'eſt cette bonté , de qui je vous ay tant parlé* ; ny *à qui vous eſtes obligé,* ny *pour qui vous avez tant d'eſtime.*

Si neanmoins on parle de *Gloire,* de *Victoire,* de *Vertu,* de *Renommée,* & d'autres choſes de cette nature, par Pro-ſopopée, *Qui,* n'y ſera pas mal aux cas obliques, comme, *La gloire à qui je me ſuis devoïé,* (ce qu'Alexandre avoit ac-coûtumé de dire,) & ainſi des autres.

Ce qui a lieu, ſi la phraſe eſt perſon-nelle ; comme, *Voilà un cheval à qui je dois la vie : Voilà une fleur à qui j'ay don-né mon cœur,* &c. parceque ces expreſ-ſions , *Devoir la vie, & donner ſon cœur,* ne conviennent proprement qu'aux per-ſonnes.

† *De qui*, tient proprement lieu d'Ablatif. *C'est l'homme de qui j'ay receu une grace,* &c. Cependant de fort bons Autheurs font, *de qui*, Genitif. *Les hommes de qui l'esprit veut sonder les secrets les plus cachez. Malheur à ceux de qui toute la vie se passe en souhaits.* Quelques-uns disent qu'il le faut laisser aux Poëtes. On ne peut neanmoins se dispenser de s'en servir, en interrogeant. *De qui deplorera-t-on le malheur?* Mais, *de qui* au Genitif, ne vaut rien du tout, quand il est mis aprés le Substantif qui le regit. Par exemple, *Le Prince, au service de qui j'ay passé les plus belles années de ma vie;* il faut dire, *au service duquel.*

2. *Dont.*

✳ Cette particule convient à tout genre & à tout nombre, & s'accommode avec toutes sortes de choses, au lieu du Genitif & de l'Ablatif, *duquel, de laquelle; desquels, desquelles.* Par exemple, *L'homme,* ou *la femme; Les hommes,* ou *les femmes dont j'ay parlé. C'est un importun, dont* (& non pas, *duquel*) *j'ay bien eu de la peine à me défaire. Ce sont des malheurs dont il n'est pas exempt,* &c. Quelques-uns disent encore, *dont,* pour *d'où,* en parlant d'un lieu; comme, *Le lieu*

dont je viens ; mais c'eft trés-mal parler.
Il faut dire, *d'où je viens.* On dit bien,
La race, ou *la maifon dont il eft forty,*
pour *d'où il eft forty,* qui n'eft pas fi
bon.

Dont, fait une équivoque dans ces
façons de parler. *C'eft un homme dont
l'ambition exceffive a ruiné la fortune. Les
Immortels dont la vertu fuit les exemples.*
Car dans le premier, *dont* fe rapporte à
fortune ; & il femble qu'il ait rapport à
ambition. Dans le fecond, *dont* fe rapporte à *exemples,* qui eft éloigné, & non
pas à *vertu,* qui eft proche. Mais les
meilleurs Ecrivains ne font point fcru-
pule de s'en fervir : Il feroit bon neanmoins d'éviter cette équivoque.

Quand aprés un Genitif regy par un
Nominatif, on ne fçait auquel des deux
rapporter *dont,* il faut fe fervir de *duquel,
de laquelle, defquels, defquelles,* pour fe
faire entendre. Par exemple, *C'eft la caufe
de cét effet, dont je vous entretiendray à
loifir :* On ne fçait fi *dont,* fe rapporte à la
caufe, ou à l'effet. C'eft pourquoy fi vous
voulez qu'il fe rapporte à la caufe, il faut
dire, *C'eft la caufe de cét effet, de laquelle
je vous entretiendray :* Et fi vous voulez
qu'il fe rapporte à l'effet, il faut dire,

C'eſt la cauſe de cét effet, duquel je vous
entretiendray.

Dont, ne ſe met gueres que pour un
Genitif, ou un Ablatif. C'eſt pourquoy
c'eſt mal dit, *Le zele dont il a parlé ;* il
faut dire, *Le zele avec lequel il a parlé*,
parcequ'on dit, parler *avec zele*, & non
pas, *de zele*. On dit bien, *Le ton, l'air
dont il a parlé*, parcequ'on dit, *parler
d'un air rude : d'un ton imperieux*. De
même on dit, *L'argent dont j'ay acheté
cela*, parcequ'on dit, *acheter quelque choſe de ſon argent*.

3. *Quoy*, Pronom Neutre.

Ce mot a un uſage élegant pour ſup-
pléer au Pronom *Lequel*, en tout genre & en tout nombre, en parlant des
choſes. On dit donc fort bien, *Le plus
grand vice à quoy il eſt ſujet*, pour *auquel*. Et, *La choſe du monde à quoy je
ſuis le plus ſujet*, pour *à laquelle*. Voicy
deux exemples pour le pluriel, *Les trem-
blemens de terre à quoy ce païs eſt ſujet*,
pour *auſquels*. Et, *Ce ſont des choſes à
quoy il faut penſer*, pour *auſquelles*.

4. *Dont*, Neutre.

On ſe ſert de *Dont*, Neutre, pour *dequoy*. Exemple, *Ce dont je vous ay parlé.
C'eſt cela dont je vous parle*.

5. *Ce que c'eſt : Ce que je dis.*

✳ Dans *ce que c'eſt ; que* eſt un Nominatif : Et dans *ce que je dis ; que* eſt un Accuſatif.

6. *N'avoir que faire.*

✳ *Quand on n'a que faire*, pour dire, *Quand on n'a rien à faire*, eſt trés-François & trés-elegant.

Ie ne puis que deviner. N'ayant que répondre, & autres ſemblables ; tout cela eſt bien dit.

7. Differences de *Qui, que, quoy*,

✳ *Qui* pour *lequel*, ſe met en tous les Cas, en tous les Genres, & en tous les Nombres : Mais hors du Nominatif, il ne ſe met gueres que pour les Perſonnes, à l'excluſion des animaux & des choſes inanimées.

Quoy, au contraire ſe met ſeulement quand il s'agit des animaux & des choſes inanimées : & s'accommode aux deux Genres & aux deux Nombres.

Que, à l'Accuſatif, ſe met pour *lequel, laquelle, leſquels, leſquelles*, de quoy que ce ſoit que l'on parle ; & eſt indeclinable.

8. *Lequel.*

✳ Ce Pronom au Nominatif ſingulier & pluriel, tant pour le Maſculin que pour

le Feminin, est rude pour l'ordinaire, &
l'on doit plûtôt se servir de *qui*. Si ce
n'est pour éviter une équivoque. Par
exemple, *C'est un effet de la divine Pro-*
vidence, qui attire l'admiration de tout le
monde, il faut dire, *lequel attire;* parce
que le relatif se rapporte à *effet*, & non
pas à *Providence* : & *qui* estant du Genre commun, ne marque point de rapport, & peut se rapporter à *Providence.*

On se sert aussi de ce Pronom au Nominatif, quand on commence quelque
narration considerable. Par exemple, *Il*
y avoit à Rome un grand Capitaine, le-
quel par le commandement du Senat, &c.

Aux autres Cas, il n'y a aucune rudes-
se à en user . si ce n'est lors qu'on peut
se servir des Cas de *qui;* car alors il
les faut employer, parceque ces mots
de qui, dont, à qui, que, quoy, sont plus
doux. En voicy des exemples selon l'ordre des Cas.

Au Genitif, *J'ay envoyé un Courier*
exprés, au retour duquel je verray, &c.
& non pas au retour *de qui.* De même
au Feminin, *J'honore infiniment sa vertu,*
en consideration de laquelle, &c.

Au Datif, *C'est un heureux succez, au-*
quel je n'ay contribué que de mes vœux,

&

& non pas, *à qui.* Quelques-uns difent, *à quoy je n'ay contribué ;* mais il n'eft pas fi bon qu'*auquel.*

A l'Accufatif, *C'eft un fujet fur lequel on peut dire beaucoup de chofes,* & jamais *fur qui.* Quelques-uns difent, *furquoy.* Ainfi, *I'y ay efté un an, pendant lequel.*

A l'Ablatif, on ufe plus fouvent de la particule *dont.* Exemple, *C'eft un impor-tun dont je me veux défaire,* & non pas *duquel.*

9. *Qui*, aprés l'article indefiny, *de.*

❋ Exemple, *Il a efté bleffé d'un coup de fleche qui eftoit empoifonnée.* Ce feroit mal parler, parceque *fleche*, eftant joint à un article indefiny, le relatif *qui*, ne fçau-roit s'y rapporter : Mais s'il y avoit, *Il a efté empoifonné de la fleche*, ou *d'une fleche qui eftoit empoifonnée ;* alors ce fe-roit fort bien dit.

La raifon, ce femble, eft que le Pro-nom Relatif eft toûjours definy, & qu'-ainfi il n'a point de correfpondance avec un Nom indefiny. Le Relatif eft comme une chofe fixe & adherante, & le Nom avec l'article indefiny, eft comme une chofe vague, où rien ne fe peut atta-cher.

L

☞ M. de la Motte le Vayer, & Dupleix, soûtiennent le contraire ; mais il faut avoüer que la regle de M. de Vaugelas a lieu dans la plûpart des endroits pour une plus grande perfection.

10. *Le peu d'affection qu'il m'a témoigné.*

✳ *Témoigné*, se doit rapporter à *le peu*, & non pas à *affection*. Il en est de même de tous les Adverbes de quantité, *Plus, moins, beaucoup, autant*, &c. comme, *J'ay plus perdu de pistoles en un jour, que vous n'en avez gagné en toute vôtre vie* ; & non pas, *gagnées*.

Nous avons dit cy-devant, que le Relatif *qui*, ne peut se rapporter à un Nom qui n'a que l'article indefiny. Suivant cette Regle, on ne peut pas dire, *Le peu d'affection qu'il m'a témoignée*, parceque *témoignée*, ne se peut rapporter à *affection*, que par la liaison & l'entremise du Pronom *que*, lequel ne peut y avoir de rapport, à cause que ce Nom n'a que l'article indefiny.

☞ On dit fort bien, *Le Roy ne souffre point de Courtisans qui ne soient bons à quelque chose.*

11. *Qui*, aprés un Nom sans article.

✳ Exemple, *Il a fait cela par avarice, qui*

eſt capable de tout. C'eſt mal parler, parce qu'*avarice*, n'a point d'article, & demeure indefiny. Il en eſt de même, du Genitif *dont*, qui eſt relatif pour *de qui*. Car on ne dira point, *Il a fait cela par avarice, dont la ſoif ne ſe peut éteindre.*

On dit au Vocatif, *Avarice qui cauſez tant de maux. Hommes qui vivez en bêtes*, &c. C'eſt une exception de la regle ; & même on peut dire que la Regle ſubſiſte encore au Vocatif, parceque l'article du Vocatif ô, y eſt ſous-entendu ; mais l'article n'eſt point ſous-entendu aux autres cas.

☞ M. de la Motte le Vayer & Dupleix, alleguent ces exemples pour montrer que cette regle eſt fauſſe. *Il a fait cela par amour, qui eſt une dangereuſe paſſion. Je ſçay cela par experience, qui ne s'acquiert que par une longue pratique*, & pluſieurs autres. Auſquels on peut ajoûter ces endroits de M.ᵉ d'Ablancourt, *Il demanda permiſſion de parler, qui luy fut accordée. On fit tréves pour trois mois, qui ne dura pourtant que trois jours.* Mais nonobſtant tous ces exemples, & l'autorité de ces Ecrivains, il faut avoüer que la regle de M. de Vaugelas a lieu, pour une plus grande perfection, dans la plûpart des endroits.

Pour ce qui eſt de l'exemple de Dupleix, *Tu as eſté creé Magiſtrat par eleÐion, qui eſt une voye legitime pour parvenir aux digniteʒ ;* il eſt vray qu'on parle de la ſorte : mais le Pronom *qui,* en ce lieu-là, n'eſt pas relatif à *éleÐion,* il ſe rapporte à *eſtre creé Magiſtrat par éleÐion,* & ſignifie, *laquelle choſe.* Ces deux autres exemples de Dupleix, *On gouverne ainſi à Paris, qui eſt la plus belle Ville de l'Europe. Ariſtote fut enrichy par Alexandre ; qui avoit eſté ſon Diſciple ;* ne font rien non plus contre la remarque de M. de Vaugelas, *Paris & Alexandre* eſtant des Noms Propres qui ne reçoivent point naturellement d'article.

Il y a pourtant de certains endroits où le Relatif *qui,* peut fort bien eſtre employé aprés des Noms qui n'ont point d'article ; comme en cét exemple, *Ils venoient à nous, en gens qui vouloient combattre.*

12. *Le, la, les,* Relatifs, aprés un Nom qui n'a point d'article definy.

† Exemple, *Vous aveʒ droit de chaſſe, & je le trouve bien fondé.* Quelques-uns

croyent que cela peut paſſer ; mais les
plus ſçavans dans la Langue , ſont d'un
ſentiment contraire ; & leur raiſon eſt,
que *droit*, eſtant là un Nom indefiny &
indeterminé , le Pronom *le*, ne s'y peut
rapporter : Mais on dira bien, *Vous avez
un ancien droit de chaſſe*, *& je le trouve
bien fondé*.

Par cette même raiſon , ce n'eſt pas
écrire purement, que de dire , *I'ay raiſon
de me plaindre , & vous ne l'avez pas de
m'accuſer*. Il faut mettre *en* , au lieu de
le. *I'ay raiſon de me plaindre*, *& vous n'en
avez pas de m'accuſer*. Neanmoins voicy des exceptions de cette Regle, S'il ne
ſuivoit point de Verbe, ny aprés *raiſon*,
ny aprés, *vous n'en avez pas* ; & qu'on
dît ſimplement , *I'ay raiſon*, on diroit
bien, *& vous ne l'avez pas*. On dit de
même, *Il a tort*, *& je ne l'ay pas*. *Il eſt
plus ſeûr de recevoir conſeil* , *que de le
donner*. *Elles vivent en clôture*, *mais elles
n'en font point de vœu*, *& ne la gardent que
par une ſainte obſervance*.

Pour rectifier cét exemple , *Vous avez
droit de chaſſe*, &c. il faut repeter le nom
indefiny avec un Pronom. *Vous avez
droit de chaſſe*, *& je trouve vôtre droit
bien fondé*.

L iij

13. *Le mien, le tien, le sien,* &c. relatifs
　　à un Nom sans article definy.

✝　C'est encore mal parler, que de dire,
*Dequoy les Iuges n'estant pas d'avis, on
dépêcha à l'Empereur, pour sçavoir le sien ;*
parceque *d'avis,* est un mot indefiny,
auquel *le sien,* ne se peut rapporter. S'il
y avoit dans l'exemple, *Les Iuges ayant
dit leur avis, on dépêcha à l'Empereur,
pour sçavoir le sien ;* cela seroit regulier.
Ce n'est pas non plus parler juste, que
de dire, *Il n'est pas d'humeur à faire
plaisir, & la mienne est bienfaisante :* Mais
on dira bien, *Son humeur n'est pas de
faire plaisir, & la mienne est bienfaisante ;* en opposant *la mienne,* à *son humeur.*

　On peut aussi rectifier le premier exemple, en disant, *Dequoy les Iuges n'estant
pas d'avis, on dépêcha à l'Empereur, pour
sçavoir son sentiment.*

14. *Le voilà qui vient.*

✳　C'est ainsi qu'il faut dire, & non pas,
Le voilà qu'il vient : Car ce *qui,* est relatif à *le,* qui est devant. De même au
Feminin, *La voilà qui vient,* & non pas,
La voilà qu'elle vient. On dit aussi, *Le
voyez-vous qui vient ? La voyez-vous qui
vient ?*

☞ M. de Raucan a mal dit dans fa Paſtorale, *La voicy qu'elle vient, plus belle que l'Aurore.*

15. *Qui*, devant *plaire.*

✳ Il faut dire, *Ie fais tout ce qu'il vous plaiſt*, où l'on ſous-entend, *que je faſſe* ; & non pas, *Ie fais tout ce qui vous plaiſt.* De même, *Ie vous rendray tous les honneurs qu'il vous plaira*, parce qu'on y ſous-entend, *que je vous rende*. Et ſi l'on diſoit, *Ie vous rendray tous les honneurs qui vous plairont*, cela ſeroit ridicule. Dans ce même ſens, on dit, *Ce qu'il vous plaira*, & non pas, *Ce qui vous plaira.*

CHAPITRE VI.

AUTRES RELATIFS.

1. *Le, la, les,* Relatifs ſupprimez.

✳ PLuſieurs omettent le Pronom relatif, *Le, la, les,* ayant *luy,* & *leur.* Par exemple, *Vn tel veut acheter mon cheval, il faut que je luy faſſe voir. Ils veulent acheter mes Livres, il faut que je leur faſſe voir* ; au lieu de, *Ie le luy faſſe voir. Ie*

les leur faſſe voir, pour éviter la cacophonie de *le luy*, *le leur*. Mais il vaut
mieux ſatisfaire l'entendement que l'o-
reille, & exprimer le relatif, comme on
l'exprime en d'autres exemples. *Il faut
que je vous le montre, je vous les montre,*
&c.

2. *Le*, Neutre, pour *Cela*, ou pour le
      Subſtantif precedent.

✳   Exemple. Je dis à deux de mes amis,
Quand ie ſuis malade, je fais telle choſe ;
& ils me répondent, *Et nous, quand nous
le ſommes, nous ne faiſons pas ainſi.* C'eſt
comme il faut dire, & non pas, *quand
nous les ſommes.* La raiſon eſt, que ce
le, vaut autant à dire que *cela*, ou *ce
dont il s'agit.* Cependant ſi je dis à une
femme, *Quand je ſuis malade, j'aime à
voir compagnie ;* elle me répond, *Et moy,
quand je la ſuis, je ſuis bien aiſe de ne
voir perſonne ;* au lieu qu'il faut dire, *&
moy quand je le ſuis :* Car ce *le*, ne ſe
rapporte pas à la perſonne, mais à la
choſe. Neanmoins puiſque toutes les
femmes diſent *la*, peut-eſtre que l'uſage l'emportera ſur la raiſon, & ce ne ſera
plus une faute.

3. *En.*

✝ Quand ce mot *En*, tient lieu de Pronom, on ne le met gueres que pour un Genitif, ou pour un Ablatif. Exemple, *Il est mon amy, mais je n'en suis pas content.* En, est mis là pour *de luy.*

On ne dira pas, *il avoit de bonnes troupes, & il en a gagné la bataille :* Mais on dira bien, *J'avois de l'argent, & j'en ay acheté une maison ;* car on dit, *Acheter quelque chose de son argent,* & non pas, *Gagner une bataille, de ses troupes.*

4. *Il en est de, &c.*

✳ Exemple, *Il en est de cette felicité, comme de ces songes, &c.* Il faut ôter *en,* & dire, *Il est de cette felicité, &c.* Si l'on avoit parlé de *felicité,* auparavant, & que l'on ne repetât point ce Substantif, aprés le Verbe *estre,* il faudroit mettre *en,* qui est relatif à ce qui a esté dit. *C'est une felicité trompeuse ; il en est comme de ces songes.*

✝ Le retranchement d'*en,* peut faire un faux sens, ou plûtôt un double sens : Car quand on dit, *Il est des hommes, comme de ces animaux,* il semble que cela veüille dire, *Il y a des hommes au monde, comme il y a de ces animaux ;* & neanmoins ce n'est pas là ce qu'on entend. Ainsi nos Maîtres sont d'avis que pour ôter l'equivoque, on dise, *Il en est des* hommes, comme de ces animaux.

5. *Y*, pour *Luy*.

✱ C'est une faute commune parmy les Courtisans, de dire, *I ay remis les hardes de mon frere à un tel, afin qu'il les y donne*; au lieu de dire, *Afin qu'il les luy donne*.

6. *Où*, pour le Relatif.

✱ L'usage en est elegant & commode. Par exemple, *L'état où je vous ay laissé*, est incomparablement mieux dit, que *L'état auquel je vous ay laissé*; parceque le Pronom *lequel*, est d'ordinaire rude en tous ses cas.

7. *Autre. Autruy.*

✱ Quand il y a relation, il faut dire *Autres*, qui s'applique aux personnes & aux choses: Et quand il n'y a point de relation, il faut dire *Autruy*, qui ne s'applique qu'aux personnes. Exemples, *Il ne faut pas ravir le bien des uns, pour le donner aux autres*, & non pas, *à autruy*. Mais on dit, *il ne faut pas desirer le bien d'autruy*; & non pas, *le bien des autres*.

Autruy, a toûjours l'article indefiny, *de*, *à*: Car on ne dit plus, *je ne veux rien de l'autruy*; mais, *je ne veux rien du bien d'autruy*, ou, *je ne veux rien d'autruy*.

CHAPITRE VII.

DES PRONOMS NUMERAUX,
ET DES INDEFINIS.

1. *Tout*, Adverbe, & Adjectif.

❋ TOut, se dit pour *Tout-à-fait, entiere-*
ment. Par exemple, *Ils sont tout au-*
tres que vous ne les avez vûs, & non pas
tous autres. De même, on dira bien, *ils*
sont tous étonnez, quand on veut dire que
tous le sont ; Mais pour marquer la grandeur de l'étonnement, il faut dire, *ils sont*
tout étonnez. On dit aussi, *ils sont tout sa-*
les ; ils sont tout rompus. On dit encore,
ils crient tous d'une voix, & *ils crient tout*
d'une voix.

2. Mais cela n'a lieu qu'au genre Masculin ; car dans le même sens de *tout-*
à-fait, ou *entierement,* on dit au Feminin
toute, & *toutes.* Comme, *Elle est toute*
étonnée, elles sont toutes étonnées. Elle est
toute sale, elles sont toutes sales. Elles sont
toutes rompuës.

Il n'y a qu'une exception, c'est qu'a-
vec *autre,* on dit bien, *toute* au Singu-

lier; mais on dir, *tout* au Plurier. *Elle eſt toute autre : Elles ſont tout autres,* & non pas, *toutes autres.*

☞ *Tout,* tient lieu d'Adverbe, dans ces façons de parler, *Ils ſont tout autres. Elles ſont tout autres :* Mais on peut dire dans le ſens qui revient à *tout-à-fait,* ou *entierement, Ils ſont tous étonnez ;* c'eſt ce qu'on diroit en Latin, *Toti ſtupent ;* comme Terence a dit, *Totus tremo,* & Plaute, *Totus gaudeo.* Et il n'eſt point neceſſaire de faire difference entre le Maſculin & le Feminin.

On dit bien au Feminin, *Elle eſt tout étonnée. Elles ſont tout étonnées.*

On peut fort bien dire, *Elle eſt tout autre,* comme on dit en Latin, *Omninò alia.* On dit neanmoins, elle eſt *toute ſemblable.*

On dit encore avec des Feminins, *Ces fleurs ſont tout auſſi fraiches, tout auſſi belles que le jour qu'elles furent cueillies.*

2. *Quelque merite, que,* &c.

✳ Il faut dire, *Quelque merite que l'on ait,* & non pas, *quel merite que l'on ait.* Car *quelque,* en cét endroit, ne vient pas ſimplement de *qualis,* mais de *qualiſcunque ;* & l'uſage le veut ainſi.

Neanmoins

Neanmoins pour éviter la cacophonie, on dit *quel*, ou *quelle*, & non pas *quelque*, quand il y a un *que*, immediatement aprés *quelque*. Par éxemple, *Quelle que puiſſe eſtre la cauſe de ſa diſgrace*, & non pas, *quelque que puiſſe eſtre*, &c. J'ay dit *immediatement*, car ſi entre *quelque* & *que*, il y a quelque mot, l'exception n'a point de lieu. Par exemple, *Quelque enfin que puiſſe eſtre la cauſe de ſa diſgrace.*

3. *Quel qu'il ſoit.*

✻ Il faut dire, *Quel qu'il ſoit*, & non pas, *Tel qu'il ſoit*. Comme, *Dieu eſt preſent en tous lieux, quels qu'ils ſoient.*

4. *Quelque riches qu'ils ſoient.*

✻ *Quelque*, avec les Adjeſtifs, eſt Adverbe, & ſignifie le *qualitercunque*, ou *quantumlibet*, des Latins; comme en cet Exemple, *Quelque riches qu'ils ſoient.* Mais avec les Subſtantifs, il eſt Pronom Adjeſtif, comme, *Quelques perfections qu'il ait.*

5. *Quelque,* pour *environ.*

✻ *Quelque* ſe dit auſſi comme Adverbe, pour *environ*. Exemple, *Ils eſtoient quelque cinq cens hommes*, & non pas *quelques cinq cens.*

M

6. *Quelque chose.*

✳ Ces deux mots font comme un Neutre, felon leur fignification, & répondent à l'*Aliquid* des Latins. C'eft pourquoy il faut dire, par exemple, *Ay-je
fait quelque chofe que vous n'ayez fait ?*
& non pas, *que vous n'ayez faite* : Car
on n'a point égard au genre de *chofe*,
qui eftant feminin, demanderoit un
Adjectif feminin, parce qu'on ne le
confidere pas feul, mais ces deux
mots enfemble, *Quelque-chofe,* que l'on
peut jôindre avec un tiret. Et ainfi le
Taffe a dit dans fa Ierufalem,

　　　Ogni cofa di ftrage era ripieno.
Où la rime fait voir qu'il y a *ripieno,* &
non pas *ripiena.*

　De même on dit bien, *Il y a quelque
chofe dans ce Livre, qui eft affés bon,* ou
*qui eft affés plaifant. Il y a quelque chofe
qui merite d'eftre leu,* ou *d'eftre cenfuré.*

　Mais il y a des endroits où le Mafculin ne feroit pas bien; comme en cet
exemple, *Il y a dans ce Livre quelque
chofe qui n'eft pas tel que vous dites* ; il
femble qu'il faut dire, *qui n'eft pas telle,*
&c. Pour difcerner ces endroits, je ne
fçay point d'autre regle que l'oreille.

　Quelques-uns font d'avis d'eluder la

difficulté avec la particule *de* , devant
l'Adjectif, & de dire, *Il y a dans ce Li-*
vre quelque chose d'assés bon. Mais cet
expedient ne sert pas toûjours ; car on
ne peut changer ces exemples , *Il y a*
quelque chose dans ce Livre, qui n'est pas
bon , ou *qui merite d'estre leu* , en y em-
ployant le *de.*

7. *Rien autre chose.*

 Il est plus elegant de ne point exprimer *rien*, & de dire, par exemple, *Les*
paroles ne sont autre chose que les images
des pensées : que de dire , *Les paroles ne*
sont rien autre chose , &c. Quelquefois
neanmoins il est emphatique & presque
necessaire ; comme , *Que veut-il dire ?*
Rien autre chose, Messieurs, sinon, &c.

On peut dire aussi, *Les paroles ne sont*
rien que les images de nos pensées, sans
exprimer *autre chose,* &c.

8. *Quiconque, il.*

 Aprés *Quiconque* , il ne faut pas dire
il : comme nous l'avons déja remarqué. Par exemple, *Quiconque veut vivre*
en homme de bien, doit, & non pas, *il*
doit.

TITRE IV.
DES VERBES.
CHAPITRE PREMIER.
DE LA CONJUGAISON
ET DE
L'INFLEXION DES VERBES.
ARTICLE I.
VERBES DE LA PREMIERE CONJUGAISON

I. *Ie vais. Ie vas.*

✽ *JE vais*, est un mot du peuple de Paris. Mais toute la Cour dit, *Ie vas.*

✝ On dit, *Ie vais*, & *Ie vas*. Il y a de grands suffrages pour l'un & pour l'autre.

☞ Il faut dire, *Ie vais* ; & c'est comme on parle à la Cour. *Ie vais, tu vas, il va.* Anciennement on disoit, *Ie vay,* comme *Ie fay, Ie tay*. Mais comme au lieu de *Ie fay*, on a dit *Ie fais* ; au lieu de *Vay*, on a dit de même, *Ie vais.* C'est comme parlent M. de Balzac, M. de Racan & M. Costar : Et M. de Vaugelas luy-même, a dit plusieurs fois, *Ie*

vais, dans ſes Remarques. Aprés *Ie vais*,
Ie vas, eſt le meilleur.

2. *Lairray. Lairrois.*

❋ Il faut toûjours dire, *Ie laiſſeray*, *Ie
laiſſerois*; & non pas, *Ie lairray*, *Ie lairrois*. Cette abreviation ne vaut rien.

3. *Nous ſignifiions.* A l'Imparfait, & au
Conjonctif.

❋ Les Verbes en *ier*, devroient avoir
deux *ii*, au Plurier de l'Imparfait Indicatif, & du Preſent Conjonctif, ſelon
l'analogie de l'inflexion, dont les terminaiſons ſont *ions, iés, oient*. Ainſi *Nous
ſignifiions, vous ſignifiiés* : mais perſonne
ne les écrit ; & dans la prononciation
même, on ne remarque point de difference entre ces perſonnes & celles du
Preſent, *Nous ſignifions, vous ſignifiés*. Il
ſeroit bon neanmoins d'y marquer &
d'y prononcer un *î* long, *Nous ſigni-
fîons, vous ſignifîés*. C'eſt par la même
analogie, que l'on dit, *Nous voyions,
vous voyiés*, où l'*i* s'écrit aprés *y*.

M iij

ARTICLE II.

VERBES DE LA SECONDE
CONJUGAISON.

1. *Haïr.*

❉ CE Verbe eſt d'une ſyllabe, aux trois perſonnes du Singulier du Preſent, *Ie hais, tu hais, il hait* : & non pas, *Ie haïs, tu haïs, il haït*. Mais on dit au Plurier, *Nous haïſſons, vous haïßés, ils haïſſent*, de trois ſyllabes. L'*H* eſt aſpirée dans ce Verbe, & c'eſt une étrange faute que de dire *I'hais.*

☞ On prononçoit autrefois à Paris, *Ie haï*, & on le conjuguoit ainſi, *Ie haï, tu haïs, il haït : Nous haïſſons, vous haïßés, ils haïſſent*. Dans les Provinces on dit, *Ie hay, tu hais, il hait : Nous hayons, vous hayez, ils hayent* : comme *I'oy, tu oys, il oyt : Nous oyons, vous oyez, ils oyent*. L'Uſage a pris le Singulier des Provinciaux, & le Plurier des Pariſiens. Au reſte il faut dire à la premiere perſonne, *je hay*, & non pas, *je hais.*

2. Si *Fuïr* eſt de deux ſyllabes.

❉ Les Poëtes ont un grand intereſt à

faire *Fuir* d'une syllabe, parcequ'eſtant
de deux ſyllabes, l'*u* & l'*i* ſeparés, font
un *hiatus*, ou entrebâillement, que la
douceur de noſtre Poëſie ne peut ſouf-
frir. Mais l'analogie veut qu'on le faſſe
de deux ſyllabes : Infinitif, *Fuir* : Définy, *je fuis* : Participe, *Fui* : de même,
Futur, *je fuiray* : Imparfait du Conjonctif, *je fuiſſe*. Conditionnel, *je fuirois*.

Cette analogie eſt entre le Verbe *Fuir*
& les Verbes *Haïr* & *Ouïr*, qui ſont de
deux ſyllabes à l'Infinitif, au Définy,
& au Participe, dont eſt fait le Parfait
compoſé : Et ne ſont que d'une ſyllabe au Preſent de l'Indicatif ; car on
dit *Haïr : je haïs*, au Définy : *j'ay haï.*
Mais au Preſent, *Ie hais.* Ainſi *Ouïr*,
j'ouis, j'ay ouï, & j'oys. De même, *Fuir*,
je fuis, au Définy : *j'ay fui.* Mais au
Preſent, *Ie fuis.*

Le Définy eſtant de deux ſyllabes,
il y a des raiſons particulieres pour les
autres Temps : Car en toutes les quatre Conjugaiſons des Verbes, ſoit Reguliers, ſoit Anomaux, les deux Pre-
terits n'ont jamais plus de ſyllabes l'un
que l'autre ; ſi ce n'eſt en un ſeul qui
eſt *Mourir*, dont le Définy eſt *Ie mou-*
rus, & le Parfait compoſé, *Ie ſuis mort:*

Et encore peut-on dire qu'ils sont égaux
en syllabes, *suis* estant joint à *mort*. Ainsi
Fuis estant de deux syllabes au Définy,
il l'est aussi au Parfait composé, *Je fuis*,
j'ay fui.

Maintenant pour l'Infinitif, il n'y a
pas un seul Verbe sans exception, dont
l'Infinitif ne soit ou égal en syllabes avec
le Définy, ou plus long ; comme *Aimer*,
aimay : *Sortir*, *sortis* : *Prévoir*, *prévis* :
Croire, *creus*. Si donc *Fuis* au Définy,
est de deux syllabes, *Fuir* ne peut estre
d'une syllabe.

3. *Venir.*

✴ C'est une faute ordinaire aux Courtisans, de dire, *qu'il viegne*, au lieu de
qu'il vienne.

Quelques-uns disent *vindrent* : mais
toute la Cour & tous les Auteurs modernes, disent *vinrent*.

☞ *Vindrent*, qui estoit encore usité du
temps de M. de Vaugelas, est presente-
ment tout à fait hors d'usage.

4. *Tenir.*

✴ L'on dit *tinrent*, plûtôt que *tindrent*.
Ainsi *soûtinrent*, & *maintinrent*.

☞ *Tindrent* n'est plus en usage.

5. *Revêtir.*

✴ Il faut dire *Nous revêtons*, & non pas,

revêtissons, suivant l'analogie des Verbes de la seconde Conjugaison, qui font *issons*, quand la premiere Personne du Present de l'Indicatif est en *is*, & a autant de syllabes que l'Infinitif ; comme *Finir* a *Ie finis*. C'est pourquoy l'on dit *Nous finissons*. Mais si cette premiere Personne perd *i*, ou a moins de syllabes que l'Infinitif, la premiere du Plurier est seulement en *ons*, & non pas en *issons;* comme *Sentir, je sens, nous sentons. Ouïr, j'ois, nous oyons*. [Il n'y a que *haïssons*, d'excepté, du Verbe *Haïr, je hais* : parceque l'on disoit autrefois *je haïs*, au Present.]

Il s'ensuit donc que *Revêtir* a *revêtons*, puisqu'il a *je revêts* au Present, & non pas *je revêtis*.

Par cette même raison, il faut dire *revêtant*, & non pas *revêtissant* ; parce que le Participe Actif se forme de la premiere Personne Pluriele du Present de l'Indicatif, *Nous revêtons, revêtant*.

6. *Ressortir.*

* On dit *ressortissons*, & *ressortissant*, en matiere de Jurisdiction ; parceque l'on dit *ressortis*, au Present : Et bien que *je ressortis, tu ressortis*, ne se disent quasi jamais, parce, comme je pense, qu'il

n'y a jamais occasion d'en user, si estce que *ressortit* se dit tous les jours en la troisiéme Personne, & non pas *il ressort* : qui est une preuve convaincante que l'on dit *je ressortis* ; car ces trois Personnes sont toûjours égales en syllabes.

7. *Conquerir*, & *Acquerir*.

✳ Ce Verbe *Conquerir* est Anomal, comme *Acquerir*. C'est pourquoy il ne faut pas dire, *Il ne tient qu'à luy qu'il ne conquere toute la terre*, mais qu'il ne *conquiere*, avec un *i*.

8. *Cueillir*.

✳ A la Cour tout le monde dit *cueillira*, & à la Ville tout le monde dit *cueillera* : Or il est certain qu'il faut suivre la façon de la Cour. D'ailleurs les Auteurs écrivent *cueillira*. La raison est que l'on dit *cueillir*, d'où se fait le futur, *je cueilliray* ; & l'on ne dit plus *cueiller*, d'où se feroit *cueilleray*.

† On dit aujourd'huy plus communément *cueillera*. M. Maucroix, M. Regnier, M. Patru, & d'autres personnes intelligentes parlent ainsi.

☞ Du Latin *colligere*, les Italiens on dit *cogliere*, les Espagnols *colegir*, & les François ont dit indifferemment *cueillir* &

cueiller. De *cueiller* il nous eſt reſté le
Futur *je cueilleray*, qui eſt aujourd'huy
le ſeul en uſage. Ce n'eſt pas une choſe extraordinaire de voir des Verbes qui
ont pris des Temps de differentes Conjugaiſons. [Comme dans ce même Verbe, le Preſent *je cueille*, vient de *cueiller*, & non de *cueillir*.] Il y a plus, on
prend ſouvent un Temps d'un Verbe, &
un autre Temps d'un autre Verbe, comme *Eſtre, je ſuis, je fus*; *Eſſe, ſum, fui*,
qui ſont trois Verbes differens. Les Grecs
ont dit de même de trois differens Verbes, φέρω, οἴσω, ἤνεγκον.

9. Aſſaillir.

☞ Il faut dire, *l'aſſailliray*, & non pas
j'aſſaudray, qu'Henry Eſtienne dit avoir
eſté en uſage de ſon temps, auſſi bien
que *j'aiſſailliray*.

ARTICLE III.

VERBES DE LA TROISIEME
CONJUGAISON.

1. Pouvoir.

✳ JE *puis*, eſt beaucoup mieux dit que *je
peux*. On le conjugue ainſi, *Ie puis,
tu peux, il peut.*

2. *Avoir.*

✳ On ne dit plus *qu'il aye*, à la troisiéme Personne du Conjonctif, mais *qu'il ait.* *Aye* est pour la premiere Personne.

3. *Prévoir. Pourvoir.*

✳ Il faut dire, *il prévit*, & non pas, *il préveut.* Mais on dit, *il pourveut*, & non pas, *il pourvit.*

4. *Asseoir.*

✳ Ce Verbe se conjugue ainsi, au Present de l'Indicatif, *Ie m'assieds, tu t'assieds, il s'assied : Nous nous asseions, vous vous asseiez, ils s'assient*, & non pas, *ils s'asseient.* A l'Imparfait, *Ie m'asseiois, tu t'asseiois, il s'asseioit : Nous nous asseïons,* (pour asseiions) *vous vous asseiez, ils s'asseioient.* Mais ce Temps n'est gueres en usage. On se sert d'ordinaire en sa place, de *mettoit*, quand *s'asseoir* veut dire *se placer :* comme, *Il se mettoit toûjours là.* Et lors qu'il veut dire *se reposer*, on se sert de ce Verbe même; comme, *Aprés quatre tours d'allée, il se reposoit toûjours.* A l'Imperatif pluriel, *Asseiez-vous*, & non pas, *Assisez-vous*, ny *Assiez-vous.* Au Conjonctif, *qu'il s'asseie*, & *qu'ils s'asseient* ; & non pas *assisent*, ny *assient.* Au Participe, *S'asseiant*, & non pas *S'asseant* ; quoyque le simple

soit

ſoit *ſeant* , & non pas *ſeyant.* On dit
s'aſſeyant, parce qu'il ſe forme de la premiere Perſonne pluriele du Préſent de
l'Indicatif, qui eſt *aſſeyons,* & non *aſſeons.*
☞ Au lieu de *s'aſſient* , il faut dire , *ils
s'aſſeient.* A l'Impératif, on lit dans Villon, *Sies-toy.*

5. *Aſſeoir* pour *Etablir.*

✳ *Aſſeoir* , pour *Etablir* , ou *poſer,* n'eſt
en uſage qu'à l'Infinitif. On ne dira
pas, *Ie n'aſſieds aucun jugement là-deſſus,*
ou *Ie n'ay aſſis.* De même de tous les
autres Temps, ſans excepter le Participe : car on ne dira pas non plus, *N'aſſeyant aucun jugement.* Il faut ſe ſervir
en ſa place du Verbe *Faire, Ie ne fais
aucun jugement,* &c.

6. *Il ſied.*

✳ Ce Verbe ne ſe conjugue qu'aux Temps
que je vais marquer. Au Préſent de l'Indicatif , *il ſied : ils ſient.* Imparfait, *il
ſeioit : ils ſeioient.* Futur, *il ſeiera : ils
ſeieront.* Conjonctif , *il ſeie : ils ſeient.*
Conditionnel, *il ſeieroit : ils ſeieroient.*
Participe, *ſeant.* Exemple, *Cet habit luy
ſied bien. Cela luy ſeioit mal,* &c. On ne ſe
ſert gueres de ce Verbe qu'en troiſiéme
Perſonne ; mais on ne laiſſe pas de dire, *Ie luy ſeiois bien : Vous luy ſeiés bien :*

N

pour *Ie luy eſtois utile* : Mais ce n'eſt
que dans le ſtile bas.

En la troiſiéme plurielé du Preſent,
il faut dire, *ſiéent* , & non pas *ſient*.
Comme , *Les grands cheveux luy ſiéent*
bien. On dit *ſient*, de *ſier* , en la ſignification de *ſerâ ſecare*.

☞ Au Futur , il faut dire, *ſiéra*, & non
pas *ſeiera*. De même au Conditionnel,
il *ſiéroit*, & non *ſeieroit*. Au Conjonctif,
il *ſiée*, & non pas *il ſeie*.

On dit, *Ie luy ſéiois* ; *vous luy ſeiiez*;
& non pas *ſéois, ſeiez*.

ARTICLE IV.

VERBES DE LA QUATRIE'ME
CONJUGAISON.

1. *Dire*.

✳ **D**Ie , & *dient* , ſont en uſage , pour
diſe, & *diſent* : Comme , *Quoyque*
l'on die, ou *que l'on diſe*. *Quoyqu'ils*
dient , ou *qu'ils diſent*. *Quoyque vous*
diiez, eſt inſupportable.

2. *Prendre*.

✳ C'eſt une faute de dire, *Qu'il pregne*,
pour *Qu'il prenne*. On a dit autrefois,

il print ; ils prindrent , & ils prinrent.
Mais aujourd'huy on dit, *il prit, & ils
prirent.*

☞ Il faut dire *prît* avec un accent cir-
conflexe. (A l'Imparfait du Conjonctif,
Afin qu'il prît.

3. *Vivre.*

✳ On dit au Définy, *Ie véquis, tu véquis,
il véquit , & il vécut : Nous véquimes,
vous véquîtes, ils véquirent, & ils vécurent.* D'autres disent, *Ie véquis , & je
vécus ; tu véquis, il véquit, & il vécut:
Nous véquimes, & vécumes ; vous vécû-
tes, ils véquirent, & ils vécurent.* Il y en
a encore qui tiennent qu'en toutes les
trois Personnes , & du Singulier & du
Pluriel, les deux sont bons , & que l'on
peut dire, *je véquis, & je vécus ; tu véquis, & tu vécus,* &c.

4. *Resoudre.*

✳ Ce Verbe ne garde le *d* qu'au Futur
de l'Indicatif, & au Conditionnel qui
en est formé, *Ie resoudray, je resoudrois.*
Aux autres Temps , il prend *l* : *Nous
resolvons : je resolvois : resolvant : &* non
pas, *resoudrons, resoudrois, resoudant. Ie
resolus, j'ay resolu.*

5. *Boire.*

☞ Quelques Parisiens disent , *Ie buray,*

tu buras, il bura, &c. Il faut dire, *Ie boiray*, &c.

Les Provinciaux disent, *En boivant.* Il faut dire, *En beuvant.*

ARTICLE V.

PRESENT DE L'INDICATIF.

✷ LA premiere personne du Present de l'Indicatif, se termine en *e*, dans la premiere Conjugaison, & dans les Verbes de la seconde qui la suivent au Present, comme, *I'aime, j'ouvre, d aimer, & ouvrir ;* & la seconde personne prend *s. Tu aimes, tu ouvres :* Mais dans les autres Conjugaisons la premiere personne a ordinairement un *s*, aussi bien que la seconde. *Ie finis, je conçois, je fais, je dis, je crois, je crains.* Quelques-uns ont crû qu'il faloit ôter l's, & écrire, *Ie finy, je conçoy, je fay, je dy, je croy, je crain ;* mais l'usage y est contraire. Ce n'est pas que ce fût une faute, quand on ôteroit l's ; mais il est beaucoup mieux de la mettre toûjours dans la Prose. On permet aux Poëtes de se servir de l'un & de l'autre pour la commodité de la rime.

Quelques-uns en font de même à la premiere perfonne du Definy, *Ie couvris*, &
je couvry : Mais c'eft contre l'ufage de
nôtre Langue qui ne le permet qu'au
Prefent de l'Indicatif.

☞ Il eft certain que les Anciens pronon-
çoient ces premieres Perfonnes fans *s*.
Les Poëtes ont commencé à y aoûter
l'*s*, pour la commodité de leurs Vers.
Dans la Profe il faut ufer de diftinction,
en prononçant fans *s*, les mots qui font
brefs, comme, *Ie fçay, je croy, je dy, j'é-
cry*, &c. & avec un *s*, ceux qui font
longs, comme, *Ie fais, je crains* ; car
l'*s*, fait la fyllabe longue, comme, *Net,
nets : Pot, pots*, &c. Mais les Poëtes difent, *Ie croy*, & *je crois : Ie fay*, & *je fais :
Ie dy*, & *je dis* ; *je fçay*, & *je fçais*, &c.
Pour, *je crain*, il n'eft plus en ufage, ny
en Profe, ny en Vers.

On dit fort bien, (dit M. Menage,)
Ie couvry, j'oüy, je fenty, &c. au Definy.
Les Imparfaits fe terminoient autrefois
en *oye*, puis en *oy*, & enfin ajoûtant *s*,
en *ois*. *J'aimoye, j'aimoy, j'aimois*.

N iij

ARTICLE VI.

De l'*Imperatif*, s'il y faut un *s*.

✻ LEs Terminaiſons de l'Imperatif, devant *s* finale, peuvent eſtre, *a, e, i : ai, oi, ui : au, eu, ou : n, r, t.*

Pour les Voyelles, *a, e,* tout le monde eſt d'accord que l'on n'y ajoûte jamais l'*s.* Exemples, *Va, donne* ; mais il faut remarquer que *va,* prend un *s,* devant *y,* pour ôter la cacophonie. *Vas-y* : Et devant *en,* relatif, il prend un *t,* comme, *Va-t-en.* Que ſi *en,* n'eſt pas relatif, mais prepoſition, on n'y ajoûte point de *t,* comme, *Va en Italie,* & non pas, *Va-t-en Italie.*

Les Imperatifs en *e,* prennent une *s,* devant les Relatifs *en,* & *y,* comme font tous les Imperatifs qui finiſſent par une Voyelle. Exemples, *Donnes-en aux autres : Portes-y cela.*

Pour ce qui eſt d'*i, ai, oi, ui,* les uns y ajoûtent un *s : is, ais, ois, uis* ; & les autres les finiſſent en *y, ay, oy, uy,* ſelon le genie de nôtre Langue qui aime les *y* Grecs à la fin. Exemples, *Dy, tay, voy, fuy* ; ou, *Dis, tais, vois, fuis.*

Aprés *au, eu, ou,* on met toûjours un *s,* comme, *Prevaus*-toy, *Veus* ce que tu peux, *Refous*-toy.

On dit auſſi, *ans, ens, ains, eins.* Exemples, *Répans, prens, crains, feins.* Pluſieurs neanmoins diſent, *Vien.*

De même, *ars, ers, ors, eurs, ours : ats, ets.* Exemples, *Pars, ſers, ſors, meurs, cours : bats, mets.*

CHAPITRE II.

DES DIFFERENCES DES VERBES.

ARTICLE I.

VERBES NEUTRES ET ACTIFS.

1. *Promener.*

TAntôt il eſt Neutre, comme quand on dit, *Allons promener. Il eſt allé promener. Ie vous envoyeray bien promener.* Tantôt Actif, lorſqu'on ne parle pas des perſonnes qui ſe promenent ; comme quand on dit, *Promenez cèt enfant. Promenez ce cheval.* Et tantôt il eſt Reciproque. *Ie me promeneray.*

☞ Il n'y a que le petit peuple qui dise, *Allons promener. Il eſt allé promener.* Pour bien parler, il faut dire, *Allons nous promener. Il s'eſt allé promener.* En effet, on ne diroit pas, *Ie promenois hier aux Twileries;* mais, *Ie me promenois.*

Pour ce qui eſt de, *Ie vous envoyèray bien promener,* cette façon de parler eſt trés-naturelle, à cauſe de *vous,* qui precede.

2. *Ceſſer.*

✳ Ce Verbe de ſa nature eſt Neutre; comme, *Le vent ceſſe. L'hyver fait ceſſer les maladies.* Mais depuis quelques années on le fait ſouvent Actif, & en Proſe & en Vers; comme, *Ceſſez vos plaintes.*

3. *Appareiller.*

✳ *Appareiller,* eſt un Verbe Neutre, & ſignifie, *Se preparer à faire voile, & à ſe mettre en mer.* Comme, *On appareilloit, lorſqu'il vint une tempête.* On ne dit point, *S'appareiller,* ny *Appareiller un Vaiſſeau.*

4. *Inonder.*

✳ *Inonder,* eſt Actif. *Le Pô qui avoit inondé les terres voiſines.* De bons Autheurs l'ont fait Neutre. M. Coëffeteau dit, *Le Pô qui avoit inondé ſur les terres*

voisines. Peut-eftre eft-il de ce Verbe,
comme de *fraper ;* car on dit, *Fraper la
cuiffe,* & *Fraper fur la cuiffe,* & ce dernier eft plus elegant & plus François.

5. Sortir.

✳ Ce Verbe eft Neutre, & non pas Actif.
Il ne faut donc pas dire, *Sortez ce cheval ;* mais, *Faites fortir ce cheval,* ou,
Tirez ce cheval. C'eft une erreur fort
commune à la Cour, de dire, *Sortez ce
cheval ;* & cét ufage eft commode, parce
qu'il abrege l'expreffion, mais il n'eft pas
François.

On dit pourtant, *Sortir le Royaume,*
pour *du Royaume,* qui eft bien meilleur ;
& *Sortez-moy de cette affaire.* On dit encore, *Sortir fon effet,* du Latin, *Sortiri
effectum.*

6. Refoudre.

✳ • *Refoudre,* a toûjours efté Neutre. *Tâchez à faire refoudre vôtre amy. Ie l'ay
fait refoudre à cela.* Mais depuis quelque
temps plufieurs le font Actif. *Tâchez à
refoudre vôtre amy. Ie l'ay refolu à cela.* La
phrafe ne me femble pas encore affez bien
établie, mais il y a apparence qu'elle le
fera bientôt, parcequ'il eft aifé de faire
paffer un Neutre en Actif, pour la brie-
veté de l'expreffion.

7. *Croître. Tarder.*

✳ *Croître*, & *Tarder*, font Neutres. *Accroître*, & *Retarder*, font Actifs. Neanmoins les Poëtes font, *Croître*, & *Tarder*, Actifs, quand ils en ont besoin. M. de Malherbe dit,

> *Qu'à des cœurs bien touchez, tarder la*
> *jouïssance,*
> *C'est infailliblement leur croître le desir.*

8. *Débarquer.*

✳ Ce Verbe est Neutre, & Actif, car on dit, *Débarquer son Armée*, pour dire la mettre hors du *Navire* : Et *l'Armée a débarqué en un tel lieu.*

9. *Refléchir.*

✝ *Refléchir*, Neutre, pour *faire reflexion*, n'est pas du bel usage. Au lieu de dire, *J'ay refléchy sur ce que vous m'avez proposé*, il faut dire, *J'ay fait reflexion*, &c.

10. *Embellir.*

✝ Ce Verbe est Neutre, & Actif. Il est Actif dans cét exemple, *Embellir une maison* ; & Neutre dans ceux-cy, *Il ne fait que croître & embellir : Elle embellit tous les jours.* Nôtre Langue a plusieurs Verbes de cette nature, comme, *Eviter, blanchir, noircir, rompre, plier*, &c.

II. *Soûpirer.*

☞ Les Poëtes, tant anciens que modernes, ont ufé de *foûpirer*, en la fignification active. M. de Malherbe dit,

Tantôt vous foûpiriez mes peines.
Tantôt vous chantiez mes plaifirs.

M. Gombaud a dit aufli,

Vont foûpirer leur flamme eloquente &
muette.

Et c'eft à l'exemple des Latins. Tibulle,

Te tenet : abfentes alios fufpirat amores.

✿✿✿✿✿✿✿✿✿✿✿✿✿✿✿

ARTICLE II.

VERBES NEUTRES-PASSIFS AU PRETERIT.

I. *Entrer. Sortir.*

✳ IL faut dire, *Ie fuis entré, je fuis forty*, &
non pas, *j'ay entré, j'ay forty*, comme
plufieurs difent. De même aux autres
compofez, *I'eftois entré, je ferois forty*, &c.
& non pas, *j'avois entré, j'aurois forty*, &c.
✝ Toutes les femmes prefque difent, *Il*
y a huit jours que je n'ay forty. Ie n'ay forty

qu'une fois cette semaine. Peut-estre que
pour le regard des visites, ou des autres
affaires, le nouvel usage établira, *l'ay
sorty*, s'il ne l'a déja étably. Celles qui
disent, *Ie n'ay sorty qu'une fois*, n'ajoûtent point, *du logis.*

☞   On peut dire, *Monsieur a sorty ce matin*; c'est-à-dire qu'il est sorty, & revenu : car s'il n'estoit pas revenu, on diroit, *Monsieur est sorty dés le matin.*

2. *Monter. Descendre.*

✳   C'est une faute commune de dire, *l'ay
monté, j'ay descendu*, avec le Verbe au-
xi'iaire *Avoir*, dans les Temps composez, au lieu de dire, *Ie suis monté, je suis
descendu*, prenant le Verbe *Estre.*

☞   On peut dire aussi, *l'ay monté*, comme en ces exemples. *Aussi-tôt que Ma-
dame est venuë, elle a monté en sa cham-
bre. I'ay monté à cheval sous Arnolfini.*

3.   *Passer.*

✳   C'est une faute assez ordinaire de dire,
il a passé, pour *il est passé.*

†   Quand *Passer*, a un regime, & qu'il a
rapport ou aux lieux, ou aux personnes,
on dit, *il a passé*, soit dans le propre,
soit dans le figuré. Exemples, *Le Roy a
passé par Compiegne. L'Empire des Assyriens
a passé aux Medes*, &c. Il se met aussi
avec

avec le Verbe auxiliaire *Avoir*, quand il fe prend tout-à-fait dans le figuré, & qu'il fe rapporte à quelque chofe. *Aprés avoir inftruit fes Difciples fur les veritez de la Foy, il a paffé à la reformation des mœurs.*

Quand *Paffer*, n'a ny regime, ny relation, on dit, *Eft paffé*, & dans le propre & dans le figuré, *Le Roy eft paffé. Le bon temps eft paffé.*

Lorfque *Paffer*, fignifie *eftre receu*, on dit, *a paffé*. Par exemple, *Ce mot a paffé*, pour dire, *ce mot a efté receu* : Mais fi l'on veut dire qu'il eft aboly, il faut dire, *Ce mot eft paffé.*

4. Reüffir.

❋ Il eft beaucoup mieux de dire, *Ce deffein luy a reüffi*, que non pas, *luy eft reüffi.*

5. Succeder, pour Reüffir.

❋ On ne dit point dans le bel ufage, *Cette affaire luy eft bien fuccedée* ; mais, *luy a bien fuccedé.* Et *Succeder*, n'eft point Neutre-Paffif.

O

ARTICLE III.

VERBES RECIPROQUES.

1. *Promener.*

✱ NOus avons déja remarqué que *Promener*, est tantôt Reciproque, *Se promener*; tantôt Actif, *Promener un enfant*; & tantôt Neutre, *Allons promener.*

2. *S'attaquer.*

✱ On dit fort elegamment, *S'attaquer à quelqu'un*, pour dire, *Attaquer quelqu'un.*

3. *S'oublier.*

† *S'oublier*, se dit tout seul pour dire, *Manquer à son devoir*; comme, *Il s'est oublié en cette rencontre.* On dit aussi, *il s'oublie*, d'une personne qui s'emporte; d'un homme de basse naissance élevé à une haute fortune, qui devient fier & orgueilleux; d'un Autheur qui ne se soûtient pas par tout également, &c.

Mais ailleurs on dit, *Oublier*; comme, *I'ay oublié de faire cela. I'ay oublié que j'estois engagé. I'ay oublié ce que j'avois promis. Ie vous ay oublié.* Quoyque deux bons Autheurs ayent dit, *S'oublier du ser-*

ment qu'il a fait, & *S'oublier du respect qu'il doit.*

A la verité nous difons, *Se fouvenir ;* mais l'ufage ne permet pas de dire, *S'oublier.*

4. *Se paſſer.*

† Il y a pluſieurs endroits où l'on peut mettre indifferemment, *Se paſſer,* ou *paſſer ;* comme, *Vne joye qui paſſe,* ou *ſe paſſe. Les maux qui paſſent,* ou *ſe paſſent :* Mais l'un eſt quelquefois plus propre, ou plus elegant que l'autre.

Quand on parle du temps, ſeulement pour exprimer la rapidité avec laquelle il s'échape, on dit, *Le temps paſſe : Les années paſſent.* Mais quand on marque en quoy nous l'employons, on dit, *Le temps ſe paſſe à diſcourir,* &c.

On ne diroit pas bien, *Il y a des maux qui ſe paſſent, & des maux qui durent ;* mais, *il y a des maux qui paſſent.* Au contraire on dira bien, *Mon mal ſe paſſe,* & non pas, *mon mal paſſe.*

S'il s'agit de la beauté en general, on dira, *La beauté paſſe :* Mais s'il s'agit d'une belle perſonne qui commence à vieillir, on dira plus elegamment, *Sa beauté ſe paſſe.*

On dit bien mieux, *Des couleurs qui ſe*

paſſent, c'eſt-à-dire qui perdent leur lu-
ſtre, que *des couleurs qui paſſent.*

Mais, *Vne mode qui paſſe*, eſt mieux
dit qu'*Vne mode qui ſe paſſe.*

5. *Se reſſentir.*

✝ *Se reſſentir*, ne ſe prend qu'en mauvaiſe
part. *Ie me reſſens de l'injure qu'il m'a
faite. Ie m'en reſſentiray:* Mais *Reſſentir*,
ſe prend en bonne & en mauvaiſe part.
Ie reſſens le plaiſir qu'il m'a fait, ou *l'injure qu'il m'a faite.* Il ſemble que *Ie reſſens*, ne ſignifie qu'un mouvement qui
paſſe, & *Ie m'en reſſens*, ſignifie quelque
choſe de plus étably dans le cœur.

6. *S'imaginer.*

✝ *S'imaginer*, ſignifie *Croire*, & *Se per-
ſuader*, quand il a un Infinitif, ou un
que, aprés ſoy. *Ie m'imagine avoir fait
mon devoir. Ie m'imagine que vous ſerez
de mon avis.*

Quand *S'imaginer*, regit un Accuſatif,
il ſignifie *Concevoir.* Comme, *On ne
ſçauroit s'imaginer rien de plus ridicule.*

Imaginer, ſignifie toûjours *Concevoir*,
ou *Inventer.* Comme, *On ne peut rien
imaginer de plus noble & de plus grand,
que ce deſſein.* De même on dit, *Imaginer un expedient*, &c. Mais on ne met

jamais de *que*, ny d'Infinitif, aprés *Ima-giner.*

7. *Se souvenir.*

✳ *Ie me souviens*, & *il me souvient*, font tous deux bons ; mais *Ie me souviens*, me femble un peu plus ufité à la Cour.

ARTICLE IV.

DE L'USAGE DES TEMPS.

1. *Choir.*

☞ *CHoir*, fe dit bien à l'Infinitif ; mais dans les autres meufs il eft defagreable, comme, *il eft cheut*, *elle eft cheute : il chéoit*, *il chéra. Cheut*, peut trouver fa place.

2. *Ie ne fçaurois.*

☞ Cét Imparfait du Subjonctif de *Sça-voir*, fe met d'ordinaire pour *Ie ne puis*, qui eft le Prefent de l'Indicatif du Verbe *Pouvoir* : Mais on ne peut pas dire, *je ne fçaurois*, pour *je ne pourrois*. On dit bien, *Quand je foupe, je ne fçaurois dormir la nuit*, pour *je ne puis* : Mais on ne dira pas, *Si je foupois, je ne fçaurois dor-*

O iij

mir la nuit, pour *je ne pourrois*. On ne
peut auſſi ſe ſervir du Verbe *Sçavoir*,
pour celuy de *Pouvoir*, ſans negative:
Ainſi on ne peût pas dire, *Je ſçaurois*,
pour *je puis*.

3. *Vous avez bien-tôt fait.*

☞ Si un Penſionnaire dîne en peu de
temps, le Maître de la Penſion luy peut
dire, *Vous avez bien-tôt fait*. Mais ſi ce
Penſionnaire va dîner ailleurs, & qu'il
revienne auſſi-tôt, le Maître de la Penſion luy dira, *Vous avez eu bien-tôt
fait*.

TITRE V.

DU PARTICIPE.

ARTICLE I.

FORMATION DU PARTICIPE.

1. *Recouvert, & Recouvré.*

✳ JE diray *Recouvert,* avec toute la Cour, pour fatisfaire à l'Ufage qui eft le Roy des Langues, pour ne pas dire le Tyran ; & *Recouvré,* avec les gens de Lettres, pour fatisfaire à la Regle & à la Raifon : Car de *Recouvrer,* fe doit faire *Recouvré,* felon la Regle ; & *Recouvert,* fignifiant une autre chofe, la Raifon ne veut pas que l'on faffe des mots équivoques, quand on s'en peut paffer.

Force gens veulent auffi fe fervir de *Recouvrir,* pour *Recouvrer ;* mais il n'eft pas encore étably, comme *Recouvert,* & il ne le faut pas fouffrir.

☞ Il y a plus de cent ans que l'on difoit à la Cour, *J'ay recouvert,* comme il paroift par un Dialogue imprimé à An-

vers en 1579. On y parle encore aujour-
d'huy de la forte, *Pour un perdu, deux*
recouverts. Dans le Palais on dit également, *Vne piece nouvellement recouvrée,*
& *recouverte.*

2. *Beny,* & *Benit.*

✳ *Benit,* femble eftre confacré aux chofes faintes. *Du Pain-benit, de l'Eau-benite.*
On dit auffi à la Vierge, *Vous eftes benite*
entre toutes les femmes. Et ce *t* là, a efté
pris vray-femblablement du Latin *Bene-*
dictus. Ailleurs on dit, *Beny* & *benie,* de
Benir : (comme *Finy* & *finie,* de *Finir.*)
Vne œuvre benie de Dieu, &c.

3. *Tors, tordu : Mors, mordu.*

☞ On dit encore *Tors. Ie luy ay tors le*
coû. On commence pourtant à dire *Tor-*
du, & apparemment il gagnera bien-tôt
le deffus. Pour *du fil retors,* on ne le dit
que de cette façon, & ce feroit trés-mal
parler que de dire, *du fil retordu.*
　　On ne dit plus *Mors,* pour *mordu.*

4. *Pondu, ponnu, ponds.*

☞ On dit à Paris, *La poule a pondu : Vn*
œuf pondu ; & c'eft comme il faut parler.
Pondre, fe doit conjuguer comme *Fon-*
dre, tondre ; & on dit, *Fondu, tondu.*

ARTICLE II.

VARIATION DU PARTICIPE,
pour le Genre, & pour le Nombre.

1. *Eſtant.*

❋ E*Stant*, peut eſtre employé en trois façons : ou comme Verbe Auxiliaire,
lorſqu'il eſt joint au Participe Paſſif, par
exemple, *Eſtant aimé ;* ou comme Verbe
Subſtantif, regiſſant un Nom aprés ſoy,
par exemple, *Eſtant malade ;* ou ſans Participe, & ſans Nom aprés ſoy, comme,
Eſtant ſur le point.

Quand il eſt auxiliaire, il n'eſt point
Participe, mais Gerondif, & par conſequent il n'a ny Feminin, ny Pluriel. On
ne dit point, *Cette femme eſtante aimée,*
ny *les hommes eſtans aimez ;* mais *eſtant,*
dans les deux exemples.

Quand il regit un Nom, il eſt auſſi
Gerondif. *Les hommes eſtant malades.*

Lorſqu'il n'a point de Nom, ny de
Participe aprés ſoy, il peut eſtre Participe ou Gerondif. *Les Soldats eſtans ſur
le point,* ou *eſtant ſur le point :* Mais il
n'a jamais de Feminin, & l'on ne dit

point, *Eſtante*, ny *Eſtantes.*

2. *Ayant.*

❋ *Ayant*, peut eſtre employé comme Auxiliaire, avec un Participe paſſif, par
exemple, *Ayant aimé* ; ou comme Actif,
regiſſant un Nom aprés ſoy, par exemple, *Ayant le verre à la main.*

Quand il eſt Auxiliaire, il n'eſt point
Participe, mais Gerondif. On ne dit
point, *Cette femme ayante aimé*, ny *Ces
hommes ayans aimé* ; mais *Ayant.*

Lorſqu'il regit un Nom aprés ſoy, il
peut eſtre Participe, ou Gerondif au
Maſculin. Par exemple, *Ces hommes
ayant le verre à la main*, ou *Ces hommes
ayans le verre à la main* : Mais il n'eſt jamais Participe au Feminin. On ne dira
point, *Cette femme ayante le verre à la
main*, ny *Ces femmes ayantes le verre à la
main* ; mais *Ayant.*

3. *Participes actifs.*

❋ Les Participes actifs peuvent avoir un
Pluriel Maſculin ; comme, *Ie les ay trou-
vez beuvans & mangeans* : Mais ils n'ont
point de Feminin, ny Singulier, ny Pluriel. On ne dit point, *Ie l'ay trouvée
beuvante & mangeante*, ny *Ie les ay trou-
vées beuvantes & mangeantes* ; mais *Beuvant & mangeant*, au Gerondif.

Il eſt vray qu'il y a des Participes qui
deviennent Adjectifs, & alors ils ont un
Feminin ; comme, *Changeant, approchant,*
&c. On dit bien, *Vne humeur changeante.*
Vne étoffe approchante de celle-là : Mais
comme Participes, ils n'ont point de
Feminin, & l'on ne dira pas, *Cette fem-*
me changeante ſes manieres d'agir. Les
perſonnes approchantes le Roy ; mais *chan-*
geant, & *approchant,* ou *qui changent,*
qui approchent.

On dira bien, *Ce ſont tous argumens*
concluans une même choſe : Mais on ne
dira pas, *Ce ſont toutes raiſons concluan-*
tes une même choſe. Concluant, devenant
Adjectif, on dit fort bien, *Ce ſont toutes*
raiſons concluantes. La marque du Participe eſt de regir l'Accuſatif, auſſi bien
que ſon Verbe.

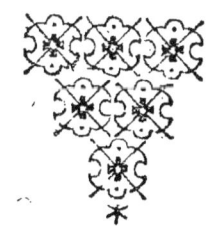

TITRE VI.

DES ADVERBES.

ARTICLE I.

DIFFERENCE ENTRE LES ADVERBES ET LES PREPOSITIONS.

1. *Sur, sous. Dans, hors.*

❊ LEs Prepositions simples, *Sur, sous :*
Dans, hors, se doivent distinguer des
Adverbes composez, *Dessus, dessous :*
Dedans, dehors. Il faut dire, *Il est sur le*
buffet, sous la table : dans la maison, hors
la ville ; & non pas, *Dessus le buffet,*
dessous la table : dedans la maison, dehors
la ville ; du moins en Prose, car on le
permet quelquefois aux Poëtes pour la
commodité de leurs Vers. L'usage des
Adverbes se voit en ces exemples, *Ie*
suis assis dessus, je suis demeuré dessous :
Il est dedans, il est dehors, sans rien ajoûter.

Il y a trois exceptions : L'une, quand
on met les deux Prepositions contraires
enfemble,

enfemble, jointes par l'une de ces Conjonctions, *&*, *ny*, *ou*, en forte que le Cas
ne fuit qu'aprés la feconde, comme, *Il*
n'y a pas affés d'or, ny deffus, ny deffous la
terre, & non pas, *ny fur, ny fous la terre.*
De même, *ny dedans, ny dehors le Royau-*
me, & non pas, *ny dans, ny hors le Royau-*
me.

L'autre, quand on met deux de ces
Prepofitions de fuite, encore qu'elles ne
foient pas contraires; comme, *Elle n'eft*
ny dedans, ny deffous le coffre.

Et la troifiéme, lorfqu'il y a une Prepofition devant, comme *par*, ou *de.*
Exemples, *Par deffus la tefte, par deffous le*
bras : Par dedans la ville, par dehors la
ville, & non pas, *par fur la tefte, par*
fous, &c. De même, *Il fe leva de deffus*
fon lit : Il ne fait que fortir de deffous
l'aîle de la mere, & non pas, *de fur, ny*
de fous. On dit bien, *au deffus de la tefte,*
au deffous du genouïl, &c. Mais en ces
exemples, *deffus* & *deffous*, & leurs fem-
blables, paffent pour mots fubftantifiés,
& les Articles qui vont devant & derriere, en font des preuves infaillibles.

☞ Plufieurs difent, *J'en ay par fur la*
tefte. Ce coup m'a paffé par fous le bras.
Les Troupes ont paffé par dans la ville.

Le meilleur pourtant eſt de dire, *par*
deſſus, *par deſſous*, *par dedans*.

2. *Autour. A l'entour.*

☞ *A l'entour*, eſt un Adverbe. *Autour*, eſt
une Prepoſition. Selon cette difference il
faut dire, *La Reyne avoit toutes ſes Filles*
autour d'elle. Et *la Reyne eſtoit dans ce*
Parc, *& toutes ſes Filles eſtoient à l'entour*.

3. *Deçà. Delà.*

✳ *Deçà*, Adverbe, ſe dit tout ſeul pour
ſignifier *icy*, *de ce côté-cy*. Et *delà* pour
ſignifier *là*, *de ce côté-là*. Par exemple,
Deçà & delà, ſignifient la même choſe
que *çà & là*. On trouvera dans nos
anciens Autheurs , *Nous avons deçà*
d'excellens fruits ; & encore aujourd'huy
on ne croira point mal parler , en parlant ainſi. Mais il eſt plus elegant de
dire , *Nous avons de deçà d'excellens*
fruits.

Deçà & delà , ſont Prepoſitions ,
quand ils regiſſent un cas, comme, *De-*
çà la riviere. Delà la riviere.

De-deçà, eſt un Adverbe de lieu, qui
ſe dit pour *deçà*, ou *icy*, par un Pleo-
naſme de la particule *de*, que l'uſage a
rendu elegant. Comme, *Ce qui ſe paſſe*
de-deçà, c'eſt-à-dire, *icy*.

On demande s'il faut dire, *Les nou-*

velles de deçà, ou *les nouvelles de de-deçà.* Il est vray qu'il est d'ordinaire plus
elegant de dire, *de-deçà,* que *deçà,*
lorsqu'il est Adverbe : Mais cette ele-
gance ne peut subsister dans le rencontre
de trois *de* ; & ce seroit une grande
dureté de dire, *les nouvelles de de-çà.*
L'usage, à cause de cela, a fort bien
fait de retrancher ce Pleonasme de la
particule *de,* pour dire seulement, *les
nouvelles de deçà.*

4. *Lors, alors.*

✳ *Alors,* est un Adverbe, & signifie, *en ce
temps-là, en ce cas-là,* en Latin, *tunc.*
Lors, est une Preposition devant *de* ;
comme, *lors de son élection.* Cette phrase
neanmoins n'est gueres elegante. *Lors que*
est une Conjonction, qui signifie *quand,*
& répond à *cùm.* Par exemple, *lors qu'il
arriva.* On dit aussi, *dés-lors,* & *pour
lors,* Adverbes : Et *dés-lors que,* Conjonction ; mais *dés que,* est incomparablement meilleur. C'est mal parler de
dire, *Voyant lors le peril dont il estoit
menacé* ; il faut dire, *Voyant alors le peril,* &c. De même il faut dire, *Voyant
alors que je ne pourrois pas éviter,* &c.
& non pas, *Voyant lors que je ne pourrois
pas éviter,* où il y a aussi une equivoque :

car on prendra d'abord, *lors que,* pour
une Conjonction, au lieu de *quand.*

C'eſt encore une faute de dire, *alors
que,* pour *lors que.* Dans les Vers il peut
paſſer pour une licence Poëtique.

> *Alors que de ton paſſage,*
> *On leur fera le meſſage.*

On dit bien, *Si cette affaire me réüſſit,
ce ſera alors que je vous témoigneray mon
affection* : Mais *alors,* en cét exemple eſt
Adverbe, & ne ſe joint pas avec *que,*
pour ſignifier *quand.*

Au reſte, *dez-alors,* & *les hommes d'alors,*
ſont des façons de parler qui ne valent
rien, non plus *qu'à l'heure,* pour *alors.*

☞   *Lors,* peut eſtre Adverbe, & l'on peut
dire, *Voyant lors le peril dont il eſtoit
menacé. Le Cardinal du Perron, lors
Eveſque d'Evreux.* M. Gombaud dit,

> *Et s'il les aimoit lors, il les veut adorer.*

5. *Aprés.*

✳   *Aprés,* eſt Adverbe auſſi bien que Prepoſition. L'on ne dit plus, *par aprés, en
aprés ;* mais *aprés,* tout ſeul. Comme,
*D'abord parurent cinq cens Chevaux,
aprés, deux mille hommes de pied ſuivoient ;*
& il ne faut pas manquer de mettre une

virgule, pour éviter l'equivoque. *Aprés que*, eſt une Conjonction.

6. *Auparavant.*

✳ *Auparavant*, eſt Adverbe, & non pas Prepoſition. On ne dit point, *Il eſt venu auparavant moy, auparavant les Feſtes;* mais *devant moy, avant les Feſtes.*

Auparavant que, Conjonction, pour *devant que*, ou *avant que*, n'eſt pas auſſi du bel uſage.

☞ *Pardevant*, dans le beau ſtile, n'eſt plus auſſi qu'Adverbe. *Cette femme eſt boſſuë par devant & par derriere.* Dans le ſtile de Pratique, *Pardevant* eſt encore Prepoſition. *Pardevant les Notaires*, &c. *Pardevant tel Iuge.*

7. *Depuis.*

✳ *Depuis* eſt Adverbe, auſſi bien que Prepoſition. Quand on dit, *Depuis un an;* là, *depuis* eſt Prepoſition : Et lorſqu'on dit, *Ie n'y ay pas eſté depuis,* il eſt Adverbe. De même, *Et depuis, la guerre s'eſt allumée de tous côtez.* On ne dit plus *du depuis*, ny *du depuis que.*

8. *Cependant.*

✳ *Cependant* eſt Adverbe. *Pendant* eſt Prepoſition, & *Pendant que*, Conjonction. Par exemples, *Liſez, & cependant j'écriray. Pendant les vacations. Pendant que vous ferez cela.* C'eſt une faute de dire, *Cependant que.*

☞ Cette deciſion eſt ſuivie , quoyque Malherbe & M. Chapelain ayent dit en Vers, *Cependant que.*

9. *Tandis.*

✳ *Tandis*, n'eſt jamais Adverbe. On ne dit point, *Faites cela, & tandis je me re-poſeray. Tandis que*, eſt Conjonction ; mais à la Cour on dit d'ordinaire, *pen-dant que.*

☞ Cela eſt vray, quoyque Malherbe ait dit,

Tandis, la nuit s'en va , ſes lumieres s'éteignent.

* * *

ARTICLE II.

ADVERBES DE RELATION
ou Rapport.

1. *Si, que :* non *ſi, comme.*

Auſſi que, non *auſſi comme.*

✳ **A**Prés *Si,* pour *auſſi,* dans une propo-ſition negative, on met d'ordinaire *que*, & non pas *comme.* Exemple, *Ie ne le croyois pas en de si bonnes mains que les vôtres*, & non *comme les vôtres*.

De même on a repris, *Aussi rude ennemy, comme parfait amy ;* au lieu de dire, *que parfait amy.* Le *que* est meilleur, mais *comme*, n'est pas tout-à-fait mauvais.

De bons Poëtes neanmoins mettent *comme*, aprés *si*, & *aussi*.

* *Si, que* : ou *si, qu'est.*

✳ Plusieurs veulent que l'on dise, *Ie n'attendois pas une si pitoyable nouvelle, qu'est celle que vous me mandez ;* & non, *Vne si pitoyable nouvelle, que celle.* Neanmoins la plus commune opinion est que tous deux sont bons. De même, si l'on met *comme*, au lieu de *que. Vne si pitoyable nouvelle, comme est celle*, ou *comme celle*.

☞ *Comme* en ces exemples, n'est plus du bel usage, quoyque Malherbe ait dit,

> *Ma foy seule aussi pure & belle,*
> *Comme le sujet en est beau.*

Et M. Corneille,

> *Aussi bon Citoyen, comme parfait Amant.*

Ces grands Autheurs ne ſont pas à imiter en cela.

2. *Si*, pour *auſſi*.

✝ L'uſage ne permet plus de dire, *Vn corps ſi foible que le vôtre*, pour *Vn corps auſſi foible que le vôtre*. On dit bien, quand on ne fait point de comparaiſon, *Vn corps ſi foible ne peut reſiſter à un grand travail*.

3. *Autant, que* ; non *autant, comme*.

✴ Il faut dire, *Ne me deve͇-vous pas autant d'amitié, qu'eux* ; & non pas, *autant d'amitié, comme eux*.

4. *D'autant plus*.

✴ Aprés *d'autant plus que*, il faut repeter *d'autant plus*. Exemple, *D'autant plus qu'une perſonne eſt élevée en dignité, d'autant plus doit-elle eſtre humble* ; & non pas, *d'autant doit-elle eſtre humble*. Il ne ſuffit pas de repeter *plus*, il faut auſſi le joindre à *d'autant*, & tranſpoſer enſuite le Pronom relatif *il, elle* ; comme, *d'autant plus doit-elle eſtre humble*, & non pas, *d'autant doit-elle eſtre plus humble*. Il faut encore mettre *d'autant plus*, au commencement du ſecond membre de la relation. *D'autant plus doit-elle eſtre humble*, & non pas, *elle doit d'autant plus eſtre humble*. Si

l'on ne met que *d'autant* au premier,
fans *plus*, il le faut mettre au fecond de
même.

ARTICLE III.

AUTRES ADVERBES.

1. *Beaucoup.*

❋ B*Eaucoup*, Adverbe, fe met devant le
Comparatif; mais aprés le Comparatif on dit, *de beaucoup.* Exemple, *Il eft
beaucoup plus grand. Il eft plus grand de
beaucoup.* On peut dire, *Il eft de beaucoup
plus grand ;* mais il n'eft pas fi bon.

Ainfi l'on dit aprés un Verbe, *Il les
furpaffe de beaucoup,* & non pas, *il les
furpaffe beaucoup.*

Beaucoup, fe dit pour *plufieurs,* quand
il eft precedé d'un Pronom Perfonnel.
Exemple, *Nous fommes beaucoup. Ils font
beaucoup,* pour dire, *Nous fommes beaucoup de gens.* De même, *Il y en a beaucoup ;* car *en,* emporte avec foy la fignification de *gens,* ou de *perfonnes.*

2. *Gueres.*

❋ Il en eft de *gueres,* comme de *beaucoup.* On dit, *Il n'eft gueres plus grand,*

& *Il ne les ſurpaſſe de gueres.*

Mais s'il n'y a point de comparaiſon, il faut toûjours dire *gueres*. Comme, *Il ne s'en eſt gueres falu. Il ne s'en faut gueres.* M. de Balzac a dit, *Il ne s'en faut de gueres, que je ne m'en faſſe un collier ;* mais c'eſt un Gaſconiſme.

3. *Tout.*

Nous avons remarqué que *Tout*, eſt Adverbe dans ces façons de parler, *Ils ſont tout étonnez*, &c. [au Tit. 3. Chap. 7.]

4. *Quelque.*

Nous avons auſſi fait deux Remarques de *Quelque*, comme Adverbe. Dans ces exemples, *Quelque riches qu'ils ſoient. Ils eſtoient quelque cinq cens hommes.* [au même Chapitre.]

5. *Fort*, *Court*, Adverbes.

Ces deux mots ſont indeclinables, & ſe mettent comme Adverbialement. Dans ces exemples, *Elle ſe fait fort de cela. Ils ſe font fort de cela. Elle eſt demeurée court. Ils ſont demeurez court.*

ARTICLE IV.

ADVERBIAUX, OU PLUSIEURS
mots joints enſemble, & pris
adverbialement.

1. *De la façon que.*

* **D**E *la façon,* ſe dit comme Adverbial,
au lieu de *comme*, ou *de méme.* Par
exemple, *De la façon que j'ay dit,* &
non pas, *de la façon que j'ay dite.*

2. *Aujourd'huy.*

* *Aujourd'huy,* ſe dit Adverbialement,
comme *hodie,* en Latin. Cela ſe voit
clairement dans ces exemples, *Le Balet
d'aujourd'huy. On a remis l'affaire à aujourd'huy. On m'a aſſigné à aujourd'huy ;*
où *aujourd'huy,* eſt Adverbe, comme
hier, & *demain. Le Balet d'hier. On a
remis l'affaire à demain,* &c.

Mais on peut conſiderer *aujourd'huy,*
comme un compoſé de l'article *au,* & de
jourd'huy : Car comme on dit, *ce jour-
d'huy,* on peut dire que dans cette conſtruction ; *juſques au jourd'huy,* ce mot
eſt compoſé d'*au,* & de *jourd'huy.* Nous
parlerons de *juſques à aujourd'huy,* cy-

aprés. Il en eſt d'*à cette heure*, comme
d'*aujourd'huy*.

3. *A témoin, à partie, à garent.*

✳ Ces mots ſe diſent adverbialement.
Ie vous prens tous à partie, & non pas,
je vous prens tous à parties, au Pluriel.
le vous prens tous à garent, & non pas,
à garens. Ainſi, *je vous prens tous à témoin,* & non pas, *à témoins.* Ce mot
témoin, eſt encore indeclinable en cette
phraſe, *Témoin tous les anciens Philoſo-
phes,* & non pas, *témoins.*

☞ Cette deciſion eſt trés - veritable.
Neanmoins Meſſieurs de l'Academie ont
dit dans leurs ſentimens ſur le Cid, *Il
prend hors de propos les Cieux à témoins en
ce lieu.* Marot a fait rimer *à témoins,*
avec *moins.*

4. *C'eſt pourquoy.*

✳ *C'eſt pourquoy,* ſe dit comme Adverbe,
& répond au *quare,* ou *quapropter,* des
Latins. C'eſt mal parler de dire, *Ce fut
pourquoy,* devant le Preterit definy. Par
exemple, *Ce fut pourquoy les Romains
immolerent des victimes,* &c. On ne dit
pas non plus, *Pourquoy fut-ce que les
Romains firent telle choſe?* Mais, *pourquoy
eſt-ce?*

✳ *Et*

      * *Et c'eft pourquoy.*

† On dit feulement, *C'eft pourquoy*, parce
que ce mot répond au *quare*, ou *quam-
obrem* des Latins, qui n'ont jamais *&* devant : Mais comme ils difent, *& ideò, &*
eam ob rem, nous difons auffi, *& c'eft pour*
cela, *& c'eft pour ce fujet.*

ARTICLE V.

Formation des Adverbes en *ment.*

※ LEs Adverbes en *ment*, fe forment de
  leur Adjectif Feminin ; comme, *Civil,*
civile, civilement : *Seur, feure, feurement* :
Heureux, heureufe, heureufement : *Doux,*
douce, doucement : *Gras, graffe, graffement* :
Frais, fraîche, fraîchement : *Courtois, cour-*
toife, courtoifement : *Franc, franche, fran-*
chement : *Verd, verte, vertement*, &. Mais
on dit *gentiment*, de *gentil, gentille* ; au
lieu de *gentillement*, qu'on difoit autrefois. Si l'Adjectif eft du genre commun,
comme *Brufque, fixe*, le Feminin eftant
femblable au Mafculin, on ne fait auffi
qu'ajoûter *ment. Brufquement , fixe-*
ment.

    Cét *e* devant *ment*, eft bref ; mais

Q

l'ufage ou l'abus en a fait longs quelques-uns contre la raifon & leur origine. Comme, *Expreßément, precisément,
confusément, communément, commodément,
conformément, profondément,* qui viennent
d'*Expreſſe, precife, confufe, commune, commode, conforme, profonde.* Des Mafculins,
Exprés, precis, confus, &c.

* On dit *extrémement,* fuivant la Regle, & non pas, *extremément.*

Les Adverbes qui viennent des Adjectifs en *é, i, u,* femblent fe former du
Mafculin ; comme, *Affeurément, infiniment, abfolument,* d'*Affeuré, infiny, abfo-
lu :* Mais la verité eft qu'ils font formez
des Feminins, *Affeurée, infinie, abfoluë* ;
& l'on difoit autrefois, *Affeuréement,
infiniement, abfoluëment,* mais l'ufage a
fupprimé l'*e* pour une plus grande douceur, comme en ces mots, *Agrément,
remerciment,* pour *Agréement, remercie-
ment,* &c.

Ces Adverbes qui fe forment des Adjectifs en *é,* retiennent toûjours *é* fermé ; comme, *Affeurément,* d'*affeuré* ;
Aifément, d'*aifé* : *Senfément,* de *fenfé* :
Aveuglément, d'*aveuglé,* &c.

Les Adverbes qui viennent des Adjectifs en *ant,* ou *ent,* fe forment auffi du

Feminin en *ante*, & en *ente* ; car on disoit autrefois, *Puissantement*, *excellente-*
ment, &c. Mais l'usage a changé ces
trois lettres *nte*, en *m*, & l'on a dit,
Puissamment, *excellemment*, &c. qui
ont beaucoup plus de grace & de douceur.

TITRE VII.

DES PREPOSITIONS.

✳ NOus avons remarqué dans le Titre precedent , le different usage des Adverbes & des Prepositions.

AUTRES PREPOSITIONS A REMARQUER.

1. *Iusques.*

✳ On ne dit point *Iusque*, mais *jusques*, ou *jusqu'* par une elision. *Iusques-là. Iusques à la mort*, ou *jusqu'à la mort*.

☞ *Iusque*, qui vient du Latin *Vsque*, se doit prononcer sans *s*, devant une Consonne. *Iusque-là*. On y ajoûte *s*, devant une Voyelle, lorsqu'on ne veut point faire d'elision. *Iusques à la maison*, ou *jusqu'à la maison*. Henry Estienne a fait cette observation, & compare *jusque*, ou *jusques*, avec le μέχρι, & μέχρις, des Grecs.

2. *Excepté, reservé, témoin.*

✳ Ces mots se disent comme Prepositions. *Excepté*, ou *reservé cent personnes*,

& non pas, *Exceptées*, ou *refervées cent
perfonnes*. De même, *Témoin tous les Pe-
res de l'Antiquité*, & non pas, *Témoins*.

3. *A faute de.*

❋ On dit, *Faute d'argent*, ou *à faute
d'argent* : *Faute de payer*, ou *à faute de
payer*. Mais *faute*, eft meilleur devant un
Nom, & *à faute*, devant un Verbe.
Faute d'argent, à faute de payer.

Par faute d'argent, par faute de payer,
ne font pas du bel ufage.

4. *Lors de.*

❋ *Lors de fon élection*, pour dire, *quand
il fut élû*, eft bon ; mais il n'eft gueres
elegant.

5. *En l'honneur.*

✝ On dit, *En l'honneur*, comme les Latins difent, *in honorem* : Mais, *à l'honneur* eft plus noble & plus foûtenu. On
dit de même, *à la loüange*, *à la gloire* ;
mais on ne dit pas, *en la loüange*, ny *en
la gloire*.

6. *En*, & *Dans*.

✝ On met *En*, & *dans*, devant l'article
apoftrophé, Mafculin ou Feminin , &
devant l'article Feminin *la*. Exemples,
Dans l'état, ou *en l'état où je fuis*. *Dans
l'extremité*, ou *en l'extremité*. *Dans la*

Q iij

mifere, ou *en la mifere* : Mais devant *la*, *dans* eft meilleur d'ordinaire.

On dit feulement *dans*, devant l'article Mafculin *le*, & le Pluriel *les*, Mafculin ou Feminin. *Dans le repos, dans les états differens, dans les affaires* ; & non pas, *en le repos, en les états, en les affaires.*

On dit, *En l'autre monde*, & *dans l'autre monde*, pour *en l'autre vie*. Comme, *Nos bonnes œuvres nous fuivent en l'autre monde*, ou *dans l'autre monde* : Mais on dit feulement, *Il eft allé en l'autre monde*, pour dire qu'il eft mort. Si par *l'autre monde*, on entendoit la Partie du monde nouvellement découverte, comme l'Amerique, &c. on diroit bien, *Il eft allé dans l'autre monde* : Mais d'ordinaire on dit, *Le nouveau monde*, & non pas, *l'autre monde.*

On met auffi *En*, & *dans*, devant l'article indefiny *un*, *une*, & fon Plurier *des*, ou *de*. Comme, *Dans un Livre*, ou *en un Livre* : *Dans des Livres*, ou *en des Livres* : *Dans de bons Livres*, ou *en de bons Livres.*

On met encore *En*, ou *dans*, devant les Adjectifs de nombre, & devant ceux qui y ont rapport ; comme, *Quelque*, *chaque, plusieurs, tous & tout,* &c. Exemples, *Dans mille occasions,* ou *en mille occasions : Dans,* ou *en plusieurs endroits : Dans tous les lieux,* ou *en tous les lieux : Dans tout païs,* ou *en tout païs.*

On peut mettre *En,* & *dans,* devant les Pronoms demonstraitfs, ou personnels, comme *ce, cet, celuy ; soy, nous,* &c. ou derivez, comme *son, nôtre, nos, quel, quelque, tel,* &c. Il ne faut qu'ouvrir les Livres pour en trouver des exemples. *Dans ce temps,* ou *en ce temps,* &c. Il y a pourtant des endroits où l'un est mieux que l'autre, mais l'usage seul peut apprendre ces distinctions.

On met *En,* devant les Noms de Royaumes, ou de Provinces, lorsqu'on ne leur donne point d'article. *En France, en Normandie,* &c. On met toûjours *dans,* quand ces Noms ont un article. *Dans la France, dans la Normandie,* &c.

Avec les Noms de temps, comme *Iour, mois,* &c. si l'on veut marquer le temps qui s'employe à une chose, on se sert d'*en.* Par exemple, *J'ay fait ce voyage en dix jours, en peu de temps.* Mais si l'on veut marquer la distance du temps aprés lequel on fera quelque chose, on

se sert de *dans* ; comme, *Ie feray ce voya-*
ge dans dix jours , dans peu de temps ;
c'est-à-dire, *aprés que dix jours feront*
paſſez, &c.

On dit bien, *Rentrer en ſoy-même,* &
rentrer dans ſoy-même ; mais on dit toûjours, *Penſer en ſoy-même.*

7. *Dans Paris. A Paris.*

✝ Quand il ne s'agit que d'une ſimple
demeure, on dit *à Paris. Il eſt à Paris.*
Il demeure à Paris : Mais s'il s'agit encore d'autre choſe, on dit d'ordinaire,
dans Paris ; comme, *On le cherche par*
tout, ſans qu'on le puiſſe trouver : il eſt
neanmoins dans Paris. Il y a plus d'un
million de perſonnes dans Paris. De même
quand on parle, eſtant à Paris, on dira
mieux, *Il n'y a perſonne dans Paris, que*
j'eſtime plus que vous ; mais ſi on eſtoit
hors de Paris, il ſemble que l'on diroit
mieux, *Il n'y a perſonne à Paris, que*
j'eſtime plus que vous.

8. *Dans le corps, ou Au corps.*

✝ Quand on parle des defauts exte-
rieurs, il faut dire *au corps.* Par exemple, *Quelque defaut qu'il ait au corps &*
à l'eſprit. Qui n'ont aucuns defauts ny

au corps, ny à l'ame. S'il s'agit des parties interieures, on dit *dans le corps.* Comme, *Il a un abſcez dans le corps.* Quand on parle de l'eſprit ſeul, on peut dire, *Il a dans l'eſprit beaucoup de defauts.*

TITRE VIII.

DES CONJONCTIONS.

✱ NOus avons parlé des Conjonctions par rapport aux Prepositions, dans le Titre VI.

Nous parlerons des Conjonctions *&* *ny*, *ou*, dans la Syntaxe. Voicy encore quelques Remarques particulieres.

1. *Ny.*

✱ *Ny*, se met devant le second Adjectif, quand il signifie une chose tout-à-fait differente, ou contraire. Comme, *On n'a jamais vû de Capitaine plus vaillant, ny plus sage que luy;* car *vaillant*, & *sage*, font deux choses bien differentes. Mais quand ce second Adjectif n'est que le synonyme du premier, ou approchant, on se sert de *&*. Comme, *Il n'est point de memoire d'un plus rude & plus furieux combat,* beaucoup mieux que *d'un plus rude, ny plus furieux combat;* parceque *rude & furieux*, font synonymes.

2. *Soit que.*

✳ Aprés *soit que*, on repete fort bien, *soit que*; mais il est plus doux de mettre *ou que.* Exemples, *Soit que vous ayez fait cela, soit que vous ne l'ayez pas fait. Et soit que vous ayez fait cela, ou que vous ne l'ayez pas fait.*

On condamne dans la Prose cette façon de parler, *Soit qu'il ne l'eût pas ordonné, ou soit que ses commandemens fussent mal executez*; & celle-cy, *Ou soit qu'il ne l'eût pas ordonné, ou que ses commandemens*, &c. Il ne faut pas mettre *ou*, devant *soit*. J'ay dit dans la Prose, parceque les Poëtes s'en servent pour la commodité du Vers.

3. *Avant que*, & *Devant que.*

✳ Il faut dire *Avant que de*, s'il suit un Infinitif. Exemple, *Avant que de mourir*, & non pas, *avant que mourir* : & beaucoup moins encore, *avant mourir.* Ainsi, *Devant que de mourir.*

4. *A moins que.*

✳ Il faut dire, *A moins que de faire cela*, & non pas, *à moins que faire cela*, ny *à moins de faire cela.*

5. *Afin de.*

✳ On dit, *Afin de faire*, & *Afin que l'on fasse* : & l'on peut employer ces deux regimes dans une même Periode. Par exemple, *Afin de faire voir mon innocence aux Iuge ; & que l'imposture ne triomphe pas de la verité.* Quelques-uns veulent qu'on observe le même regime: Ainsi, *Afin de faire voir mon innocence aux Iuges , & d'empêcher que l'imposture ne triomphe de la verité ;* ou bien, *Afin que je fasse voir mon innocence aux Iuges, & que l'imposture ,* &c. Mais c'est un scrupule contraire à l'usage des bons Autheurs.

6. *Si .... & que.*

 Aprés *Si*, on met elegamment, *& que,* dans le membre suivant, au lieu de repeter le *Si.* Exemple, *Si vous y retournez, & que l'on s'en plaigne,* &c. ou *Si vous y retournez, & si l'on s'en plaint :* Mais quand on met, *& que,* il faut changer de mode, & le premier Verbe estant à l'Indicatif, on met le second au Subjonctif, comme on voit dans l'exemple.

TITRE

TITRE IX.

DE LA SYNTAXE.

CHAPITRE I.

SYNTAXE DE CONVENANCE, OU DE RAPPORT.

ARTICLE I.

1. *Superlatif aprés fon Subftantif.*

LE Superlatif exprimé par *le plus*, garde fon article du Nominatif aprés un Subftantif, qui eft en un cas oblique ; c'eft-à-dire, au Genitif, au Datif, ou à l'Ablatif. Exemple, *C'eft la coûtume des Peuples les plus barbares*, & non pas, *des Peuples plus barbares.* De même, *J'ay obeï au commandement le plus jufte qui ait jamais efté fait* : Et *je l'ay arraché des mains les plus avares de la terre.*

La raifon de cette conftruction eft, que l'on fous-entend *qui*, avec le Verbe Subftantif ; comme, *Des Peuples qui font les plus barbares* : Et *au commandement*

R

qui est, ou *qui estoit le plus juste,* &c.

Cette construction a lieu aussi avec ces Superlatifs, *le moins, le mieux, le plus mal, le moins mal.* Exemples, *Je parle de l'homme le moins heureux du monde ; de l'enfant le mieux nourri,* &c.

2. *Deux Adjectifs aprés un Substantif.*

✻ Il faut dire, *Il sçait la Langue Latine, & la Greque,* & non pas, *il sçait la Langue Latine & Greque ;* ny, *il sçait les Langues Latine & Greque.* On pourroit dire aussi, *Il sçait la Langue Latine, & la Langue Greque ;* mais cette repetition du mot *Langue,* n'estant point necessaire, est importune & désagreable.

⁂⁂⁂⁂⁂⁂⁂⁂⁂⁂⁂⁂⁂⁂⁂⁂

ARTICLE II.

3. *Verbe aprés deux Substantifs, joints par* &.

✻ DEux Substantifs qui ne sont point synonymes, ny presque synonymes, regissent au Pluriel le Verbe qui les suit. Exemples, *Son amour & sa haine sont extrêmes. Son orgueil & son avarice sont insupportables.*

Mais fi ces deux Subftantifs font fynonymes, ou prefque fynonymes, on met
le Verbe au Singulier, beaucoup mieux
qu'au Pluriel. Exemple, *Sa clemence &*
fa douceur eft incomparable. De même,
Son ambition & fa vanité eft infupporta-
ble.

4. *Verbe aprés deux Noms Pluriels,*
fuivis d'un Singulier.

✱ Il faut dire, *Ses honneurs, fes richeffes*
& fa vertu s'évanoüirent, & non pas,
s'évanoüit. Les Noms Pluriels qui precedent, demandent le Verbe au Pluriel,
quoyque *vertu*, foit au Singulier, &
plus proche du Verbe : Car quand il n'y
auroit que des Singuliers devant, ils re-
giroient toûjours le Pluriel ; donc à plus
forte raifon, y ayant des Pluriels.

5. Lorfque *Tout*, eft joint aux Noms.

✱ Prefque tous ceux qui font fçavans en
nôtre Langue, foûtiennent qu'il faut dire, *Tous fes honneurs, toutes fes richeffes,*
& toute fa vertu s'évanoüit ; & non pas,
s'évanoüirent : Parceque *Tout* repeté, fait
comme autant de demy-membres, &
celuy qui eft joint au Verbe, l'attire à
fon nombre. Dans les autres demy-

R ij

membres le Verbe eſt ſous-entendu au
Pluriel.

6. Lorſque *Mais*, eſt joint à *Tout*.

✳ La plûpart tiennent qu'aſſeurément il
faut dire, *Non ſeulement tous ſes honneurs & toutes ſes richeſſes, mais toute ſa
vertu s'évanoüit.* Tant à cauſe de l'Adjectif *Tout*, comme dans l'exemple precedent, qu'à cauſe de la particule *Mais*,
qui ſepare ce membre de celuy qui le
precede, & demande une conſtruction
particuliere pour elle, qui eſt le Singulier.

7. Verbe aprés deux Noms joints
par *Ny*.

✳ On dit bien, *Ny la douceur, ny la
force n'y peuvent rien* : Et *ny la douceur,
ny la force n'y peut rien* ; parceque le
Verbe ſe peut rapporter à l'un des deux
ſeparé de l'autre, ou à tous les deux enſemble. Le Pluriel neanmoins ſemble
meilleur.

8. Verbe aprés deux Noms joints
par *Ou*.

✳ Il faut dire, *Ou la douceur, ou la force
le fera*, & non pas, *le feront* : car comme c'eſt une disjonctive, il n'y a que
l'une des deux qui regiſſe le Verbe.

Neanmoins s'il y a trois disjonctives, cette accumulation de choses differentes semble demander un Pluriel, comme, *Peut-estre qu'un jour ou la honte, ou l'occasion, ou l'exemple leur donneront un meilleur avis ;* mais on peut aussi dire, *donnera.*

9. Verbe aprés *L'un & l'autre.*
L'un ou l'autre.
Ny l'un, ny l'autre.

❋ On dit également bien, *L'un & l'autre vous a obligé ; & l'un & l'autre vous ont obligé.*

De même, *Ny l'un ny l'autre ne vaut rien ; & ny l'un ny l'autre ne valent rien.*

Mais on dit, *L'un ou l'autre le fera,* & non pas, *le feront.*

ARTICLE III.

1. Adjectif precedé du Verbe *Estre,* aprés deux Substantifs de divers genres.

❋ IL faut dire, *Le mary & la femme sont bons :* car dés que l'on employe le Pluriel au Verbe, il le faut employer aussi

à l'Adjectif qui prend le genre Masculin, comme le plus noble. Ainsi l'on dit,
Le temps & la peine sont bien employez.
Le travail, la conduite, & la fortune sont
joints ensemble. De même, *Le travail, la*
conduite, & la fortune peuvent-ils pas éle-
ver un homme ?

2. Adjectif aprés deux Substantifs, sans
le Verbe *Estre.*

※   On dit ordinairement, *Ce peuple a le*
cœur & la bouche ouverte à vos loüanges,
& c'est ainsi qu'on parle à la Cour,
quoyque selon la Grammaire il falût dire, *le cœur & la bouche ouverts.*

On dit aussi, *Les pieds & la teste nuë,*
& non pas, *les pieds & la teste nuds.*

☞   On dit bien, *Avec toute l'estime &*
toute la passion possible, & non pas, *possi-*
bles. De même,

Qui fit & la Fortune & la Victoire esclave

3. Adjectif aprés deux Substantifs joints
par *avec.*

※   Un de nos meilleurs Autheurs a dit,
Il se sauva, laissant sa mere avec sa fem-
me & ses enfans prisonniers. C'est une
faute contre la construction Grammati-
cale ; mais cette faute est une de celles

que l'on compte entre les ornemens &
les graces du langage ; & l'on ne diroit
pas si bien, *laissant sa mere, sa femme &*
ses enfans prisonniers, ny *laissant sa mere*
prisonniere avec sa femme & ses enfans.

ARTICLE IV.

1. Verbe aprés un nom de quantité,
suivy d'un Genitif.

ON dit, *Vne infinité de personnes y vont:*
& *Vne infinité de monde y va :* parce
que l'Usage veut que le Genitif donne
la loy au Verbe , & qu'il le regisse au
même nombre ; & quoyqu'*infinité* soit
un terme collectif, qui a le sens du pluriel, on ne diroit pas neanmoins, *Vne*
infinité de monde y vont. De même on
dit, *La plûpart des hommes font* : & *La*
plûpart du monde fait. Mais n'exprimant
point le Genitif, on dit toûjours , *La*
plûpart font : Au contraire on dit , *La*
plus grand' part fait, &c.

On dit encore, *l'en ay vû une infinité*
qui disent, parceque la particule *en,* vaut
autant que le Genitif *de personnes,* ou *de*
gens.

2. *Ce peu d'exemples suffiront.*
Ce peu de sel suffira.

❋ On voit dans ces exemples, que le Genitif regle le nombre du Verbe qui suit. Et quoyque *ce peu*, soit un terme collectif, il ne regit point le pluriel, si le Genitif n'est pluriel.

Quelquefois on dit, *Ce peu d'exemples suffira.* Mais il est bon de l'éviter.

3. *Vne partie du pain se moisit.*
Vne partie des Livres se moisissent.

❋ Le Genitif regle le nombre du Verbe, comme dans les exemples precedens.

☞ On dit, *Vne partie de ses hommes estoient morts, & l'autre estoit malade.*

4. *Toute sorte de monde y vient.*
Toute sorte de gens y viennent.

❋ C'est ainsi que l'on parle, ayant égard au Genitif qui suit le mot de *sorte.*

5. *Six mois de temps sont écoulez.*

❋ On dit, *Six mois de temps sont écoulez,* & le Nominatif *Six mois,* qui est un Temps définy, regit le nombre du Verbe.

ARTICLE V.

1. Adjectif aprés un Subſtantif accom-
pagné d'un Genitif.

❋ **1.** On dit, *Il y a une infinité de perſonnes
ruinées :* & *Vne infinité de monde ruiné.*

2. Par la même raiſon l'on dit, *Ce peu
d'exemples choiſis :* & *Ce peu de ſel fondu.*

3. De même, *Il y a une partie du pain
gâté :* & *Il y a une partie des Livres gâ-
teζ. Il a une partie du bras caſſé,* &c.

4. *L'on voit toute ſorte de monde ravy,*
&c. Et *L'on voit toute ſorte de gens ra-
vis,* &c.

5. On dit, *Aprés ſix mois de temps écou-
leζ :* & *Aprés ſix mois de temps écoulé.*

2. Relatif aprés un Subſtantif ſuivy d'un
Genitif.

❋ Voyéſ l'Article IX. & les quatre ſui-
vans du Chapitre V.

ARTICLE VI.

Si *vingt-&-un* ſe joint à un pluriel.

❋**T**Antôt on met le ſingulier, & tantôt
le pluriel, ſelon que l'oreille, qu'il

faut confulter en cela , le juge à propos. On dit, *Vingt-&-un chevaux;* mais
on dit , *Vingt-&-un an , trente-&-un
jour, vingt-&-une livre,* &c. Quelques-
uns aiment mieux le pluriel, & foûtiennent que *vingt* demandant fans doute le pluriel , il n'y a pas d'apparence
que pour ajoûter encore *un* à *vingt*, &
augmenter le nombre, il prenne une
nature finguliere. Les autres alleguent
l'Ufage : mais les premiers repliquent
que l'Ufage ne paroît point dans ces
exemples, *Vingt-&-un an* , &c. parce
que les deux nombres fe prononçent de
même façon.

☞ Pourquoy ne pas dire , *Vingt-&-un
cheval* , auffi bien que *vingt-&-un an ,
trente-&-un jour , vingt-&-un oyfeau.*
Ces façons de parler font elliptiques &
defectueufes. On difoit lors qu'elles eftoient entieres, *l'ay vingt ans & un an:
l'ay vingt chevaux & un cheval:* Et de
là vient qu'on dit, *vingt-&-un an, vingt
& un cheval.* Mais fi l'on ajoûte un
Adjectif, il faut prendre le pluriel, *l'ay
vingt-&-un chevaux blancs : l'ay vingt-
&-un an accomplis.*

ARTICLE VII.

DU PARTICIPE-PASSIF QUI compose le Preterit.

1. *Du Participe des Verbes Actifs, ou Neutres.*

LE Participe qui compose le Preterit, est indeclinable, quand il va devant le Nom, qu'il regit : Comme, *J'ay receu vos Lettres.*

Lors qu'il suit le Nom, ou le Pronom, il en prend le Genre & le Nombre : Comme, *Les Lettres que j'ay receües : Les Livres que j'ay rendus. Je les ay veus.* Mais il y a des exceptions.

1. Si le Preterit regit un Nom Substantif qui le suive, le Participe demeure indeclinable ; comme, *Les habitans nous ont rendu maîtres de la Ville :* car le Participe ne se decline que lors qu'il termine le sens, & qu'il n'est pas suivy d'autres mots qu'il regit, & qui finissent la Phrase.

De même, s'il regit un Nom Adjectif, comme, *Le commerce nous a rendu puissans :* ou parlant d'une Ville, *le commerce l'a rendu puissante.*

2. Si le Preterit est suivy d'un Verbe, le Participe est toûjours indeclinable ; comme, *Ie les ay fait peindre : Ie les ay veu partir. La Reine qu'il a veu seoir sur le trône. Les choses que j'ay appris à faire.*

Il y a encore une remarque à faire, c'est que changeant l'ordre naturel de l'expression, ensorte que le Nominatif du Verbe soit aprés le Verbe, le Participe demeure indeclinable. Par exemple, on dit dans l'ordre naturel, *La peine que cette affaire m'a donnée*, & *Les soins que cette affaire m'a donnés.* Mais changeant l'ordre, on dit, *La peine que m'a donné cette affaire*, & *Les soins que m'a donné cette affaire.*

✝ Avec les Temps du Verbe *Avoir*, le Participe est naturellement indeclinable, n'ayant ny genre ny nombre. *J'ay receu vos lettres*, parceque c'est plûtôt le Supin des Latins, que le Participe ; comme si l'on disoit, *Habeo acceptum litteras.* De même, *Elle a passé*, *ils ont passé*, *elles ont passé par là.*

Mais pour soûtenir la prononciation, on donne des Genres & des Nombres au Participe qui finit le discours ; comme, *La lettre que j'ay receüe : Les peines que j'ay prises.* Que si l'on ajoûte quel-

que

que chose aprés, le Participe redevient indeclinable : comme, *Les habitans nous ont rendu maîtres de la ville. Le commerce,* parlant d'une ville, *l'a rendu puissante. Ie les ay veu partir. Les choses que j'ay appris à faire. La peine qu'il a pris de faire cela. L'intention qu'il a eu de bâtir. La peine que m'a donné cette affaire,* &c.

☞ En Vers on dit, *La valeur d'Alexandre a la terre conquise,* pour *a conquis la terre.* M. Patru & le Pere Rapin pretendent qu'il faut dire, *que j'ay receu,* quand il suit quelque autre mot : Par exemple, *Les lettres que j'ay receu depuis deux jours.* Je ne suis pas de leur sentiment, dit M. Menage.

On dit, *Vous ne sçauriés croire la joye que cela m'a donné,* quoyqu'on dise, *Vous ne sçauriés croire la peur que cet accident m'a donnée,* selon la regle. C'est une des bizarreries de nôtre Langue.

Je croy (dit M. Menage) qu'il faut dire, *Les habitans nous ont rendus maîtres de la ville,* & *Ie l'ay renduë la maîtresse.* Ce qui a fait croire que le Participe estoit indeclinable, c'est que l's au plurier, & l'ë au feminin, ne se prononçent comme point.

S

Il en eſt de même, lorſque le Nom
qui ſuit, eſt Adjectif, *Le commerce nous*
a rendus puiſſans , & *Le commerce l'a*
renduë puiſſante. Ie l'ay renduë la plus
accomplie perſonne du monde.

Il y a encore quelques façons de parler qui paroiſſent contraires à cette regle, quoyqu'elles n'y ſoient pas en effet:
Comme on dit , *Il n'y a ſorte de ſoin*
qu'il n'ait pris , parceque l'on ne conſi-
dere pas *ſorte*, mais *ſoin*, qui eſt maſculin. *Il y a quelque choſe dans ce Livre*
qu'ils ont cenſuré , parceque *quelque cho-*
ſe en cet endroit eſt neutre. *Perſonne ne*
peut dire que je l'aye trompé ; car *perſonne*
eſt là maſculin. *De la façon que j'ay dit,*
car *de la façon* eſt pour *comme.* Ainſi,
Elle eſt demeurée court : Elle ſe fait fort
de cela, où *court* & *fort*, ſont indeclinables.

2. *Du Participe des Verbes Neutres-Paſſifs.*

❋ Quand il finit l'expreſſion, il ſe decline, *Ie ſuis allé, ils ſont allés : Il eſt*
venu, elle eſt venuë, &c.

Lors qu'il ſuit un Infinitif, le Participe eſt indeclinable ; comme, *Ma ſœur*
eſt allé viſiter ma mere : Mes freres ſont
venu viſiter mon pere.

✝ On dit, *Elle s'eft venu affeoir*, ou *Elle eft venu s'affeoir. Ils fe fuffent venu plaindre. Pendant qu'elles s'en eftoient allé acheter.* Pour empêcher la prononciation de languir & de traîner, ce qui arriveroit, fi l'on difoit *venuë, allées,* &c.

☞ Plufieurs foûtiennent qu'il faut dire, *Ma fœur eft allée vifiter ; & Les Députés font venus remercier le Roy.* Quoyqu'il en foit (car la chofe eft problematique) il eft certain que le Participe fe decline lors qu'il eft feparé de l'Infinitif par quelque mot qui eft entre deux ; comme, *Ma fœur eft venuë aujourd'huy, vifiter ma mere ; & Les Deputés font allés en corps remercier le Roy.*

3. *Du Participe des Verbes Reciproques.*

✷ Le Participe prend le Genre & le Nombre du Nom ou Pronom qui precede ; comme, *Les affiegés fe font rendus. Elle s'eft fâchée.*

1. Si le Preterit eft fuivy d'un Nom qu'il regit, force gens veulent que le Participe foit indeclinable, comme, *Nous nous fommes rendu maîtres : Ils fe font rendu puiffans.*

Mais plufieurs, aprés M. de Malherbe, font d'avis que le Participe doit pren-

S ij

dre le Genre & le Nombre des Noms
qui le precedent & le suivent; comme,
*Nous nous sommes rendus maîtres : Ils se
font rendus puiſſans.* Si ce n'eſt que le
Preterit ſoit ſuivy d'un autre Participe
Paſſif; comme, *Ils ſe font trouvé gueris.
Elle s'eſt trouvé montée au plus haut point,*
&c. *Elle s'eſt trouvé guerie.*

  2. Si le Preterit eſt ſuivy d'un Verbe,
le Participe eſt indeclinable. *Elle s'eſt fait
peindre : Ils ſe font fait peindre.*

✝ Le Participe ſe decline avec les Temps
du Verbe *Eſtre. Il eſt aimé : Elle eſt aimée. Ils font aimés : Elles font aimées.* Et
au Preterit, *J'ay eſté aimé : ils ont eſté
aimés,* &c.

  Cette conſtruction paſſe aux Verbes
Reciproques, comme, *Ils ſe font fâchés :
Elle s'eſt guerie. Excuſés la liberté que je
me ſuis donnée.*

  Mais quand on ajoûte quelque choſe
après le Participe, il devient indeclinable, pour empêcher la prononciation de
languir & de traîner; comme, *Elle s'eſt
fait peindre. Elle s'eſt fait belle. La liberté
que je me ſuis donné de vous écrire. S'ils
ſe fuſſent ſenty coupables,* &c.

☞ On dit avec les Reciproques, *Nous
nous ſommes rendus maîtres : Ils ſe font*

rendus puiffans. Elle s'eft renduë Catholi-
que.

On dit, *Elle s'eft trouvée montée,* comme on dit, *Elle s'eft trouvée morte ;* &
non pas, *Elle s'eft trouvé morte.*

On dit bien, *Ils fe font accoûtumez à*
fouffrir. Du moins s'il y a quelque mot
entre le Participe & l'Infinitif, comme,
Ils fe font ascoûtumez peu à peu à fouffrir.

4. *Vne des plus belles actions qu'il ait faites.*

✻ On dit fuivant la regle, *Les plus bel-*
les actions qu'il ait faites, & *La plus belle*
action qu'il ait jamais faite. Mais on demande s'il faut dire, *C'eft une des plus*
belles actions qu'il ait jamais faites, ou
qu'il ait jamais faite : Si le relatif *que* fe
rapporte à *actions,* ou à *une.* Deux chofes font voir que c'eft à *actions.* La premiere, c'eft que dans cette façon de
parler, ces mots, *des plus belles actions,*
demandent le relatif aprés eux, fans lequel on ne les fçauroit conftruire. L'autre raifon eft que *jamais* comprend toutes les belles actions precedentes, &
qu'eftant placé entre *que* & *faites,* il fait
voir que le Relatif & le Participe ne
peuvent fe rapporter à *une.*

☞ Nonobftant ces raifons, je croy (dit

S iij

M. Menage) qu'on pourroit dire, *qu'il ait jamais faite* : car on dit, *C'eſt un des meilleurs mots qu'il ait jamais dit. C'eſt un des meilleurs chevaux qu'il ait jamais monté.*

5. Crainte, *Participe.*

✱ L'équivoque de ce Participe feminin avec le Subſtantif *crainte*, fait qu'il le faut éviter. On ne dira donc pas, *C'eſt une choſe que j'ay toûjours crainte.* Il y a pourtant quelques endroits où il ne ſonneroit pas mal, comme en cet exemple, *Plus crainte qu'aimée*, tant parceque *plus* ôte l'équivoque, qu'à cauſe de l'oppoſition d'*aimée*.

ARTICLE VIII.

Aprés le Relatif *Qui*, le Verbe ſuit la perſonne du Pronom perſonnel qui precede.

✱ IL faut dire, *Si c'eſtoit moy qui euſſe fait cela*, comme on dit au Pluriel, *Si c'eſtoit nous qui euſſions fait cela* ; car *moy*, & *nous*, doivent regir la premiere perſonne. Par cette raiſon on dit, *Si c'eſtoit toy qui euſſes fait, luy qui eût fait*, &c. De même on dit, *Ce n'est pas moy qui l'ay fait*, & non pas, *qui l'a fait.* Ceux qui prononcent qui *eus*, pour qui *euffe*, le font en mangeant la derniere fyllabe, par abreviation ; ou prennent le Definy *j'eus*, pour l'Imparfait du Conjonctif *j'euffe.*

ARTICLE IX.

Verbe fuivy d'un autre Verbe à l'Infinitif.

❋ CEs façons de parler font bonnes, *Il marcha contre les ennemis qu'il fçavoit avoir paffé la riviere. Il fait du bien à tous ceux qu'il croit avoir aimé fon fils.* Il y en a beaucoup neanmoins qui trouvent quelque chofe de rude en cette conftruction. Ne dites jamais, *Qu'il fçavoit qui avoient paffé la riviere. Qu'il croit qui avoient aimé fon fils.*

ARTICLE X.

Verbe reciproque suivy d'un Infinitif
passif.

✳ ON dit bien, *S'empêcher de rire*, à
l'Actif ; mais, *S'empêcher d'estre sui-*
vy, paroist bien étrange. Cependant un
de nos plus excellens Autheurs a dit,
Il fit rompre le pont, pour s'empêcher
d'estre suivy. Et les meilleurs Ecrivains
trouvent cette expression elegante.

CHAPITRE II.

DU REGIME.

ARTICLE I.

REGIME DES VERBES.

I. *Approcher.*

✳ A^*Pprocher*, quand il signifie simple-
ment le mouvement corporel, regit
le Genitif, comme, *S'approcher du feu.*

S'*approcher du Roy*, *pour luy faire la reverē-*
ce. Mais quand il marque l'accez que l'on
a auprés d'un Grand, ou parceque l'on est
en faveur, ou à cause de quelque charge, il regit l'Accusatif de la Personne;
comme, *Approcher la personne du Roy.*
Avoir l'honneur d'approcher un Prince.

2. *Survivre.*

❊   Ce Verbe regit l'Accusatif, ou le Datif : comme, *Il a survécu tous ses en-*
fans, & *Il a survécu à tous ses enfans.*

3. *Ressembler.*

❊   *Ressembler* ne regit que le Datif. *Res-*
sembler à son pere. Mais dans la Poësie
il peut regir l'Accusatif, comme en ces
Vers,

> *Et que mon cœur autrefois son captif,*
> *Ne ressemblât l'esclave fugitif,*
> *A qui le sort fait rencontrer son maître.*

4. *Servir.*

❊   *Servir* regit le Datif, quand il signifie *estre propre* ou *utile*; comme, *Cela*
sert à plusieurs choses. Mais il veut un
Accusatif, quand il signifie *rendre ser-*
vice, ou *assister*; comme, *Servir son Roy.*
On a dit, *Servir à son Roy* : mais l'U-
sage ne permet plus de le dire.

5. *Prier.*

✱ Les Anciens disoient , *Prier à Dieu* ; & même quelques-uns disent encore, *Ie prie à Dieu* : Mais il faut dire , *Ie prie Dieu*. Et *Favoriser* , ne regit aussi que l'Accusatif.

6. *Eviter.*

✱ *Eviter* , ne regit que l'Accusatif. Il faut dire, *Eviter les inconveniens*, & non pas , *Eviter aux inconveniens*. Ce qui a donné lieu à cette faute , c'est que l'on dit, *Obvier aux inconveniens*.

7. *Commander.*

☞ Ce verbe regit le Datif, quand on commande effectivement. Ainsi on dit, *Il commanda aux Mousquetaires d'avancer*. Mais il regit l'Accusatif, lorsqu'il s'agit du pouvoir ordinaire de commander. Par exemple on dit, *Monsieur d'Artagnan commande les Mousquetaires*.

On dit de même, en parlant d'une éminence ou d'une hauteur , qu'*Elle commande la Place* , & non pas , *à la Place*.

M. de Voiture dit, *J'aimerois mieux estre bien dans vôtre esprit, que de commander à toute la terre*. Et l'usage le veut ainsi, non pas , *commander toute la terre*.

8. *Satisfaire.*

✝ Ce Verbe regit le Datif dans ces exemples, *Satisfaire à son devoir. Satisfaire à sa promesse. Satisfaire à une question.*

Il regit l'Accusatif dans ceux-cy, *Satisfaire les mécontens. Tous les biens du monde ne peuvent satisfaire le cœur humain.*

Il y a des endroits où l'on peut mettre l'Accusatif & le Datif, comme, *Satisfaire sa curiosité, son ambition : Satisfaire à sa curiosité, à son ambition.* Mais l'Accusatif est meilleur en ces exemples.

On dit, *Satisfaire quelqu'un,* quand il est question d'argent, ou d'honneur, comme, *Satisfaire ses creanciers. Satisfaire les gens qu'on a offensés.*

On pourroit peut-estre mettre quelquefois le Datif aprés *Satisfaire,* quand il s'agit d'honneur, *Ie luy ay satisfait.* Mais en parlant des Roys, ou des Souverains, on met toûjours l'Accusatif, *Satisfaire le Roy. Le Roy d'Espagne a satisfait le Roy de France.* De même on dit, *Faire satisfaction à quelqu'un,* en parlant des particuliers : mais on ne dira pas, *Le Roy d'Espagne a fait satisfaction au Roy de France.*

On dit, *Satisfaire à la Iustice divine,*

ou *Satisfaire la Iuftice divine* : mais le premier eft plus propre en quelques occafions.

9. *Monter à cheval. Monter un cheval.*

† Quand on va d'un lieu à un autre, ou que l'on s'exerce dans un même lieu, fans avoir égard à la qualité du cheval, on dit, *monter à cheval* : Comme, *Ie partis de grand matin, je montay à cheval devant le jour. Il monte à cheval tous les jours dans l'Academie.*

Quand on a égard à la qualité du cheval, & qu'on parle d'un cheval, ou de quelques chevaux, en particulier, on dit *monter un cheval*, comme, *Ie n'ay jamais monté de cheval fi rude. Ces Academiftes montent d'excellens chevaux.*

10. *Echaper.*

✳ On dit, *Echaper un danger*, & *échaper d'un danger.* Et l'on dit, *Echaper aux ennemis ; échaper aux embûches.*

11. *Aller au devant.*

✳ On dit, *Il eft allé au devant d'eux*, avec le Genitif, & non pas, *il leur eft allé au devant*, avec le Datif.

12. *Commencer.*

✳ On dit, *Commencer à parler*, & non pas, *commencer de parler.*

Com-

✝ *Commencer à*, eſt le meilleur & le plus
François ; mais *Commencer de*, ſe trouve
dans d'excellens Autheurs, & il n'y a
plus lieu de le condamner. Il ne faut
pas neanmoins joindre les deux regimes
enſemble, comme, *Il commença de vain-*
cre, auſſi-tôt qu'à paroître. Cette biga-
rûre *de vaincre*, & *à paroître*, fait un
effet deſagreable, bien loin d'eſtre un
ornement & une beauté.

13. *S'offenſer.*

✳ On ne dit point, *S'offenſer de quel-*
qu'un, mais *S'offenſer contre quelqu'un.*

14. *Se fier.*

✳ On dit, *Se fier à quelqu'un*, & *ſe fier en*
quelqu'un ; mais *à*, eſt ſouvent plus doux
qu'*en*, comme dans cét exemple, *Se fier*
à un homme ſi negligent.

On dit auſſi, *Se fier ſur ſon merite.* M.
de Malherbe a dit, *Se fier de ſes meri-*
tes ; mais c'eſt une façon de parler an-
cienne.

15. *S'allier.*

✳ On dit, *S'allier à quelqu'un*, & *s'allier*
avec quelqu'un. Le premier paſſe pour
plus elegant.

16. *Se reconcilier.*

✳ On ne dit plus, *Se reconcilier à quel-*
qu'un, mais *avec quelqu'un.*

T

17. *S'acquiter.*

✳ *S'acquiter aux Grands*, ne vaut rien.
Il faut dire, *S'acquiter envers les Grands*

18. *Perdre le respect à quelqu'un.*

✳ On dit à la Cour, *Perdre le respect à
quelqu'un*, qui est une construction é-
trange. Il semble qu'on devroit dire,
Perdre le respect envers quelqu'un, ou
mieux encore, *pour quelqu'un.*

✝ Il n'y a plus de bon Auteur qui employe cette Phrase.

19. *Tomber aux mains.*

✳ On ne dit plus, *Tomber és mains*, ny
tomber aux mains : L'usage veut qu'on
dise, *Tomber entre les mains de quelqu'un.*

20. *Refuser.*

✝ Ce Verbe regit quelquefois la chose,
& quelquefois la personne seule. On
dit, *Refuser une grace à quelqu'un*, &
Refuser quelqu'un.

21. *Regime des Verbes de Lieu.*

✝ Aux Verbes de mouvement on met
en, devant les noms de Province, ou
de Royaume ; & *à*, devant les noms de
Villes, ou de petit lieu. Par exemple,

Aller en France : Aller à Paris.

On dit cependant, *Aller à la Chine,* *au Iapon*, &c. & non pas, *Aller en Chine, en Iapon.* La raison, ce semble, est que les Noms qui gardent toûjours l'Article definy au Genitif, & ne prennent jamais l'Article indefiny *de*, gardent aussi l'Article definy au Datif, & n'y prennent point *en.* Par exemple, on dit toûjours, *la Chine, de la Chine : le Iapon, du Iapon :* & jamais, *Le Royaume de Chine, de Iapon :* comme on dit, *Le Royaume de France*, &c.

Les Noms qui conservent toûjours l'Article definy, font principalement ceux des païs nouvellement découverts, & de tout ce qu'on appelle le nouveau Monde ; comme, *les Indes, le Mogol, le Tunquin, le Perou, le Mexique, le Brasil, la Floride, la Guadaloupe, la Martinique, le Biledulgerid, le Congo, le Mozambique.* Car pour les païs que nous connoissons depuis long-temps, ils suivent la regle generale, excepté *le Peloponese, le Maine, le Perche :* car on dit, *Aller au Peloponese, au Maine, au Perche.*

A l'égard des nouveaux païs, il faut excepter *le Canada*, car nous disons *Aller en Canada.*

☞ On dit, *Il eſt en France, en Italie* : mais pour les Villes, on dit, *Il eſt à Paris, à Rome.* Il y a neanmoins quelques noms de Villes qui recevoient *en,* il n'y a pas encore long-temps, comme, *en Ieruſalem, en Bethléem, en Avignon, en Arles* : mais on commence à dire, *à Ieruſalem, à Bethléem, à Avignon, à Arles* : comme on dit, *à Angers, à Alençon, à Angouleſme, à Orleans, à Athenes.*

22. *Faire ſouvenir.*

✳ *Afin de leur faire ſouvenir de cela,* n'eſt plus du bel uſage : on dit maintenant, *de les faire ſouvenir.*

23. *Fournir.*

✳ On dit, *Fournir quelqu'un de quelque choſe,* & *Fournir quelque choſe à quelqu'un.* Par exemple, *La riviere les fournit de ſel,* & *La riviere leur fournit le ſel,* ou *leur fournit du ſel.*

24. *Il m'a dit de faire.*

✳ Cette façon de parler n'eſt pas Françoiſe, il faut dire, *Il m'a dit que je fiſſe.* On dit bien, *Il m'a commandé de faire : il m'a prié de faire : il m'a chargé de faire.* Mais l'uſage ne reçoit point, *Il m'a dit de faire.*

✝ On peut ſe ſervir de cette façon de parler dans la converſation ; mais on

ne doit point employer ce Gasconisme
en écrivant.

☞ Les Gascons ont introduit à la Cour
ces façons de parler, *Ie vous ay dit de
faire cela. Il m'a demandé d'entrer icy. Il
me semble de renaître.* Qui y sont usi-
tées, quoyqu'elles ne soient pas Françoises.

25. *Il me plaît,* &c.

✳ Quand *plaire* signifie une volonté ab-
soluë, on fait suivre *de*, comme, *Il me
plaît de le faire : il me plaisoit d'y aller.*
Mais quand *plaire* se dit en termes de
civilité & de respect, on ajoûte ou on
ôte le *de*, comme, *La faveur qu'il vous
a plû de me faire,* ou *qu'il vous a plû
me faire,* & le dernier est meilleur. On
dit neanmoins, *S'il vous plaît de m'oüir;*
& peut-estre que *S'il vous plaît m'oüir,*
n'est pas bon.

Quand *plaire* est suivy de *grace, honneur,* & semblables termes de civilité &
de respect, on ne met jamais *de*, comme, *Afin qu'il leur plaise me faire cette
grace. S'il luy plaisoit me faire l'honneur
de venir. S'il luy plaisoit m'honorer de ses
commandemens.* Peut-estre pour éviter la
repetition de deux *de*, y en ayant ordinairement un aprés ces termes de civilité.   T iij

26. *Prier de dîner.*
Prier à dîner.

☞ *Prier à dîner,* marque un deſſein pre-medité, quand nous envoyons prier quelqu'un de venir dîner avec nous, ou quand nous le prions nous-mêmes d'y venir. *Prier de dîner,* eſt un terme de rencontre & d'occaſion, quand nous prions quelqu'un qui eſt chez nous.

ARTICLE II.

REGIME DES NOMS.

1. *Rapport.*

† R*Apport,* regit le Datif, quand une choſe conduit à une autre, ou parce qu'elle en dépend, ou parcequ'elle en vient, ou parcequ'elle en fait ſouvenir, ou pour quelque autre raiſon. Ainſi les Sujets ont rapport au Prince, les effets à leur cauſe, les copies à leur original. On dit, *Cela n'a rapport à rien. Ce qui a rapport aux particuliers.*

 Rapport, regit *avec,* quand il s'agit de proportion, de conformité, de reſſem-blance. *Mon humeur a rapport avec la*

vôtre. *Vn rapport des traits avec les cou-*
leurs.

Suivant cette diſtinction, une copie a
toûjours rapport à ſon original ; mais ſi
elle luy reſſemble, elle a rapport avec
l'original.

2. *Victorieux.*

☞ Les Poëtes mettent *Victorieux*, avec
le regime du Genitif, comme M. de
Malherbe.

> *Que ſi victorieux des deux bouts de la*
> *terre.*

M. Des-Marêts.

> *Dont les doctes Ecrits, & les aimables*
> *Vers,*
> *Victorieux des ans, courent par l'Vni-*
> *vers.*

M. Chapelain, & M. de Segrais s'en
ſervent de même.

3. *Senſible, inſenſible.*
Capable, incapable.

† Ces Adjectifs ont un regime. On dit,
Senſible au plaiſir. De même, *Inſenſible à*
la douleur.

Capable, regit un Nom, ou un Verbe ;
comme, *Capable d'affaires, capable de*
gouverner. De même, *Incapable d'affaires,*

incapable de gouverner.

4. *Incurable. Insatiable.*

✝   L'Usage ne donne point de regime à ces Adjectifs. On ne dit point, *Vn mal incurable à tous les remedes.* Ny, *Vn homme insatiable de biens. L'œil insatiable de voir.*

5. *Intrepide.*

✝   On ne dit point non plus, *Vne ame intrepide aux menaces*, mais seulement, *Vne ame intrepide.*

6. *Impropre.*

✝   *Impropre*, ne veut point de regime. On dit bien, *Vn mot impropre* : Mais on ne dit pas, *Cela est impropre au dessein que j'ay.* Il faut dire, *Cela n'est pas propre au dessein que j'ay.*

7. *Impatient.*

✝   On dit, *Vn homme impatient* : *Vne humeur impatiente.* Mais il y a lieu de douter si l'on peut dire, *Impatient du joug & de la contrainte*, quoyque M. de Balzac ait parlé ainsi, & qu'on dise en Latin, *Impatiens servitutis.*

8. *Propre.*

✝   Quand *Propre*, signifie le *Proprius* des Latins, il regit le Datif ; comme, *La pudeur est une vertu propre à leur sexe. La magnanimité est une vertu propre aux Heros.*

Quand *propre* signifie *aptus*, il se met avec *à*, ou avec *pour*, comme, *Vn homme propre à la guerre*, ou *propre pour la guerre. Vne herbe propre à guerir les playes,* ou *propre pour guerir les playes.*

Mais si le Verbe qui suit, se peut expliquer par le Passif, on met seulement *à.* Par exemple, *Des fruits propres à confire*, c'est comme si l'on disoit, *à estre confits. Du tabac propre à mâcher, propre à mettre en poudre.*

Tous les Adjectifs qui se joignent avec un Verbe, dans ce sens passif, prennent toûjours *à*, comme, *Cela est bon à manger. Beau à voir. Des bleds prêts à couper.* Car *bon à manger*, veut dire, *bon à estre mangé*, &c.

ARTICLE III.

REGIME DES PREPOSITIONS.

1. Prés. Auprés.

* P*Rés* regit le Genitif, ou l'Accusatif ; car on dit, *Prés du Palais Royal*, & *Prés le Palais Royal.* Mais on dit ordinairement, *Prés la Porte S. Iacques : prés la Porte S. Germain.* Et avec les person-

nes , on prend toûjours le Genitif ;
comme, *prés de moy, prés de cette Dame.*
Mais *auprés* y est meilleur.

Auprés ne regit que le Genitif. *Au-*
prés de l'Eglise. Il a des gens auprés de
luy, qui, &c.

2. *Vers.*

✻ *Vers* regit toûjours un Nom , *Vers*
Paris, vers l'Orient ; & ne regit jamais
un Adverbe , comme est *où.* Quoyqu'on
dise assez souvent, *vers où,* cette façon
de parler n'est pas bonne.

3. *Iusques.*

✻ *Iusques* regit le Datif, *Iusqu'au Ciel* :
jusques au Ciel. Il peut aussi regir les
Adverbes *icy* & *là. Iusqu'icy,* ou *jusques*
icy : jusques-là. Quelques-uns disent,
jusques à là, jusques à icy : mais l'un &
l'autre est barbare.

* *Iusques à aujourd'huy.*

✻ Nous avons remarqué [dans l'Article
IV. du Titre VI.] qu'*aujourd'huy* se peut
considerer comme un Adverbial , ou
comme un Composé de l'Article *au,* &
de *jourd'huy.*

Ceux qui considerent *Aujourd'huy,*
comme un Adverbial, sont d'avis qu'il
faut dire, *Iusques à aujourd'huy,* comme
on dit, *jusques à demain, jusques à hier.*

Les autres qui le confiderent comme un composé de l'article & de *jourd'huy*, foûtiennent qu'il faut dire, *jufques au_jourd'huy*, comme on diroit, *jufques au jour d'hier* ; & qu'ainfi *jufques* regit le Datif *au*. Ils ajoûtent encore une autre raifon, qui eft que l'on évite la cacophonie des deux voyelles, & l'*hiatus* qui fe rencontre dans *jufques à aujour-d'huy* ; & que comme on dit *jufques à cette heure*, & non pas *jufques à à cette heure*, il faut auffi dire, *jufques aujour-d'huy*, & non pas *jufques à aujourd'huy*.

Ceux qui font pour *jufques à aujour-d'huy*, ont encore trouvé une fubtilité qui eft de dire que *jufques* regit le Datif, & que dans *aujourd'huy* l'article *au* eft à l'Ablatif, comme en l'Adverbe Latin *hodie*. Mais on leur répond qu'*au_jourd'huy* eftant confideré comme un composé, *au* eft un Datif en cet endroit.

Quand on dit, *il m'a affigné à aujour-d'huy : On a remis l'affaire à aujourd'huy* ; *à*, eft une Prepofition qui eft neceffaire pour éviter l'equivoque : car fans *à*, on pourroit entendre que *c'eft aujour-d'huy qu'il m'a affigné*, & *que c'eft aujour-d'huy qu'on a remis l'affaire*.

4. *Au travers, à travers.*

* *Au travers*, regit le Genitif, & *à travers*, l'Accusatif. On dit, *Au travers du
corps*, & *à travers le corps.* Il ne faut pas
imiter quelques Autheurs qui disent aussi
à travers du corps.

† *Au travers*, demande un autre regime
qu'*à travers.* On dit, *Au travers des trous
de son manteau ; & On voit à travers
toutes ces fausses couleurs.*

5. *Environ.*

☞ *Environ de*, n'est pas François. Il faut
dire, *Il estoit environ deux heures*, & non
pas, *environ de deux heures.*

ARTICLE IV.

REGIME DES ADVERBES.

1. *Il a extrémement d'esprit.*
   Il a extrémement de l'esprit.

† PLusieurs disent qu'*Extrémement*, n'a
point de regime, & d'autres sont
d'avis qu'il regit un Genitif, comme *peu*
& *beaucoup.*

Ceux qui ne luy donnent point de regime, disent, *Il a extrémement de l'esprit.*
                                        comme

comme on dit, *il a de l'esprit extréme-*
ment, & *il a bien de l'esprit.* Ceux qui
font d'un sentiment contraire, disent, *Il*
a extrémement d'esprit, comme on dit,
il a beaucoup d'esprit ; & avec le même
Adverbe, *il y a cette année extrémement*
de bled.

L'un & l'autre se peut dire, *Il a ex-*
trémement de l'esprit, & *il a extrémement*
d'esprit. Lorsqu'il y a une negative devant, on doit toûjours dire *d'esprit ;*
comme, *Il n'a pas extrémement d'esprit :*
mais ce n'est pas à cause *d'extrémement*,
c'est à cause de la negative, car on dit,
il n'a pas d'esprit.

Ceux qui donnent un regime à *extré-*
mement, disent aussi, *il a extrémement*
de cœur. Il y avoit extrémement de mon-
de.

Il faut raisonner *d'infiniment*, à proportion comme *d'extrémement. Il a in-*
finiment de l'esprit, & *il a infiniment d'es-*
prit.

V

ARTICLE V.

REGIME DES CONJONCTIONS.

1. *Que*, aprés une negative.

✳ APrés une propofition negative, les Verbes qui fuivent *que*, fe mettent au Subjonctif. Exemple, *Ie ne croy pas que perfonne puiffe dire que je l'aye trompé*, & non pas, *que je l'ay trompé*.

2. *Que*, aprés *il femble*.

☞ On dit, *Il femble que tout eft fait pour me nuire*, & *il femble que tout foit fait pour me nuire*. La feconde expreffion eft plus Françoife ; mais aprés *il me femble*, le Verbe doit eftre à l'Indicatif. *Il me femble que cela eft bien*, & non pas, *que cela foit bien*.

3. *Quoy que. Bien que. Encore que.*

☞ Ces Conjonctions ne regiffent que le Conjonctif. *Quoy que je fois : Bien que je veuille : Encore que je craigne*. M. d'Ablancourt a dit d'une maniere qui n'eft pas défagreable, *Quoy qu'à dire le vray, je ne fuis gueres en état de le faire*, à caufe qu'il y a quelques mots entre *quoy que*, & le Verbe. Mais *je ne fois*, y feroit meilleur.

M. de Vaugelas a dit dans fes Remarques des Noms terminez en EN, *Quoy que quelques-uns feroient d'avis, que n.nobftant l'équivoque on dît*, pour *quoy que quelques-uns foient d'avis.*

4. *Que*, aprés *Ne fçavoir pas.*

☞ Plufieurs difent, *Ie ne fçavois pas que c'eftoit vôtre mere* ; mais ceux qui ont de l'étude, difent prefque toûjours, *Ie ne fçavois pas que ce fût vôtre mere.* Il y a pourtant des endroits où l'Indicatif vient mieux. Par exemple, *Ie ne fçavois pas que c'eftoit un fort honnête homme*, eft mieux que, *ce fût un fort honnête homme.* Mais au contraire, *Ie ne fçavois pas que vous m'euffiez rendu de fi bons fervices*, eft mieux dit que, *vous m'aviez rendu de fi bons fervices.* Il faut confulter fon oreille avec l'ufage, car il eft difficile d'en donner des regles.

CHAPITRE III.

USAGE DE LA PARTICULE *DE.*

1. *De*, entre un Nom de nombre & un Participe, ou un Adjectif.

❋ LE fentiment le plus commun des bons Ecrivains eft qu'il faut dire, *Il y en eut cent de tuez*, & non pas, *il y en eut cent tuez.* L'Ufage le veut ainfi.

2. *De*, aprés *Rien.*

❋ On dit fort bien, *Il n'y a rien de tel,* & *il n'y a rien tel.* Le premier femble plus François.

3. *De* indefiny, aprés *Point.*

❋ Il faut dire, *Il n'a point d'argent*, & non pas, *il n'a point de l'argent.* De même, *Il n'y a point de moyen*, & non pas, *il n'y a point moyen* : Mais on dit bien, *il n'y a pas moyen. Pas* & *point*, font differens en cela.

4. *De*, devant *Beaucoup* & *gueres.*

❋ On dit *de beaucoup*, aprés le Compa-

ratif, & *beaucoup*, devant le Comparatif. Exemples, *Il est plus grand de beaucoup* ; mais, *il est beaucoup plus grand,*

On dit de même, *Il ne le surpasse de
guere, il n'est gueres plus haut :* Mais s'il
n'y a point de comparaison, on ne met
point *de. Il ne s'en faut gueres, il ne s'en
est gueres falu.*

5. *Que de*, aprés *Aimer mieux.*

❋ Aprés *aimer mieux*, on met *que de*, si
ce n'est quand *que*, est immediatement
entre les deux Verbes, & que le second
finit le sens ou l'expression. Par exemple on dira, *Il aime mieux meriter des
loüanges, que de les recevoir ; & il aime
mieux faire cela, que de ne rien faire.
J'aime mieux mourir que d'y aller ;* mais
on dira, *j'aime mieux mourir que changer.*
Icy le Verbe finit le sens, autrement il
faudroit dire, *j'aime mieux dormir, que
de manger les meilleures viandes du monde.
J'aime mieux mourir que d'aller là.*

6. *Que de*, aprés *Ne faire.*

☞ *Il ne fait que de sortir*, est mieux dit
que *il ne fait que sortir :* Mais si l'on
marque l'endroit d'où l'on sort, on supprime elegamment le *de* ; comme, *Il ne*

fait que sortir de table, est plus elegant
que *il ne fait que de sortir de table.*

Aprés *il ne vient*, il faut toûjours
mettre *que de* ; comme, *Il ne vient que
que de sortir de table.*

7. *De*, aprés *Plaire*

✳ Nous en avons déja fait une remarque, [au Chapitre II. de la Syntaxe.]

8. *De*, aprés les Noms de Famille.

☞ On ne met *de* & *du*, que devant les
noms de famille, qui viennent de Sei-
gneuries ; comme, *de Louvois, de Riche-
lieu, du Bellay, de la Motte*, &c. Mais on
dit, *M. Colbert, M. le Tellier*, &c. &
non pas, *de Colbert, du Tellier*, &c.

CHAPITRE IV.

USAGE DES NEGATIONS
NE, PAS, POINT.

1. *Ne*, aprés *Nier.*

✳ QUand la negative *ne*, est devant *nier*,
il la faut encore repeter aprés ;
comme, *Je ne nie pas, que je ne l'aye dit*,
& non pas, *que je l'aye dit.* Ce dernier
ne laisse pas d'estre François, mais il est
peu elegant.

2. *Ne*, devant *Pas* ou *point*.

✳ On dit bien, *N'ont-ils pas fait ?* & *Ont-ils pas fait ?* Mais les uns le trouvent plus elegant sans la negative, & les autres avec la negative.

Quand on ne parle point par interrogation, mais seulement par doute, aprés *Si*, on employe toûjours la negative *ne*, & il faut dire, *Pour sçavoir s'ils n'ont point fait*, & non pas, *s'ils ont point fait*.

3. *Pas* & *Point*, quand on les ajoûte aprés *Ne*.

✳ On supprime ces Particules devant *jamais* ; comme, *Il ne sera jamais si bon.* Ce seroit trés-mal parler de dire, *il ne sera pas jamais si bon.*

2. Devant *Plus*, comme, *Ie ne feray plus cela.* Mais on les met devant *Non plus*, comme, *Ie ne veux pas non plus, que vous alliez-là.*

3. Aprés *Plus*, si une negative suit ; comme, *Il est plus riche que je ne suis.* On diroit mal, *que je ne suis pas.*

4. Devant *Nul*, ou *Aucun* ; comme, *Il ne fait aucun mal : il ne fait nul mal.*

5. Devant *Rien*, comme, *Il ne veut rien faire.*

6. Devant deux *Ny*, comme, *Il n'est ny avare, ny prodigue.*

7. Aprés *Sans*, comme, *Sans faute,* & non pas, *Sans point de faute.*

La raison, ce semble, de ces suppressions est, que ces mots *jamais*, *plus*, *nul*, *aucun*, *rien*, *ny* & *sans*, nient assez d'eux-mêmes, sans ajoûter *pas*, ny *point*.

8. On supprime aussi ces Particules devant *que*, qui signifie *sinon que*. Comme, *Ie ne feray que cela. Ie ne mange qu'une fois le jour.* Devant *que*, qui signifie autre chose, on ajoûte bien, *pas* ou *point* ; comme, *Ie ne pense pas que vous le fassiez.*

9. Et devant ou aprés les Noms de temps, qui font quelque restriction, comme en ces exemples, *Ie ne le verray de dix jours. Il y a dix jours,* ou *il y a longtemps que je ne l'ay vû.*

Pour rendre quelque raison de ces suppressions, on pourroit dire que le *que,* qui signifie *sinon que,* estant un mot de restriction, on ne nie pas absolument ce qu'ont accoûtumé de faire le *pas,* & le *point.* Et que les Noms de temps font aussi une restriction qui a le même effet.

On fupprime elegamment ces Particules aprés le Verbe *Pouvoir.* Ainfi, *Il
ne le peut faire : il ne pouvoit marcher,*
eft plus elegant que *il ne le peut pas faire : il ne pouvoit pas marcher.*

De même aprés le Verbe *Sçavoir,*
quand il fignifie *pouvoir*; comme, *Il ne
fçauroit faire tant de chemin : il n'eût fçû
arriver plûtôt.*

De même avec le Verbe *Ofer,* comme, *Il n'oferoit faire cela. N'ofant luy
contredire.* Rarement il fe dit avec *pas,*
même quand il y a un autre Participe
ou Gerondif devant, avec *pas ;* comme,
*Ne voulant pas le flater, & n'ofant luy
contredire.*

✝ On dit, *Ie ne l'aime, ny ne l'eftime.*
Ce feroit mal parler que de dire, *Ie ne
l'aime pas, ny ne l'eftime pas ;* ou, *Ie ne
l'aime, ny ne l'eftime point.* Ce *ny,* eft
caufe qu'on retranche le *pas.* De même
on dit, *Ils ne fement, ny ne moiffonnent.*
Si on ne mettoit *ny,* entre les Verbes,
il faudroit mettre *point,* à chaque Verbe fans conjonction ; comme, *Ils ne
fement point, ils ne moiffonnent point.*

☞ Si aprés *que,* en la fignification de
finon que, il y a un Verbe au Subjonctif,
il y faut un *pas,* ou un *point.* Comme,

Ie n' mange point qu'il ne soit midy. Ie ne partiray point, que vous ne soyez venu. Mais si le Verbe est à l'Indicatif, ou à l'Infinitif, on supprime *pas* ou *point;* comme, *Ie ne mange que quand il luy plaît. Ie ne mange que pour entretenir la santé.*

Devant ou aprés les Noms de temps, on met *point,* en ces exemples, *Ie ne l'ay point vû depuis dix jours. Il y a dix jours que je ne le voy point.*

* Difference de *Pas,* & *Point.*

✱ *Point,* nie bien plus fortement que *pas.*

Il y a encore cette difference que devant les Noms, *point* prend l'article indefiny *de;* comme, *Il n'a point de cœur: il n'a point d'argent: il n'y a point de moyen,* ou *il n'y a pas moyen.*

Il faut aussi remarquer qu'avec les Infinitifs, *pas* & *point* se mettent elegamment devant le Verbe. Comme, *Pour ne pas tomber,* ou *pour ne point tomber dans ce malheur,* est plus elegant que *pour ne tomber pas,* &c.

4. *Non pas.* aprés *que.*

✱ D'ordinaire il est plus elegant de supprimer *non pas;* comme, *Ils tiennent.*

plus de l'Architecte, que de l'Orateur, eft, ce femble, mieux dit que *ils tiennent plus de l'Architecte, que non pas de l'Orateur.* Mais il y a des endroits où *non pas,* peut rendre l'expreſſion plus forte. Il faut en cela conſulter l'oreille.

* Nous avons parlé de *Ny,* dans les Conjonctions.

CHAPITRE V.

DES INTERROGATIONS.

1. *Eſt-ce que ?*

ON dit, *Quand eſt-ce qu'il viendra ? & Quand viendra-t-il ?* Pluſieurs approuvent davantage cette derniere façon de parler : Mais on ne doit point dire, *Quand c'eſt que je ſuis malade.* Il faut dire ſimplement, *Quand je ſuis malade.*

Voicy une conſtruction ſemblable. On dit, *Si eſt-ce que je diray en paſſant, & Si diray-je en paſſant.*

✝ Ceux qui écrivent avec le plus de politeſſe, font maintenant ſcrupule de dire, *Si eft-ce que je diray.*

2. *Ont-ils pas,* ou *N'ont-ils pas fait?*

❋ Nous en avons parlé dans le Chapitre des Negations.

CHAPITRE VI.

DES REPETITIONS DE MOTS
ET DE PARTICULES.

ARTICLE I.

REPETITION DE L'ARTICLE.

1. *L'Article devant les Subftantifs.*

❋ IL faut toûjours repeter l'Article devant un Subftantif joint à un autre par la Conjonction *&*. Exemple, *Les faveurs & les graces:* Et à plus forte raifon lors que le Genre ou le Nombre change, comme, *Le malheur & la mifere. Les loüanges & la gloire.*

‒ De même au Genitif. *L'amour de la vertu & de la fcience. Le defir de l'honneur & du profit.*

Et

Et au Datif, *A la bonté & à la genero-*
sité. Au Midy & à l'Orient. Au dîner
& à la collation. Au pain & à l'eau.

Autrefois on se dispensoit de repeter
l'article aux Noms synonymes, ou presque synonymes, principalement aux
Noms de même genre & de même
nombre ; comme, *de la Charge & digni-*
té qu'il avoit. Ie dois cela à la bonté &
generosité de ce Prince. Mais l Usage veut
qu'on dise maintenant, *de la Charge &*
de la dignité. A la bonté & à la genero-
sité.

† Chaque mot demande son article,
quand on a mis un article au premier
mot ; comme, *les Tours, les Palais, les*
Eglises : Mais si le premier mot est sans
article, on dit bien, *Il renversa Tours,*
Palais, Eglises. Ainsi nous disons, *Gloi-*
re, richesses, noblesse, puissance, ce ne sont
que des noms imaginaires.

2. *L'Article devant un second Adjectif.*

✱ S'il y a deux Adjectifs de suite, qui
ayent rapport à un même Substantif
precedent, on repete l'article devant le
second Adjectif, joint au premier par *&.*
Comme, *la Langue Latine & la Greque,*
& non pas, *la Langue Latine & Greque.*

X

3. *L'Article devant deux Adjectifs, qui ont chacun leur Substantif.*

✳ Il faut dire, *C'est le bon homme & le mauvais ouvrier*, & non pas, *C'est le bon homme & mauvais ouvrier.*

4. *L'Article devant deux Adjectifs, suivis d'un même Substantif.*

✳ On dit, *Les beaux & les bons tableaux : De beaux & de bons fruits : A de beaux & à de bons fruits ; aux beaux & aux bons fruits.*

Si neanmoins ces Adjectifs font synonymes ou approchans, c'est-à-dire presque synonymes, on ne repete point les articles ; comme, *Les grands & glorieux Emplois. Les hautes & excellentes vertus.*

* *L'un & l'autre.*

✳ Il faut toûjours repeter l'article dans tous les Cas ; comme, *Cela convient à l'un & à l'autre*, & non pas, *à l'un & l'autre. Ie suis amy de l'un & de l'autre.*

5. *L'Article devant le même Adjectif repeté avec deux Substantifs.*

✳ On dit, *Le meilleur homme, & le meil-*

leur ouvrier du monde. De même, *C'est
le fils du meilleur homme, & du meilleur
ouvrier du monde. Au meilleur homme, &
au meilleur ouvrier.*

Cette repetition a lieu, lors même que
les deux Subſtantifs ſont ſynonymes ou
approchans; comme, *Le meilleur parent
& le meilleur amy que j'aye :* Mais alors
on peut ſupprimer l'Article & l'Adjectif
aprés *&*, comme, *Le meilleur parent &
amy que j'aye.*

6. Repetition de *plus*, avec l'article,
    *devant deux Subſtantifs, ayans
    chacun leur Subſtantif.*

✳   On dit, *C'eſt le plus ſçavant homme, &
le plus riche ouvrier ;* & non pas, *C'eſt le
plus ſçavant homme, & plus riche ouvrier.*
Ny, *C'eſt le plus ſçavant homme, & riche
ouvrier.*

    * *Devant deux Adjectifs ſuivis d'un
    même Subſtantif.*

✳   On dit, *C'eſt le plus puiſſant & le plus
riche Prince de l'Europe,* en repetant *le
plus.*

Mais ſi les Adjectifs ſont ſynonymes
ou approchans, on omet l'article, comme, *Les plus grands & plus glorieux Em-*

plus; que l'on peut auſſi exprimer, *Les plus grands & les plus glorieux Emplois*; ou même ſupprimer l'article avec *plus*, comme, *Les plus grands & glorieux Emplois* : Mais cette troiſiéme façon n'eſt pas ſi bonne.

On dit auſſi, *C'eſt le Prince le plus puiſſant & le plus riche de l'Europe*, où les Adjectifs ſont aprés leur Subſtantif.

* *Devant le même Adjectif repeté.*

* On dit, *Le plus riche Duc, & le plus riche Evêque du monde*; & non pas, *Le plus riche Duc & Evêque.*

Mais ſi les deux Subſtantifs ſont ſynonymes ou approchans, on peut dire, *Le plus riche parent & amy que j'aye*, où l'on peut auſſi repeter *le plus*, comme, *Le plus riche parent, & le plus riche amy que j'aye.*

ARTICLE II.

Repetition de *Si*, avec l'article.

* ON repete toûjours *Si*, même aux ſynonymes & approchans; comme,

Vous estes si sage & si avisé. M. Coëffeteau a dit, *Fideles à de si genereux & de si magnifiques Empereurs.*

ARTICLE III.

Repetition des Pronoms possessifs, *Mon, Ton, Son.*

❊IL faut repeter le Pronom possessif, comme on repete l'article. Par exemple on dit, *Mon pere & ma mere*, & non pas, *Mes pere & mere.* De même, *Ses plus beaux & ses plus vilains habits :* Mais les Adjectifs estant approchans, on dit, *Ses plus beaux & plus magnifiques habits*, ou *Ses plus beaux & ses plus magnifiques habits.*

ARTICLE IV.

Repetition de *Tout.*

❊TOut, se doit repeter devant chaque Substantif, s'ils sont contraires, ou tout-à-fait differens ; comme, *Tout le bien & tout le mal : Toute l'affection &*

toute l'estime : Toute la France & toute l'Italie. Mais si les Substantifs sont synonymes ou approchans, on peut repeter ou omettre *Tout* ; comme, *Toutes les beautez & toutes les graces,* ou *Toutes les beautez & les graces. Toute l'affection & toute l'inclination,* ou *Toute l'affection & l'inclination.*

Si le genre change, il faut repeter *Tout,* même aux synonymes ; comme, *Toute la splendeur & tout le lustre.*

De même, s'il y a quelque Substantif different entre deux presque-synonymes ; comme, *Toutes les beautez, tout l'artifice, & toutes les graces.*

ARTICLE V.

Repetition des Pronoms personnels, *Ie, tu, il : Nous, vous, ils,* joints aux Verbes, aprés *&, mais, ou.*

❋ AUx membres de la periode, ou quand la construction change, on doit repeter les Pronoms ; comme, *Vne chose mal donnée ne sçauroit estre bien düë, & nous ne venons plus à temps de nous plain-*

dre, *quand*, &c. Ce feroit mal parler que de dire, *& ne venons plus à temps*, &c.

Il en eſt de même, lorſque la conſtruction eſt interrompuë par les particules *mais*, *ou*, & autres ſemblables. Comme, *Nous ne ſommes pas contens de nous informer de celuy qui emprunte, mais nous foüillons juſques dans ſa cuiſine ; & non pas, mais foüillons, &c. Nous le confeſſerons, ou nous le nierons ; & non pas, Nous le confeſſerons, ou le nierons.*

ARTICLE VI.

Repetition du Relatif *Le, la, les, luy, leur.*

❋IL faut repeter le Relatif devant les deux Verbes qui le regiſſent, comme, *Envoyez-moy ce Livre pour le revoir & l'augmenter.* Même quand les deux Verbes ſont ſynonymes, comme, *Pour l'aimer & le cherir.*

ARTICLE VII.

Repetition des Verbes.

✝ IL faut repeter les Verbes en de certaines rencontres, comme, *J'ay esté nud, & vous m'avés habillé : J'ay esté malade, & vous m'avés visité : J'ay esté prisonnier, & vous estes venu pour me consoler.* La repetition de *j'ay esté*, est elegante & necessaire pour soûtenir le discours. De même, *Vous serés sa bouche, & il parlera par vous : Vous serés son œil, & il se conduira par vous : Vous serés son bras, & il agira par vous.*

On ne repete point le Verbe, lorsqu'il n'y a rien qui l'empesche de se répandre sur chaque partie du discours. Par exemple, M. Godeau dit, *On verra d'un côté paroître la puissance & la sagesse de Dieu, & de l'autre toutes les vertus d'un parfait Ministre de l'Evangile.* Aprés quoy il ajoûte, *La Synagogue y est démolie, l'Idolâtrie renversée, la Philosophie confonduë, & la Croix triomphante.* Dans cét exemple, *y est*, sert à tous les Participes qui suivent, & la repetition rendroit le discours languissant.

Il faut repeter le Verbe, quand le regime ou la construction change ; comme, *Songer plûtôt à polir un marbre, qu'à se polir soy-même* ; & non pas, *Songer plûtôt à polir un marbre que soy-même :* parcequ'on ne dit pas *Polir soy-même,* mais *se polir soy-même.*

ARTICLE VIII.

Repetition des Prepositions aprés &.

✳ IL y a des mots contraires dans leur signification, comme, *Le bien & le mal. L'amour & la haine. Aimer & haïr. Bâtir & démolir.* D'autres qui sont differens tout-à-fait, quoyque non contraires ; comme, *Les ruses & la force. Loüer & imiter.* Il y en a d'autres qui sont synonymes, comme, *Les ruses & les artifices. Aimer & cherir. Bâtir & construire.* Et d'autres enfin qui sont approchans, c'est-à-dire peu differens, ou presque synonymes ; comme, *L'ambition & la vanité. Aimer & reverer. Le bien & l'honneur. Bâtir & agrandir.*

Devant les mots contraires on repete les Prepositions, comme, *Pour le bien &*

pour le mal de son Maître. *Par l'amour &
par la haine dont il estoit agité. Ce qui porte
les hommes à aimer & à haïr leurs semblables. Ce qui oblige les hommes d'aimer &
de haïr leurs semblables. Pour bâtir & pour
démolir.*

De même devant les mots tout-à-fait
differens, comme, *Par les ruses & par
les armes. Pour loüer & pour imiter les
Saints.*

Devant les Noms synonymes on ne
repete point les Prepositions, comme,
*Par les ruses & les artifices. Ce qui porte
les hommes à aimer & cherir la vertu.
Pour bâtir & construire un Palais.*

De même devant les mots approchans,
comme, *Par une ambition & une vanité
insupportable. Ce qui porte les hommes à
aimer & reverer la vertu. Pour le bien &
l'honneur de son Maître. Pour bâtir &
agrandir la maison.*

Cette regle est fondée en raison : car
la raison veut que des choses qui sont
de même nature, ou fort semblables, ne
soient pas trop separées ; comme au
contraire elle veut que l'on separe celles
qui sont opposées & tout-à-fait differentes, & que la preposition soit comme
une barriere entre-deux.

* *L'un & l'autre.*

✻ Il faut toûjours repeter la prepofition, comme, *Ie l'ay fait pour l'un & pour l'autre. Avec l'un & avec l'autre.* Car qu'y a-t-il de plus different que *l'un & l'autre.*

☙☙☙☙☙☙☙☙☙☙☙☙☙☙☙☙☙☙☙☙☙☙☙☙☙☙☙

ARTICLE IX.

Repetition de la Prepofition, lors qu'il y a Comparaifon.

† QUand le difcours enferme quelque comparaifon, il faut neceffairement repeter la prepofition ou le cas ; comme, *Il n'y a point de Capitaine parmy les Romains, pour qui j'aye plus d'eftime que pour Cefar ;* & non pas, *que Cefar. Il n'y a pas d'homme fur qui je compte plus que fur luy.* De même, *Il n'y a point de Poëte auquel je m'attache avec plus de plafir, qu'à Horace. Il n'y a perfonne de qui je m'accommode mieux que de vous.*

Cette repetition fe doit faire, quand il precede un mot qui renferme la prepofition ou le cas. Comme *dont,* qui fignifie *duquel, de laquelle,* &c. Ou, qui vaut autant que *dans lequel,* &c. Par exemple, *Il n'y a pas de verité dont on puisse moins douter, que de celle-là.* * *Il n'y a point de païs où je me plaise davantage que dans la France.*

Aprés *où*, on peut mettre le Datif *à*; comme, *Il n'y a point de Ville ou je me plaise plus qu'à Paris*, & non pas, *dans Paris*; parce qu'on dit, *Ie me plais à Paris.*

ARTICLE X.

Repetition de *Si.*

* **ON** peut dire, *Si vous y retournés, & si l'on s'en plaint*, &c. Mais la façon de parler la plus Françoise, est de dire, *Si vous y retournés, & que l'on s'en plaigne*, &c. où aprés *que*, on met le Verbe au Conjonctif, au lieu de l'Indicatif.

ARTICLE XI.

Que repeté aprés *&.*

* **IL** faut repeter le *Que*, dans ces sortes d'expressions, *Ie croy qu'il a dit, &*
qu'il

qu'il a fait cela. *Ie croy que nous le ver-*
rons, & que nous luy parlerons.

* *Que,* mal repeté.

❋ Quelque diſtance qu'il y ait entre le
Que, & ſon regime, il ne doit point
eſtre repeté. Par exemple, il ne faut pas
dire, *Ie ne ſçaurois croire qu'aprés avoir*
fait toute ſorte d'efforts pour venir à bout
de cette entrepriſe, qu'elle luy puiſſe reüſſir;
mais, *elle luy puiſſe reüſſir.* Il n'en eſt pas
comme du Pronom *ce,* dont nous avons
parlé au Chapitre IV. des Pronoms.

* *Que,* aprés *Tant s'en faut.*

❋ Aprés *Tant s'en faut que,* on repete
que, au membre ſuivant; comme, *Tant*
s'en faut que j'apprehende cela, qu'au con-
traire je penſe, &c.

De même quand devant *Tant s'en faut,*
il y a un autre *que,* qui a rapport à *ſi;*
comme, *Cela eſt ſi vray, que tant s'en faut*
que j'apprehende cela, qu'au contraire je
penſe; & non pas, *Cela eſt ſi vray, que*
tant s'en faut que j'apprehende cela, au
contraire je penſe.

Y

ARTICLE XII.

Qui, repeté.

❋ IL faut éviter de mettre deux *qui*, de
suite, lorſqu'ils ont rapport à un même Subſtantif, ſans eſtre joints par *&*.
Comme, *C'eſt un homme qui vient des
Indes, qui apporte quantité de pierreries :*
il eſt mieux de dire, *lequel apporte*, ou
mieux encore, *& qui apporte*.

S'il y a pluſieurs *qui*, relatifs à un
même ſujet, ils ont fort bonne grace
ſans *&*. Comme, *C'eſt une fille qui danſe,
qui chante, qui joüe du Luth, qui peint :*
Mais ſi l'on change le genre de la loüange, il faut mettre *&* enſuite, & dire par
exemple, *& qui eſt fort ſage*.

ARTICLE XIII.

Repetition de *&* devant pluſieurs Nombres.

❋ IL ne faut point repeter deux fois *&*
au commencement de deux membres
d'une même periode, qui ont la même

conſtruction, & ſe rapportent à la même perſonne ; comme, *Ie leur ay fait
voir le pouvoir que vous m'avez donné, &
me ſuis entierement acquité de ma commiſ-
ſion, & leur ay fait connoître toutes vos
raiſons.* Cela n'eſt pas du beau ſtile, ſi
ce n'eſt qu'on ajoûte *même*, aprés le ſecond *&*, comme, *Et même je leur ay
fait connoître vos raiſons.*

ARTICLE XIV.

Repetition d'*En*.

† SI le premier Gerondif eſt precedé d'*en*,
les autres Gerondifs qui ſuivent, ſans
la Conjonction *&*, demandent cette
même particule ; comme, *En combatant,
en dogmatiſant, en faiſant le Prophete,*
&c.

Si l'on joint le ſecond au premier par
&, il n'eſt pas neceſſaire de repeter *en* ;
comme, *En jurant & blaſphemant le Nom
de DIEV.*

Que ſi le premier Gerondif n'a point
en, il ne faut point le mettre aux autres,
comme, *Il alloit ſautant, chantant, riant,*
&c.

ARTICLE XV.

Repetition de *Pas*.

☞ JE ne puis pas *n'eſtre vôtre Serviteur*, eſt mal dit. Il faut repeter *pas*, & dire, *je ne puis pas n'eſtre pas vôtre Serviteur.*

ARTICLE XVI.

Repetition de *Pour*.

❋ POur, ſonne trés-mal, eſtant repeté devant deux Infinitifs, dans une même periode ; comme, *Il cherche des raiſons pour s'excuſer de ce qu'il s'en alla pour donner ordre.*

Si dans la repetition du *pour*, l'un ſert à l'infinitif, & l'autre à un Nom, pluſieurs ne le trouvent pas mauvais ; comme, *Il cherche des raiſons pour s'excuſer de ce qu'il a ſollicité pour ma Partie.*

ARTICLE XVII.

Repetition d'une même Prepofition dans un fens different.

❋ UNe Prepofition fervant à un fens, ne doit pas eftre employée de fuite à un autre. Comme, *Il difcourut longtemps fur l'immortalité de l'Ame, fur le mépris de la vie, fur la gloire des bonnes actions, & fur le point de mourir, il témoigna*, &c. Cette repetition dans un fens different, engendre de l'obfcurité, & trompe le Lecteur ou l'Auditeur.

ARTICLE XVIII.

Repetition d'une Conjonction équipollente.

❋ APrés avoir commencé la periode par *bien que*, il ne faut pas mettre *quoy que*, ny *encore que*, dans le fecond membre. Comme, *Bien que l'experience nous faffe voir tous les jours, combien fe trompent ceux qui ont ces efperances, & quoy que les plus gens de bien foient expofez à la perfecution*, &c. Mais dire, *Bien que l'experience nous faffe voir tous les jours, combien fe trompent ceux qui ont ces efperances, & que les plus gens de bien*, &c.

ARTICLE XIX.

Repetition de la même Prepofition fans prendre le fynonyme.

† IL faut repeter *dans* , lorfque c'eft lĕ même fens, le même ordre & la même fuite du difcours ; comme, *Fidele dans fes promeffes , inépuifable dans fes bienfaits, jufte dans fes jugemens* ; & non pas, *Fidele dans fes promeffes , inépuifable en fes bienfaits*, &c.

Il faut de même repeter *en*, s'il eft au premier membre ; comme, *En la grandeur de fon Etat, en la force de fes Citadelles, & en la magnificence de fes Palais*

Si ce n'eft pas le même fens & la même fuite, on peut varier ; comme, *Il demeura longtemps attaché en une même place, & dans un profond raviffement d'efprit* ; parce que *place* & *raviffement*, ne font pas de la même efpece.

ARTICLE XX.

Repetition d'un même mot.

IL y a des repetitions de mots qui font neceffaires, comme, *Ie n'ay fait aujour-d'huy que ce que j'ay fait depuis vingt ans.*

Il y a d'autres repetitions qui font grace & figure, comme, *Vne fi belle victoire meritoit d'eftre annoncée par une fi belle bouche.*

Mais il y a d'autres repetitions qui ne font ny neceffaires, ny belles, comme quand on repete un Verbe, au lieu de fe fervir de *faire.* Par exemple, au lieu de dire, *Ie n'écris plus tant que j'écrivois autrefois,* il eft bien plus François de dire, *je n'écris plus tant que je faifois autrefois.* On donne même au Verbe *faire,* le regime du Verbe pour lequel on l'employe; comme, *Il ne les a pas fi bien apprêtez, qu'il faifoit les autres. Il n'a pas fi bien marié fa derniere fille, qu'il a fait les autres.*

TITRE X.

DU GENRE DES NOMS.

CHAPITRE I.

DES NOMS TERMINEZ EN E, FEMININ.

ARTICLE I.

DE CEUX QUI COMMENCENT PAR UNE VOYELLE.

1. *Epithalame.*

E*Pithalame*, eſt des deux genres, mais plûtôt Maſculin que Feminin.

☞ Je croy, dit M. Menage, qu'il n'eſt que Maſculin.

2. *Epigramme.*

Il eſt toûjours Feminin. Quelques-uns veulent qu'il ſoit Maſculin, quand l'Adjectif eſt aprés; comme, *Vn Epigramme bien aigu*: & Feminin, quand l'Adjectif eſt devant, comme, *Vne belle Epigramme*. Mais cette diſtinction qui a lieu en

quelques noms, eſt condamnée en celuy-
cy.

3. *Anagramme.*

✻ *Anagramme*, eſt toûjours Feminin.
*Vne belle Anagramme. Vne Anagramme
fort heureuſe.*

4. *Epitaphe.*

✻ Les uns font *Epitaphe*, Maſculin. Les
autres, Feminin : Mais la plus commune opinion eſt, qu'il eſt Feminin. *Vne
belle Epitaphe.*

☞ Il eſt des deux genres, mais plûtôt
Feminin.

5. *Epithete.*

✻ *Epithete*, eſt Maſculin & Feminin. *Vn
bon Epithete. Vne belle Epithete. Les Epithetes Françoiſes.*

☞ Les Anciens l'ont toûjours fait Maſculin. Et maintenant on le peut faire
Maſculin ou Feminin. M. de Balzac a
dit, *Epithetes oiſifs.* M. de Vaugelas,
Epithete mal placé, au Titre de la 158.
Remarque. Et Meſſieurs de l'Academie
dans leurs ſentimens ſur le Cid, *Haute,
n'eſt pas un Epithete propre en ce lieu.*

6. *Epiſode.*

✻ *Epiſode*, eſt Maſculin & Feminin, mais
plus ſouvent Maſculin.

☞ Meſſieurs de l'Academie dans leurs

sentimens sur le Cid, l'ont fait Masculin.

7. *Equivoque.*

✸ *Equivoque*, est Feminin. *Vne dangereuse
équivoque.* Quelques-uns le font aussi
Masculin.

☞ Il doit estre toûjours Feminin.

8. *Hemistiche.*

✸ *Hemistiche*, qui signifie un demy-Vers,
est toûjours Masculin. *Vn Hemistiche.*

9. *Horoscope.*

✸ *Horoscope*, que quelques-uns font des
deux genres, est plus communément
Masculin. *L'horoscope qu'il a fait.*

☞ Il est indubitablement Masculin.

10. *Absinthe.*

✸ *Absinthe*, est Masculin, quoy que M.
de Malherbe ait dit au Plurier, *Toutes
nos absinthes.*

11. *Ouvrage.*

✸ *Ouvrage*, est toûjours Masculin. *Vn
bel ouvrage.* Les femmes parlant de leur
ouvrage, disent, *Mon ouvrage n'est pas
faite ;* mais il ne faut pas les imiter.

☞ Rabelais l'a fait Feminin, dans le
sens que les femmes l'employent. Il est
Masculin par tout ailleurs.

12. *Oeuvre.*

✸ *Oeuvre,* pour *ouvrage*, est Masculin au

Singulier, & Feminin au Pluriel. *Vn bel œuvre. Toutes les œuvres de Cice-ron.*

Oeuvre, pour *action,* eſt toûjours Feminin. *Faire une bonne œuvre, de bonnes œuvres.*

On dit, *Le grand œuvre,* pour dire, *la pierre Philoſophale.*

☞ Amyot l'a fait Feminin dans le ſens d'*ouvrage.* Il dit, *Il ſe mit à écrire cette œuvre excellente des Vies.* Et M. Sarra-zin,

> *Puiſſe faire œuvre ſi divine.*

Oeuvre de Marguilliers, eſt Feminin.

13. *Intrigue.*

✳ *Intrigue,* eſt Feminin, bien que quel-ques-uns le faſſent Maſculin. *Vne intri-gue ſecrete.*

14. *Etude.*

✳ *Etude,* eſt toûjours Feminin, ſoit qu'il ſignifie l'*application de l'eſprit aux Lettres:* ou qu'il ſignifie *ſon & travail:* ou bien qu'il ſe prenne pour *le cabinet des Pro-cureurs & des Notaires.* Comme, *Vne étude ſerieuſe. Sa principale étude eſtoit de. Vne étude fort claire.*

15. *Affaire.*

✳ *Affaire,* eſt toûjours Feminin, quoy

qu'autrefois il ait efté Mafculin, & que
l'on mette encore fur les dépêches du
Roy, *Pour les exprés affaires du Roy.* Ce
qu'il ne faut point tirer en confequen-
ce.

16. *Aigle.*

✳ Il eft Mafculin & Feminin. *Vn grand
Aigle,* & *Vne grande Aigle.*

☞ On dit dans le fens figuré, *L'Aigle
Romaine,* & *Les Aigles Romaines,* pour
dire, *L'Empire Romain.* Quoy que M.
Mairet ait dit,

> *Et dont l'Aigle Romain n'a pû fouffrir
> l'éclat.*

En termes de Blazon, il eft Mafculin
Vn Aigle becqué & membré.

17. *Exemple.*

✳ *Exemple,* eft Mafculin. *Donner bon exemple : De bons exemples.* Si ce n'eft quand il
fignifie le *patron,* ou le *modele d'écriture,*
que les Maîtres donnent aux enfans. *De
belles exemples.*

18. *Oratoire.*

✳ *Oratoire,* eft toûjours Mafculin. *Vn
bel Oratoire.*

☞ Beaucoup de gens cependant le font
Feminin. *Vne petite Oratoire.* Et il femble que les mots *Ecritoire,* & *Armoire,*

qui

qui font Feminins, favorifent leur opinion.

19. *Ordres.*

✲ *Ordres*, eft Mafculin. *Les Ordres fa-
crez.* Mais fi l'Adjectif precede, il eft
Feminin. *Les faintes Ordres.* Comme on
dit, *Ces gens-là font fins*, & *Ce font de
fines gens.*

☞ *Ordres*, eft maintenant Mafculin. Il
eftoit autrefois Feminin. On ne dit plus
les faintes Ordres, mais *les faints Ordres.*
Ainfi on dit, *Les quatre Mineurs*, & non
pas, *les quatre Mineures*, fous-entendant
le mot d'*Ordres.*

20. *Ebene.*

✲ *Ebene*, eft toûjours Feminin. *De l'e-
bene bien noire.* Toute la Cour parle ainfi. Ceux qui travaillent en ebene, font
ce mot des deux genres, mais il s'en
faut tenir à la Cour.

☞ Rabelais l'a fait Mafculin, mais il eft
Feminin ; & c'eft de ce genre que le
font maintenant tous les Ebeniftes.

21. *Yvoire.*

✲ *Yvoire*, eft Feminin. *De l'yvoire bien
blanche.*

☞ Marot l'a fait Mafculin, mais il eft
Feminin.

Z

22. *Vlcere.*

✱ Ce mot eſt Maſculin. *Vn ulcere malin.*
Neanmoins à la Cour pluſieurs le font
Feminin.

☞ Il eſt Maſculin indubitablement.

23. *Eſpace.*

✱ *Eſpace*, eſt toûjours Maſculin, quoy
qu'on l'ait fait Feminin autrefois. *Vn
bon eſpace. De grands eſpaces.*

☞ Ronſard l'a fait Feminin, mais en cela
il n'eſt pas à imiter. *Eſpace*, eſt Feminin, en terme d'Imprimerie. *Vne groſſe
eſpace : une petite eſpace : une eſpace haute.*

24. *Abyſme.*

☞ Quoyque Ronſard l'ait fait Feminin,
il eſt Maſculin inconteſtablement. *Vn
grand abyſme.*

25. *Acroſtiche.*

☞ Ce mot eſt Maſculin. *Vn Acroſtiche
anagrammé*, dit S. Amant.

26. *Age.*

☞ *Age*, eſt plûtôt Maſculin que Feminin.

27. *Aide.*

☞ Il eſt Feminin, quoyque M. Sorel ait
dit, *Aide divin* ; & M. d'Andilly, *Vn
grand aide.* Pour un *Aide* à Maſſon, il
eſt Maſculin.

28. *Alarme.*

☞ Il est Feminin sans contredit. *Vne fausse alarme.*

29. *Alcove.*

☞ Ce mot est Feminin. Les Italiens disent de même, *Vna alcova.* M. Miton le croit pourtant Masculin.

30 *Ancre.*

☞ *Ancre*, est toûjours feminin, quoy que le Pere Chifflet le fasse du genre commun.

31. *Approches.*

☞ *Approches*, est feminin.

32. *Arbre.*

☞ Ce mot est masculin incontestablement, quoyque les Angevins le fassent feminin.

33. *Armoire.*

☞ *Armoire*, est feminin. Le Pere Chifflet l'aime mieux masculin, mais l'usage y est contraire.

34. *Automne.*

☞ Il estoit autrefois masculin. On l'a fait depuis feminin. M. de Balzac & M. Godeau l'ont fait feminin. M. de Voiture, M. Miton & M. Chapelain le font toûjours masculin. Je le tiens hermaphrodite, dit M. Menage.

Z ij

35. *Emeraude.*

☞ Baïf l'a fait masculin, conformément au Latin *Smaragdus*. Il est feminin
sans contestation

36. *Emplâtre.*

☞ Nicod l'a fait masculin. Il est aujourd'huy feminin. On dit pourtant encore dans le figuré, en parlant d'un homme, *C'est un bon emplâtre.*

37. *Ecritoire.*

☞ Rabelais le fait masculin, mais il est
feminin. *Vne grosse écritoire.*

38. *Evangile.*

☞ Il doit estre masculin dans un discours relevé ; mais on le peut faire feminin dans le discours familier.

39. *Horloge.*

☞ Il est feminin , quoyque les Nor-
mands & les Gascons le fassent masculin.

40. *Huile.*

☞ Ce mot est constamment feminin.
De bonne huile. Les saintes huiles.

41. *Hymne.*

☞ Binet & Richelet l'ont fait masculin.
Pasquier & Messieurs de Port Royal
l'ont fait feminin. Selon moy, dit M.
Menage, il est des deux genres.

42. *Idole.*

☞ Il eſt feminin, quoyque M. Corneille l'ait fait maſculin.

43. *Image.*

☞ Ronſard l'a fait maſculin, mais il eſt feminin. *Vne belle image.*

44. *Inſulte.*

☞ *Inſulte*, eſt feminin. *Vne grande inſulte.* Le Pere Bouhours a dit neanmoins *Vn inſulte.* Du temps de Nicod on diſoit, *Vn inſult.*

45. *Obole.*

☞ Il eſt feminin. *Vne obole.*

46. *Obſeques.*

☞ Ce mot eſt feminin. *Les obſeques publiques.*

47. *Office.*

☞ Il eſt maſculin, pour *Charge & dignité*, & pour *Devoir & ſervice.* Mais quand on parle des *Offices* d'une maiſon, il eſt feminin. *Il y a de belles offices en ce logislà.*

48. *Offre.*

☞ Je le fais feminin, dit M. Menage. *Les offres que je luy ay faites.*

49. *Opuſcules.*

☞ Ce mot eſt maintenant feminin. *Toutes les opuſcules*, & non pas, *Tous les opuſcules*, comme a dit Amyot.

50. *Orgue.*

☞ Ce mot est masculin au Singulier.
Vn bon orgue : & feminin au Plurier. *De*
bonnes orgues.

❦ ❦ ❦ ❦ ❦ ❦ ❦

ARTICLE II.

Des Noms terminez en *e*, feminin,
qui commencent par une Consonne.

1. *Période.*

✳ CE mot est masculin, quand il signifie
le plus haut point, ou *la fin* de quelque chose ; comme, *Monté au periode*
de la gloire, & *jusqu'au dernier periode*
de sa vie.

Mais il est feminin, pour une partie
du discours qui a son sens complet. *Vne*
belle periode. Des periodes nombreuses.

☞ Du Bellay l'a fait masculin. *Des perio-*
des bien joints, numereux & bien remplis-
sans l'oreille. Mais il en a esté justement
repris.

2. *Personne.*

✳ *Personne*, avec l'article, signifie le Latin *Homo*, c'est-à-dire, *L'homme & la*
femme tout ensemble. Et en ce sens il est

toûjours feminin, & a *personnes* au Plurier ; comme, *La personne que vous sçavez*, même en parlant d'un homme. *Les personnes devotes.*

Mais aprés qu'on l'a fait feminin, on ne laisse pas quelquefois de luy donner elegamment le genre masculin, quand on parle des hommes. Par exemple, *Vne infinité de personnes qualifiées ont pris la peine de me témoigner le déplaisir qu'ils en ont*, parce que l'on a égard à la chose signifiée, qui font *les hommes.*

✝ Si l'on parle des Dames de la Cour, aprés avoir dit que ce font *des personnes trés-spirituëlles*, on ne dira pas, *ils jugent bien des ouvrages d'esprit*, mais *elles jugent* ; par rapport aux *Dames*, qui font la chose signifiée. Ainfi aprés *personne*, on met le genre masculin, ou le feminin, felon que la chose signifiée le demande.

Si l'on parle des hommes & des femmes qui font dans une compagnie ; aprés avoir dit qu'il y avoit *diverses personnes* de la Cour & de la Ville, on dira, *Ils parlerent des affaires de la guerre*, & non pas *elles* ; parce que le plus noble genre l'emporte.

Il n'en est pas de même du Pronom

lequel, lefquels, comme de *il* & *ils* : car aprés *perfonne,* pour *un homme,* on met toûjours ce Relatif au feminin. *Il y a en Sorbonne des perfonnes fçavantes, aufquelles on fe peut fier* ; & non pas, *aufquels.*

* Lorfque *perfonne,* fignifie le corps, ou la figure exterieure, il eft auffi toûjours feminin. *Sa perfonne plaît extrêment. Elle a mille agrémens en fa perfonne.*

✳ *Perfonne,* fans article, & avec une negation, fignifie le Latin *Nemo,* c'eft-à-dire, *aucun homme ou aucune femme indiftinctement.* Et en ce fens il eft indeclinable, & fe joint au genre mafculin, à caufe de la regle qui veut que les mots indeclinables s'affocient d'un Adjectif mafculin, comme de celuy qui eft le plus noble. Par exemple on dit, *Perfonne n'eft venu,* & non pas, *perfonne n'eft venuë. Perfonne n'a efté fâché de fa mort.*

Si *perfonne,* s'entend diftinctement d'un homme, il garde le genre mafculin, comme, *Ie ne voy perfonne fi heureux que luy* : Et s'il s'entend d'une femme, il prend le feminin, comme, *Ie ne voy perfonne fi heureufe qu'elle. Ie ne voy perfonne fi belle que vous. Ie n'ay jamais vû*

perſonne ſi groſſe qu'elle. Mais ce n'eſt pas
là le veritable uſage de *perſonne*, qui
n'eſt proprement que pour les deux ſe-
xes indiſtinctement, & en general. En
ces ſortes d'expreſſions pour bien parler, il faut dire, *Ie ne voy point de femme ſi heureuſe qu'elle. Ie ne voy point de
ſi belle fille que vous*, ou *Ie ne voy rien
de ſi beau que vous.*

☞ *Perſonne*, en la ſignification de *Nemo*,
ne ſe doit mettre qu'avec une negative,
comme, *Perſonne ne veut cela ;* ou avec
une interrogation, comme, *Y a-t-il perſonne au monde qui veüille cela?* M. de
Voiture a dit, *C'eſt un ſecret trop impor-
tant pour le confier à perſonne :* & M. de
Malherbe, *Tant j'ay peu d'aſſeurance en
la foy de perſonne.* Mais ils n'ont pas ſçû
cette fineſſe de nôtre Langue.

3. *Rencontre.*

✳ *Rencontre*, eſt toûjours feminin. 1.
Pour *haſard* & *occaſion*, comme, *Par une
heureuſe rencontre : en cette rencontre ;*
quoy que pluſieurs diſent, *en ce rencontre.*

2. En terme de guerre, ou de querelle,
comme, *Ce n'eſt pas une bataille, c'eſt une
rencontre. Ce n'eſt pas un duel, ce n'eſt*

qu'une rencontre ; quoyque plusieurs le faffent masculin.

3. Pour un *bon mot*, comme, *Voilà une bonne rencontre.*

✝ Tous les gens qui parlent bien, difent, *Ce n'eft pas un duel, ce n'eft qu'une rencontre.* Le feminin a prevalu.

4. *Relâche.*

✱ *Relâche*, eft masculin, quoyqu'il y ait quelques Autheurs qui l'ayent fait feminin.

5. *Reproche.*

✱ Ce mot eft masculin au Singulier & au Plurier. Quelques-uns neanmoins difent, *de fanglantes reproches. A belles reproches.*

✝ On dit toûjours, *de fanglans reproches.*

6. *Pourpre.*

✱ *Pourpre*, eft feminin, quand il fignifie *l'étoffe de pourpre ;* comme, *La pourpre des Rois.* Lorfqu'il fignifie *le poiffon qui nous donne la pourpre,* la plûpart des Autheurs le font feminin ; mais un des plus éloquens hommes du Barreau, eft d'avis de le faire masculin. Quand il fe prend pour la maladie, *pourpre* eft masculin ; comme, *Il eft mort du pourpre.*

D'autres croyent que *pourpre*, quand

il signifie *la couleur*, est Adjectif, comme *blanc, noir, jaune, rouge,* &c. & que
selon le genre des étoffes, il est masculin ou feminin ; par exemple en parlant
de *satin,* on diroit *du pourpre,* & en
parlant de *gaze,* on diroit *de la pourpre.*

☞ Marot & Nicod ont fait *pourpre,*
masculin, en la signification d'*étoffe* ;
mais il est feminin pour l'*étoffe,* & pour
le *poisson.*

Ce mot est toûjours Substantif, comme le *purpura* des Latins. L'Adjectif de
pourpre, est *pourprin* & *pourpré* ; comme
purpureus, celuy de *purpura.*

7. *Preface,* & *Maxime.*

✳ Ces deux mots sont feminins. *Vne
longue Preface. Il a cette maxime.*

8. *Parallele.*

✳ *Parallele,* qui est Adjectif au propre,
comme, *Vne ligne parallele,* &c. devient
Substantif au figuré, & signifie *comparaison.* En ce sens il est masculin. *Le
parallele d'Alexandre & de Cesar.*

9. *Navire.*

✳ *Navire,* estoit feminin du temps d'A-
myot, mais aujourd'huy il est absolument masculin.

☞ Les Poëtes le font encore feminin. Malherbe dit,

> *Dans la navire qui partoit.*

En parlant de la nef Argo, on peut fort bien l'appeller *la Navire Argo*, ou plûtôt on la doit ainſi appeller. Il faut auſſi dire *la Navire*, en terme de Blazon.

10. *Temple.*

✻ *Temple* de la teſte, eſt feminin. *Sur la temple.*

Quand il ſignifie *une Maiſon conſacrée à Dieu*, on ſçait qu'il eſt maſculin.

11. *Foudre.*

✻ On dit *le foudre*, & *la foudre* ; quoy que la Langue Françoiſe ait une inclination particuliere au genre feminin.

☞ On le fait aujourd'huy le plus ſouvent feminin ; mais dans le figuré il eſt toûjours maſculin. *Vn foudre de guerre.*

12. *Doute.*

✻ *Doute*, eſt maintenant maſculin. *Le doute que j'ay.* M. Cœ̈ffeteau & M. de Malherbe l'ont toûjours fait feminin ; mais ce n'eſt plus l'uſage.

☞ Amyot, Cœ̈ffeteau, Malherbe, M. Gombaud, M. de Balzac & M. de Voiture l'ont fait feminin ; & c'eſt de ce

genre

genre qu'il devroit estre, selon l'etymologie ; car il vient de *dubita*, pour *du-
bitatio*, comme on dit *consulta*, pour *con-
sultatio*. Neanmoins il n'est plus aujour-
d'huy que masculin.

13. *Date.*

✳ On dit maintenant, *la date : de nouvelle date, de fraîche date, de vieille date.*

☞ On disoit anciennement , *le date*, de
datum : & *la date*, de *data*, en sous-en-
tendant *epistola*. On ne dit plus que *la
date.*

14. *Cymbales , & Tymbales.*

✳ Ces deux mots sont toûjours feminins. *Des cymbales sonantes.*

15. *Reguelisse.*

✳ *Reguelisse* est toûjours feminin. *De la
reguelisse.*

☞ On dit, *du reguelice*, & *de la reguelice:*
Mais *de la reguelice*, est le meilleur & le
plus conforme à l'origine, *glycyriza.*

16. *Theriaque.*

✳ *Theriaque* est des deux genres, & l'on
dit , *du Theriaque* , & *de la Theriaque.*

☞ *Du Theriaque* , est le meilleur.

17. *Voile.*

✳ *Voile* pour ce dont on se couvre la teste
& le visage, est masculin. *Le voile blanc:
Vn voile noir.* Pour la toile qui sert à

Aa

prendre *le vent dans un vaisseau*, il est feminin. *Caler la voile.*

☞ Pour un vaisseau ou navire, il est masculin. *Dix grands voiles.*

18. *Poste.*

✴ *Poste* pour *le lieu où l'on met les chevaux destinés à la course*, ou pour *une certaine course de cheval*, est feminin. *Courre la poste.* Quand c'est un terme de guerre, il est toûjours masculin. *Prendre un bon poste : garder son poste.* Tous deux viennent de l'Italien, qui appelle l'un *posta*, & l'autre *posto*.

19. *Archives.*

☞ Ce mot est feminin, d'*Arcivæ*, où il faut sous-entendre *tabula.*

20. *Bronze.*

☞ *Bronze* est feminin. *De la bronze.*

21. *Carrosse.*

☞ *Carrosse* est masculin. On ne dit plus *une carrosse.*

22. *Cimarre.*

☞ *Cimarre* est feminin, conformément à l'Italien *Zimarra*, & à l'Espagnol *çamarra*. Quelques-uns le font masculin, comme les Espagnols disent aussi *çamarro.*

23. *Cimeterre.*

☞ Ce mot est masculin; quoyque Ronsard l'ait fait feminin.

24. *Comete.*

☞ Je ſuis, dit M. Menage, de l'avis de ceux qui croyent que ce mot eſt feminin, quoyque le Grec κομήτης, & le Latin *Cometa,* ſoient maſculins. Nicod le fait de ce genre.

25. *Couple.*

☞ Il n'y a pas longtemps que tout le monde diſoit, *Vne couple de pigeons : Vne couple de tourterelles :* comme pluſieurs le diſent encore preſentement. Et M. d'Ablancourt a dit, *Vne couple de pieux.* Aujourd'huy on dit plus communément, *Vn couple de pigeons : Vn couple de tourterelles.* Les chaſſeurs diſent auſſi, *Vn couple de chiens.* Et l'on dit toûjours, *Vn couple d'Amans.*

26. *Dialecte.*

☞ *Dialecte* eſt maſculin, quoyqu'Henry Eſtienne & le Pere Labbe l'ayent fait feminin.

27. *Garde.*

☞ On dit au Maſculin, *Vn Garde du Corps,* comme on dit, *un Trompete, un Cornete.* Mais il faut dire au Feminin, *les Gardes Françoiſes,* en parlant du Régiment des Gardes ; & non pas, *les Gardes François,* comme dit le Gazetier.

28.   *Garderobe.*

☞ Il est feminin pour une *petite cham-*
bre. Dans la garderobe. Mais pour une
toile que les femmes & les enfans por-
tent pour conserver leurs habits , il est
masculin, *Porter un garderobe.*

29.   *Greffe.*

☞ On dit *le Greffe,* pour le cabinet d'un
Greffier. Mais ce mot est feminin, quand
il signifie un cyon d'arbre pour enter,
une bonne greffe.

30.   *Iauniße.*

☞ Les Angevins le font masculin. Il est
feminin incontestablement. *Il a la jau-*
niße.

31.   *Limites.*

☞ Ce mot est masculin.

32.   *Loire.*

☞ *Loire* fleuve, est feminin, *la Loire,*
quoyque du Bellay l'ait fait masculin.

> *Nostre Loire glorieux*
> *Enfle sa course premiere.*

Et Belleau,

> *Ah ! Loire trop heureux d'avoir deßus*
> *tes bords,* &c.

33.   *Pivoine.*

☞ Il est masculin, quand il signifie un

oyfeau ; & feminin, quand il fignifie une fleur.

34. *Refte.*

☞ Ce mot eft mafculin, excepté en cette phrafe, *A toute refte.*

15. *Rifque.*

☞ *Rifque* eft maintenant mafculin. Henry Eftienne a dit autrefois, *A ma rifque.*

36. *Squelete.*

☞ Ce mot eft mafculin, *un fquelete* : quoyque M. de la Mothe le Vayer l'ait fait feminin, avec le petit peuple de Paris. Quelques-uns prononcent *un fquelet* : mais le plus feur eft de dire *un fquelete.*

37. *Tige.*

☞ Il eft conftamment feminin, quoyque Ronfard, du Bellay, & Marot l'ayent fait feminin.

38. *Triomphe.*

☞ Ce mot eft feminin, en termes de jeu de cartes. *Iouër à la triomphe. Vne bonne triomphe.* Il n'y a que les Gafcons qui le faffent mafculin en cette fignification. Ils difent, *Iouër au triomphe* : & ils difent au contraire, *une pique, une trefle*, au lieu d'*un pique, un trefle.*

39. *Trouble.*

☞ *Trouble* est masculin sans contredit. *Les troubles inteſtins.*

40. *Tuorbe,* ou *Téorbe.*

☞ Ce mot eſt masculin, quoyque Mr Scarron l'ait fait feminin; à l'imitation des Italiens qui diſent *la tiorba.*

41. *Vipere.*

☞ Ce mot n'eſt plus que feminin. Autrefois il eſtoit maſculin.

ARTICLE III.

DES NOMS TERMINEZ EN *é* MASCULIN & en *a, y, o.*

I. *Comté, Duché, Evêché, Archevêché.*

*C*Omté & *Duché,* ſont plus uſités au Maſculin : mais on dit, *la Franche-Comté.*

Evêché & Archevêché, ſont toûjours maſculins.

☞ Quand on parle de la *Franche-Comté,* & qu'on n'ajoûte point le mot de *franche,* il faut dire, *le Comté.*

Lorſqu'on joint *Pairie* à *Comté,* & à *Duché,* ils ſont feminins, *Vne Comté-*

Pairie : *Vne Duché-Pairie.* La raison est que ces noms ne devant estre considerez que comme un seul mot , c'est le dernier qui regle le genre.

2. *Opera.*

☞ *Opera* est masculin. *L'Opera a esté long.*

3. *Fourmy.*

✳ On dit, *une fourmy* , & *un fourmy* : mais on le fait plus souvent feminin.

4. *Echo.*

☞ *Echo* est masculin dans la signification d'un son repercuté.

ARTICLE IV.

Des Autres Noms terminez par une Consonne.

1. *Erreur.*

✳ E*rreur* est feminin. Autrefois il estoit masculin.

2. *Amour.*

✳ Il est masculin ou feminin: *Vn amour si ardent* : ou *Vne amour si ardente.* Si ce n'est lors qu'on parle de l'amour que Dieu nous porte, ou de l'amour que nous avons pour Dieu, car alors il est, toûjours masculin. *L'amour divin.* Quand il signifie *Cupidon*, il ne peut estre que masculin.

☞ *Amour* n'est plus que masculin dans la Prose, soit qu'on parle de l'amour divin, ou de l'amour profane. En Poësie, il peut estre feminin ; mais il est mieux masculin.

3. *Poison.*

✳ *Poison* est toûjours masculin, quoyque M. de Malherbe l'ait fait quelquefois feminin, & que d'ordinaire les Parisiens le fassent de ce genre, & disent *de la poison.*

☞ Ce mot devroit estre feminin, selon l'etymologie, ayant esté fait de *potio :* mais il est maintenant masculin ; si ce n'est qu'en Vers on pourroit encore le faire feminin.

4. *Pleurs.*

✳ Ce mot est masculin. *Des pleurs versez.* On disoit autrefois *un pleur,* pour *une larme.*

5. *Gens.*

✳ Ce mot, lorsqu'il signifie *personnes,* est feminin, si son Adjectif le precede immediatement; & masculin, si l'Adjectif le suit. Par exemple, *Voilà de bonnes gens. Ce sont des gens bienfaits.* Mais *tous*

devant *gens* est toûjours masculin, comme, *Tous les gens de bien : Tous les hon-
nestes gens :* & l'on ne diroit pas, *Toutes les bonnes gens.*

✝ Si dans la mesme Phrase il y a un
Adjectif devant, & un autre Adjectif
ou un Participe aprés, le premier est
feminin, & le second masculin ; comme, *Voyant de certaines gens armez. Il
y a de certaines gens bien sots. Ce sont les
meilleurs gens que j'aye jamais veus.* C'est
une bizarrerie de l'Usage.

☞ On dit de mesme, *Ce sont de sottes
gens, ils ne sçauroient dire un mot.*

✳ *Gens,* pour *domestiques, soldats, Officiers
de Iustice,* ou *personnes d'un même party,*
est toûjours masculin.

6. *Minuit.*

✳ *Minuit* est aujourd'huy masculin. *Sur
le minuit,* & non pas, *sur la minuit.*
Ainsi on dit, *minuit sonné.* Il y a apparence que *sur le midy,* a esté cause que
l'on a dit, *sur le minuit.* Comme, *A la
mi-Aoust* (où l'on sous-entend *Feste*)
a esté cause que l'on a dit ensuite, *A
la mi-May : A la mi-Iuin : La mi-Ca-
rême.* On devroit dire, *la minuit,* parce
que *nuit* estant feminin, l'addition de
mi ne doit pas changer le genre : mais

l'usage est pour *le minuit.*

7. *Art.*

☞ *Art* est masculin. *Les Arts liberaux.*
Quoyqu'Amyot ait dit, *En toutes Arts militaires.*

8. *Caution.*

☞ Les Angevins le font masculin, mais il est constamment feminin. *Ie suis sa caution : Vne caution Bourgeoise.*

9. *Dot.*

☞ Il faut dire, *la dot,* & non pas, *le dot.* M r Patru dit toûjours, *la dote,* parce qu'il n'y a aucun mot dans nostre Langue, terminé en *ot,* qui ne soit masculin, à la reserve de *Margot.*

10. *Enfant.*

☞ En parlant à une jeune fille, on dit depuis quelques années, *Ma belle enfant: Ma chere enfant.*

11. *Eventail.*

☞ Ce mot est masculin, sans contestation. Il n'y a que les Picards qui disent *Vne belle eventaille,* au feminin.

12. *Lis.*

☞ *Lis,* riviere, est plûtost feminin que masculin.

13. *Sort.*

☞ *Sort* est masculin, quoyque Rabelais l'ait fait feminin, à l'imitation du Latin *sors.*

14. *Sphinx.*

☞ *Sphinx* est des deux genres. Amyot, Corneille, & le Pere Bouhours, le font masculin. M. de Marolles, & M. de Pure, l'employent au feminin. Ceux qui le font masculin, disent que c'est un monstre, & que monstre est masculin, à quoy ils ajoûtent qu'il a la terminaison de *Lynx*, qui est masculin. Ceux qui le font feminin, appuyent leur opinion sur le mot Grec, & sur le mot Latin, qui sont feminins; & sur ce que Sphinx est une fille.

ARTICLE V.

DE DEUX NOMS JOINTS ENSEMBLE.

Quelque-chose.

✳ CEs deux mots joints font un neutre, selon leur signification, quoyque chose estant separé, soit feminin. C'est pourquoy on dit, *Il y a quelque-chose qui est assés bon.*

TITRE XI.

DE LA PRONONCIATION
DES MOTS.

CHAPITRE I.

DE LA PRONONCIATION DE
certaines Lettres ou Syllabes.

ARTICLE I.
Oi prononcé comme *aî.*

* *Dans les Verbes.*

ON prononce *oi*, comme *ai*, à l'Imparfait de l'Indicatif, & à l'Imparfait Conditionnel du Subjonctif : Par exemple, *Ie faifois, tu faifois, il faifoit, ils faifoient. Ie ferois,* &c.

De même aux Temps des Verbes en *oître*, comme, *Ie connois, tu connois, il connoît, nous connoiffons. Ie connoiffois,* &c.

Et au Subjonctif du Verbe *Eftre, Ie fois, tu fois, il foit : nous foyons, vous foyés, ils foient.* Mais on dit *foit* pour *five*, & pour *efto* ; comme, *Soit qu'il vienne ou non : Soit, je le veux bien,* en prononçant *o*.

On

On prononce *oi*, comme il est écrit, aux Temps des Verbes en *oir*, & en *oire*. Exemples, *Voir, Prévoir, Recevoir, Devoir: Boire, &c. Ie voy, je prévoy, je reçois, je dois : Ie boy, &c.*

Croire & ses Composés, se prononce par *oi*, ou mieux par *ai*.

☞ On prononce *craire, je cray,* dans le discours familier : & *croire, je croy, &c.* dans un discours public.

On prononce *envoyer, verdoyer, &c.* par *oi.*

* *Dans les Noms, Pronoms, Adverbes, &c.*

✳ Dans tous les Monosyllabes on prononce *oi*, comme il est écrit. Exemples, *Roy, loy, bois, moy, toy, soy, foy, mois, quoy, moins, neanmoins,* &c. Il y en a fort peu d'exceptez, comme, *froid, droit,* que l'on prononce par *ai. Croy, soit & soient,* dont nous venons de parler.

☞ Dans le discours familier, on dit, *le fraid, il fait grand fraid :* mais on dira mieux dans un discours public, *le froid, les froideurs.*

Pour ce qui est de *droit,* il en est de même que de *froid,* lors qu'il signifie *dexter :* mais en la signification de *Ius,* il se prononce toûjours par *oi. Le Droit*

Bb

civil : *Il a bon droit.*

✳ *Oi* se prononce comme il s'écrit, dans tous les Noms terminez en *oir*, comme, *miroir, mouchoir, espoir,* &c.

De même, dans les Noms terminez en *oire,* comme, *gloire, histoire, memoire,* &c.

Il faut prononcer *voyage* & *Royaume,* & non pas, *véage* & *Réaume.*

Ainsi il faut dire *avoine,* avec toute la Cour ; & non pas, *aveine,* avec tout Paris.

☞ On dit à la Cour & à Paris, *avoine* & *aveine,* presque indifferemment. Il semble qu'*avoine* est le meilleur dans le discours familier ; & *aveine,* dans les compositions relevées, ou en Vers.

On prononce & on écrit, *la Reine,* & non *Roine.*

On prononce *courtois, courtoisie ;* & *roide, roidir, roideur,* par *ai.*

On prononce *harnois,* par *oi,* ou par *ai.* Je dirois, dit Mr Menage, *les harnais des chevaux* : mais je dirois au contraire, *Endosser le harnois,* & *suër sous le harnois.*

Il faut dire, *la Place Royale,* & non pas *la Place Réale* : Mais en termes de Monnoye, on dit, *une réale.* On dit encore en parlant de la Galere du Roy, *la Réale*, & non pas, *la Royale*.

Les Noms en *oye*, & en *oise*, se prononcent par *oi*; comme *joye*, *toise*, &c.
Mais on prononce *monnaye*, & *la Cour
des Monnayes*, mieux que, *la Cour des
Monnoyes*. On prononce *lamproye*, mieux
que *lampraye* : & *turquoise*, mieux que
turquaise.

On prononce par *oi*, *Bourgeois*, *ex-
ploit*, *détroit* : Mais on dit mieux *étrait*,
qu'*étroit*.

De même, *voisin*, par *oi* : *voicy*, *voilà*,
& non pas , *vecy*, *velà*. Saint *Benoist*,
mais on dit, *un grand Benaist*.

* *Dans les Noms Nationaux & Provinciaux.*

On prononce *oi*, comme *ai*, à la fin
des Noms Nationaux & Provinciaux,
& des Habitans des Villes, comme, *les
François, les Anglois, les Holandois, les Polonois, les Milanois*, &c. On dit pourtant
les Genois, par *oi* : *les Suedois, les Liegeois*.

On prononce par *ai*, *les François, les
Anglois, les Ecossois, les Hollandois, les Ir-
landois, les Zelandois, les Milanois, les
Piémontois, les Aragonnois*. Mais on
prononce par *oi*, *les Gaulois, les Danois,
les Genois, les Liegeois, les Genevois, les*

Champenois, les *Carthaginois,* les *Albanois,* les *Chinois,* les *Iaponois,* les *Iroquois,* les *Finois,* les *Finlandois.*

On prononce *les Suedois,* les *Polonois,* par *oi,* ou par *ai* : mais il semble que *les Suedois,* est mieux dit par *oi ;* & *les Polonais,* par *ai.*

On dit *François,* par *oi,* dans la signification de *Franciscus* : comme, *S. François ; le Roy François I.* De même, *Françoise,* pour une femme. Mais il faut prononcer par *ai, cela est François : la Langue Françoise : l'Academie Françoise.*

On dit *un Anglois,* par *ai,* en parlant d'un homme qui est d'Angleterre : mais il faut dire *l'Anglois,* par *oi,* en parlant de ceux qui s'appellent de ce nom, *Monsieur Langlois.*

Les Noms de païs font aussi partagez sur cette prononciation : on dit par *oi, le Gastinois, l'Orleanois, le Vendômois, l'Artois, le Retelois, le Danois, le Parthois, Vitry en Tardenois.* Mais on dit par *ai, le Lyonnois, le Bourbonnois, le Boulonnois, le Nivernois, le Crannois, le Chastelleraudois.*

ARTICLE II.

N finale.

* L'*N* qui finit un mot, & en precede un autre commencé par une voyelle, se prononce comme s'il y avoit deux *n*. On prononce *on a*, comme s'il y avoit *on na* : *on estime*, comme *on nestime* : *on ira*, comme *en nira* : *on ouvre*, comme *on nouvre* : *on humecte*, comme *on nhu-mecte*. C'est une trés-mauvaise prononciation de dire, comme font quelques-uns, *on-z-a* : *on-z-ouvre*, &c.

R finale.

* Les Infinitifs en *er* & en *ir*, se prononcent comme s'ils estoient terminez en *é* & en *i*, sans faire sonner l'*r*. *Aller, courir*, &c. comme *allé, couri* : même en public, soit dans la Chaire, ou dans le Barreau.

☞ Les Infinitifs en *er* & *ir*, font sonner l'*r*, à la fin des Vers, & au milieu devant une voyelle. Dans ceux en *oir*, comme *recevoir*, l'*r* se prononce toûjours.

Noms terminez en *eur*.

† Il ne s'agit icy que des Noms qui

Bb iij

s'attribuënt à l'homme, comme, *Ora-teur, menteur*, &c. car il eſt hors de doute que les autres Noms terminez en *eur*, ſe doivent prononcer fortement, comme, *fleur, honneur*, &c. mais on demande ſi dans les premiers Noms, on fait ſonner *eur*, ou *eux*.

On fait ſonner *eur*, à la fin, quand les Noms viennent tous entiers du Latin, par le changement d'*or* en *eur*, comme, *Orateur, Acteur*, &c. d'*Orator, Actor*, &c.

De même, quand les Noms en *eur*, n'ont point de Feminin en *euſe*, comme, *Empereur, pecheur, mineur*, Officier de guerre, qui vient de *miner*.

Si les Noms en *eur*, ont un Feminin en *euſe*, on prononce *eur*, quelquefois ferme, & quelquefois mollement, comme s'il y avoit *eux*. Exemples, *menteur, menteuſe* : *receveur, receveuſe* : *peſcheur, peſcheuſe*, &c. En public, on a coûtume de prononcer *eur* : mais dans le diſcours familier, on prononce comme s'il y avoit *eux*.

On dit quelquefois, *C'eſt un pauvre Preſcheux* : mais on dit toûjours, *Les Freres Preſcheurs*, comme, *Les Freres Mineurs*.

Autres Consonnes finales.

❋ Le *b* qui finit le mot, se prononce même devant un autre mot qui commence par une Consonne ; comme, *Achab ce méchant*.

C, q, l, m, n, r, se prononcent aussi. *Vn sac de blé. Vn coq de Paroisse. Vn cruel traitement. Nom spécieux. Bien sensé. Pur sang.* Excepté aux Infinitifs, en *er* & *ir*, dont nous avons parlé.

D, f, g, p, t, s, x, z, ne se prononcent point, comme, *un fond creux, un œuf de pigeon, un sang brûlé, un coup d'épée, un plat d'or, thresors cachés, dix mois, les Cieux voutez.*

ARTICLE III.

Ad en composition.

❋ *Ad*, s'écrit & se prononce dans ces mots, *adjacent, adjonction, adjudication,* [mais on dit, *ajoindre, ajuger,*] *Adjurer, admettre, administrer, admirer,* & leurs dérivez. *Admonester, admonition, Adverbe, adversaire, adversité.*

On l'écrit sans le prononcer, dans *Advocat,* & *partie adverse* : Mais plusieurs écrivent *Avocat, averse.*

Ailleurs, où le *d* ne se prononce point, il ne le faut point mettre, comme, *ajourner, ajoûter, ajuger, ajuster, avenir, avenement, aventure, avertir, avis, avouër, aveu*, &c. Ainsi, *amodier, amodiation, Amiral, Amirauté*, &c. *Avancer, avantage*, où ce seroit une faute de mettre un *d*.

☞ De même on prononce [& l'on écrit] *agencer*, & *Ajoint*.

A l'égard des Noms qui commencent par *ob*, on le prononce dans *objet, obvier, obseques, obscur* : & on le supprime dans *obstiné, obstination*.

On dit & l'on écrit, *omettre, omis, omission*.

CHAPITRE II.

ARTICLE I.

NOMS PROPRES.

❋ IL les faut distinguer selon leurs terminaisons.

1. Noms en *VS*.

Les Noms Propres Latins terminés en *us*, s'ils sont de deux syllabes, gardent

leur terminaiſon en François, comme,
Cyrus, Creſus, &c. Excepté les Noms
des Saints, comme, *Pierre, Paul,* &c.
de *Petrus, Paulus,* &c.

Les Noms de trois ſyllabes en *us,* &
ceux de quatre ou de cinq ſyllabes, qui
ſont fort connus & uſitez, prennent la
terminaiſon Françoiſe en *e ;* comme,
Antoine, Tacite, Plutarque, Virgile, Pe-
trone, &c. de *Antonius, Tacitus, Plutár-*
chus, Virgilius, Petronius, &c. Mais s'ils
ſe diſent rarement, on leur laiſſe la terminaiſon Latine. Ainſi l'on dit, *Quin-*
tius, Fulvius, Virginius, &c. Ainſi on
dit *Stace* pour le Poëte, & *Statius* pour
un certain Officier des Gardes de Nè-
ron. On dit neanmoins *Darius* & *Ma-*
rius, quoyque fort uſitez.

Cette regle a lieu aux Noms doubles.
Ainſi l'on dit, *Iules Ceſar : Quinte-*
Curce ; parcequ'on les nomme ſouvent :
& *Petronius Priſcus : Iulius Albinus ;*
parcequ'ils ne ſont gueres uſitez.

Dans ces Noms doubles, il ne faut
pas joindre un Nom d'une terminaiſon
Françoiſe, avec un autre d'une terminaiſon Latine ; comme, *Petrone Priſcus,*
ny *Iules Albinus.*

2. Noms en *A*.

❋ Les Noms terminés en *a*, ne se changent gueres aux hommes. On dit en Latin & en François, *Sylla*, *Galba*, *Agrippa*, &c. Mais on dit *Seneque*, de *Seneca*.

Quant aux femmes, les Noms frequentés prennent la terminaison Françoise, comme, *Agrippine*, *Cleopatre* : Mais quand on les dit rarement, ils se prononcent comme en Latin, comme, *Livia*, *Poppea*, *Iulia*, *Octavia*, &c. Neanmoins, *Iulie* & *Octavie*, commencent à se dire.

3. Noms en *AS*.

Les Noms d'hommes, terminés en *as*, changent d'ordinaire l'*as* en *e* ; comme *Pythagore*, *Enée*, &c. de *Pythagoras*, *Æneas*, &c. Mais on dit, *Phidias*, *Epaminondas*, & non pas, *Phidie*, *Epaminonde*. *Mecenas* garde sa terminaison : mais les Poëtes disent d'ordinaire, *Mecene*. Les mots Hebreux ne se changent point non plus, *Iosias*, *Ananias*, &c.

Les Noms de femmes, terminés en *as*, gardent cette terminaison, *Olympias*, mere d'Alexandre ; & non pas, *Olympie*.

4. Noms en *E.*

Les Noms en *e*, qui font des Noms de femmes, fe prononcent quelquefois par *é* fermé, comme, *Daphné*, *Thisbé*, *Semelé*, &c. & quelquefois par *e* femi- nin, comme *Penelope*, *Eurydice*, &c.

5. Noms en *ER.*

Les Noms en *er*, prennent *re*, en Fran- çois, quand ils font fort connus, com- me, *Alexandre*, *Leandre*, d'*Alexander*, *Leander*. Mais fi on les dit rarement, ils gardent leur terminaifon, comme, *Alexander* fe dit d'un certain Gram- mairien.

6. Noms en *ES.*

Les Noms en *es*, fe prononcent ordi- nairement par *e* feminin, fans *s* ; com- me, *Demofthene*, *Ifocrate*, *Tyridate*, de *Demofthenes*, *Ifocrates*, *Tyridates*, &c. Mais il y a quantité de ces Noms Per- fiens, qui gardent *és*, comme, *Arfacés*, *M.nés*, &c. & quelques Noms Grecs, qui font rares, comme *Epimenés*, *Eume- nés*, &c. On dit *Xerxés* & *Artaxerxés*, en Profe, & *Artaxerxe*, en Vers. On dit auffi *Apellés*, en Profe, & *Apelle*, dans la Poëfie.

7. Noms en *IS.*

La plûpart des Noms en *is*, ne fe

changent point en François ; comme, *Adonis* : *Omphis*, Roy des Indes. *Sisygambis*, mere de Darius. *Thaleſtris*, Reine des Amazones. On dit *Martial*, pour le Poëte dont nous avons les Epigrammes, & *Martialis*, pour un certain dont parle Tacite.

8. Noms en *O*.

Les Noms terminés en *o*, prennent *on* en François, comme, *Ciceron*, *Varron*, *Strabon*, &c. de *Cicero*, *Varro*, *Strabo*, &c. Mais on dit *Labeo*, & non pas *Labeon*. Et pour les femmes, on dit *Didon*, du Latin *Dido* : & *Clio*, comme en Latin.

Dans les Noms doubles, il ne faut pas joindre une terminaison Françoise avec une terminaison Latine, comme nous avons déja remarqué. Ainſi on dira, *Marcus Varro* : *Acilius Strabo* : & non pas, *Marcus Varron* : *Acilius Strabon*. De même, *Marcus Tullius Cicero*, & non pas, *Marcus Tullius Ciceron*.

9. Noms en *OS*.

On dit *Nepos*, en François comme en Latin.

☞ Outre l'Uſage, nous avons quelques regles generales.

La premiere eſt que les Noms qui font

font fort uſités, font preſque tous Franciſés ; comme, *Virgile, Horace, Orphée, Ciceron,* &c.

La ſeconde eſt que les Poëtes franciſent beaucoup de Noms , pour la commodité de leurs Vers, comme, *Acheloys, Circe,* &c.

La troiſiéme, que quand il y a trois Noms Latins de ſuite, on garde toûjours la terminaiſon Latine , comme, *Marcus Tullius Cicero.*

I. Noms en *VS.*

Il y a un ſi grand nombre de Noms en *us,* qu'il eſt à propos de les diſtinguer par les Conſonnes ou par les Voyelles qui precedent cette terminaiſon : mais on peut ſuivre une regle generale pour les Noms de deux ſyllabes.

Les Noms de deux ſyllabes en *us,* ne changent point ordinairement leur terminaiſon, comme, *Phœbus, Probus, Ancus, Bacchus, Priſcus, Lydus, Rufus, Argus, Belus, Dolus,* dans Columelle : *Ollus* dans Martial : *Tullus, Cadmus, Firmus, Nonnus, Turnus, Irus, Cyrus, Porus, Craſſus, Crœſus, Pœtus, Vetus, Feſtus, Sextus, Vitus, Caius, Cneius, Seius,* &c.

Il faut excepter ces Noms-cy.

On dit *Marc,* en parlant du *Saint :* &

Cc

Marc-Aurele, en parlant de l'Empereur. M. de Balzac a dit aussi *Marc-
Varron*.

On dit *Gracchus* au singulier : *l'Orateur Gracchus*. Au plurier, on dit *les
Gracques*.

On dit *Bacque*, en parlant du Saint :
S. Bacque & S. Sierge.

On dit *Gallus*, en parlant d'un Romain : & *Gal*, en parlant du Saint,
l'Abbaye S. Gal.

On dit *Aulus*, estant seul ; mais avec
Gelle, on dit *Aulu-Gelle*, ou *Aule-Gelle*.
Le premier semble meilleur.

Il faut dire *Côme*, en parlant du Saint :
S. Côme & S. Damien. On dit *Cosme*,
en prononçant l's, si l'on parle des Italiens : *Cosme de Medicis.*

On dit *Crispus*, en Prose : & *Crispe*,
en Vers.

On dit *Phedrus*, & *Phedre*, en parlant
de l'Autheur des Fables. *Xanthus*, en
parlant de l'Historien. *Xanthe*, en parlant du fleuve.

On dit *Titus Manlius* ; *Titus Mevius*.
Mais on dit *Tite-Live* : & *l'Empereur
Tite*, ou *l'Empereur Titus*. Il vaut mieux
dire *Tite*, pour celuy à qui S. Paul
écrit.

On dit *Quintus*, non pas *Quinte* ; si
ce n'est en parlant de *Quinte-Curce.*
Deus, fait *Dieu.*

Terminaisons des Noms de plusieurs syllabes.

* BVS.

Les Noms terminés en *bus*, ne changent point ; comme *Agabus*, &c.

* CVS, & CHVS.

Les Noms terminés en *cus* ou *chus*,
gardent *us* ; comme, *Atticus*, *Inachus*,
&c. Mais on dit, *Andronique*, *Aristar-*
que, *Dicearque*, *Nearque*, *Plutarque*, *Ina-*
que, *Lysimaque*, *Thrasymaque.* On pourroit dire aussi en Prose, *Nearchus*, *Ina-*
chus, *Lysimachus*, *Thrasymachus.*

Didacus, fait *Diégue.*

Les Noms Teutoniques en *ricus*, prennent *ric* ou *ry*, en François. On dit
Alaric, *Athanaric*, *Childeric*, *Chilperic*,
Genseric, de *Alaricus*, *Athanaricus*, *Chil-*
dericus, *Chilpericus*, *Gensericus* : & *Amau-*
ry, *Emery*, *Gery*, *Henry*, *Merry*, de *Al-*
maricus, *Emericus*, *Gaugericus*, *Henricus*,
Medericus. On dit *Frederic* , & *Ferry* :
Theodoric, & *Thierry* : de *Federicus*, *Theo-*
doricus.

De *Ludovicus*, on dit *Loüis* : & *Cyricus* fait *Cyr.*

* DVS.

Il y en a de Latins & de Teutoniques. Des Latins, les uns gardent leur terminaison, comme, *Lepidus*, &c. les autres la changent en *e*, comme, *Encelade*, &c.

Des Teutoniques, ceux qui sont terminés en *undus*, sont *ond* en François, comme, *Emond, Raymond, Sirmond*, &c. de *Emundus*, &c.

Flodoardus fait *Floard.*

* FVS.

Parmy les Noms Latins, *Iosephus* fait *Ioseph.*

Les Teutoniques se changent pour la plûpart, en *oul*, qui se prononce *ou*; comme, *Arnoul, Marcoul, Raoul, Thioul*, &c. de *Arnulfus, Marculfus, Radulfus, Theodulfus*, &c. On dit neanmoins, *Theodulfe*, en parlant de l'Evêque d'Orleans ; & *Marculfe*, pour l'Auteur des Formules.

* GVS.

Lycurgus fait *Lycurgue.*

* LVS.

alus. Les Noms en *alus*, font *al* : *Cephale, Heliogabale, Tantale.*

elus, ou *ellus*. On dit, *Eutrapelus*, *Evangelus*, *Metellus*. M. d'Ablancourt a dit *Euméle*.

On dit *Marcellus*, en parlant du Romain : & *Marcel*, ou *Marceau*, en parlant du Saint. Il faut remarquer que l'usage est de dire, *l'Eglise S. Marcel*, & *le Chapitre S. Marcel* : & de dire au contraire, *le Fauxbourg S. Marceau*, *les Cordelieres S. Marceau*.

ilus, ou *illus* : & *ylus*, ou *yllus*. On dit *Zoïle*, *Pamphile*, &c. On dit de même, *Eschyle*, *Simyle*, *Micyle*. On dit aussi *Cyrille*.

olus. On dit *Eole*, d'*Æolus*.

On dit *Ferréolus*, pour le Prefet du Pretoire des Gaules : & *Fargeau*, en parlant du Saint. *Carolus* fait *Charles*.

ulus, ou *ullus*. On dit *Catulus*, *Paterculus*, *Proculus*. Mais on dit *Catulle*, *Tibulle*, *Marulle* ; de *Catullus*, &c. On dit *Tertullus*, & *Lucullus*, mieux que *Luculle*.

* MVS.

On dit *Didymus*, *Postumus*, &c. Mais on dit *Aristodeme*, *Chrysostome*, *Epicarme*, *Priame*, *Pyrame*, *Triptoleme*, &c. *Lygdamus*, en Prose, est meilleur que *Lygdame*.

On dit, *Valere Maxime* : *l'Empereur*

Maxime. Mais on dit *Fabius Maximus,* *Claudius Maximus.* En parlant du Saint, il faut dire, *S. Mefme.*

* N V S.

anus bref. On dit *Stephanus*, en parlant du Geographe : mais en parlant du Saint, on dit *Eftienne.* De *Sequanus*, on dit *Seine* : *l'Abbaye de S. Seine.*

anus long, fait *an* & *ain.* On dit *Trajan, Triftan, Séjan, Eridan, Ocean, Mantoüan, Colomban,* &c. Mais on dit *Germain, Sylvain, Alain, Lucain, Africain.* On dit *Vulcan,* en Vers, & dans un difcours relevé : & *Vulcain,* dans un difcours familier.

On dit *Pontanus, Montanus, Seranus, Claranus*; & non pas, *Pontan,* &c.

Cyprianus, Evêque de Carthage, fait *Cyprien* : & *Cyprianus*, Abbé en France, fait *Cyvran.*

Sigirannus fait *Siran* ; *l'Abbaye de S. Siran* (.& non pas *Cyran.*)

ianus fait *ien* & *ian* : comme, *Cyprien, Iulien,* &c. *Appian, Elian,* &c. *Mecianus* Jurifconfulte, fe dit ainfi en François : & non *Mecian,* ou *Mecien.*

enus. On dit *Siléne,* & non pas *Silenus.* Mais on dit *Avienus, Alphenus, Cédrenus, Iabolenus, Labienus, Paffienus.*

Galenus fait *Galien* : & *Babolenus* fait *Babolein*, Abbé.

Audoënus fait *Oüen*.

ernus. On dit *Maternus*, & non pas *Materne*. * *Paternus*, nom de Saint, fait *Patêr*, *Patier*, & *Pêr*.

inus. On dit *Albinus*, en parlant du Romain : *Crispinus*, *Sabinus*, *Geminus*, &c. & on dit *Antonin*, *Alcuin*, *S. Aubin*, *S. Augustin*, *Baudoüin*, *Capitolin*, *Constantin*, *S. Crespin*, *Favorin*, *Hardoüin*, *Saint Martin*, *S. Maturin*, *Photin*, *S. Plotin*, *S. Severin*, *Solin*, *Tarquin*.

Saturninus, nom de Saint, fait *Saturnin* & *Sernin*.

onus, unus. On dit *Atonus*, pere d'I-xion. *Neptunus* fait *Neptune*.

* PVS.

On dit *Chrysippe*, *Hegesippe*, *Lysippe*, *Menippe*, *Philippe* : mais on dit *Dexippus*.

* RVS.

arus. On dit *Dejotarus*, & non pas *Dejotar*. Mais on dit *Omer*, d'*Odomarus* ; & *Laumer*, de *Launomarus* ; & *Hincmar*, d'*Hincmârus*.

erus. On dit *Cerbere*. On dit aussi *Severe*, parlant de l'Empereur : mais *Severus*, en parlant du Poëte. De *Baldomerus*, l'usage a fait *Garmier*.

irus, & *yrus*. On dit *Tityre*, de *Tity-rus*.

orus. On dit *Apollodore*, *Athenodore*, *Heliodore*, *Isidore*, *Stesichore*, *Melidore*, & *Polydore*, que les Poëtes prononcent aussi par *or*, *Melidor*, *Polydor*.

On dit *Theodore* : mais *Theodorus*, nom de Saint, fait *Thierre* ; *saint Thierre*.

urus ne reçoit point de changement en Prose. *Palinurus*, &c.

* SVS.

sus ne change point. *Halesus*, &c.

* TVS.

atus bref, se change en *ate*. *Callistra-te*, *Cleostrate*, *Lysistrate*, *Philostrate*, *Pisis-trate*. Mais quand il est long, il con-serve sa terminaison, *Cicinnatus*, *Paca-tus*, *Russatus*, *Torquatus*, *Aratus*. Excepté *Donat* & *Optat*, & les noms des Saints, *saint Honorat*, en parlant de l'Evêque d'Arles : *saint Honoré*, en parlant de l'Evêque d'Amiens.

Amathus, nom de Ville, fait *Ama-thonte*.

antus. On dit *Rhadamante*, & *Timante*.

etus. On dit *Theodoret*, de *Theodore-tus*, qu'on a dit pour *Theodoritus*.

ertus. On dit *Mamertus*, en parlant de l'Auteur : & *Mamert*, en parlant du

Saint. On dit de même, *Albert*, ou *Au-bert*, d'*Albertus*.

itus, *ytus*. On dit *Coyte*, *Democrite*, *Epaphrodite*, *Heraclite*, *Hippolyte*, *Tacite*, *Theocrite*. Mais on dit *Avitus*, & faint *Vitus*.

intus, *yntus*. On dit *Hyacinthe*, d'*Hya-cinthus*. On dit indifferemment, *Cerin-thus*, & *Cerinthe*.

otus. On dit *Herodote* : mais on dira plûtôt *Polygnotus*, & *Theodotus*, que *Po-lygnote*, & *Theodote*.

utus. Il y a *Cornutus*, qui retient fa terminaifon.

* XVS.

Eudoxus fait *Eudoxe*. *Pollux* fe dit comme en Latin.

* AVS.

On prononce comme en Latin, *Am-phiaraüs*, *Archelaüs*, &c. Mais on dit *Agefilas*, *Ladiflas*, *Nicolas*, *Vinceflas*. On dit *Menelaüs*, en Profe, & *Menelas*, en Vers.

* ÆVS, & OEVS.

Ils font *ée* ordinairement. *Alcée*, *Al-phée*, *Ariftée*, *Typhée*, &c.

On dit *Annæus*, & non pas *Année*. *Matthæus* fait *Matthieu*.

Budé eft le veritable nom de ce grand

personnage ; mais parcequ'il se nommé en Latin *Budæus* , plusieurs disent *Budée*.

* E V̈ S.

Ils font aussi *ée. Astrée, Orphée,* &c.

* I V S.

bius. On dit *Fabius, Vibius, Talthybius.* Mais on dit *Eusebe, Polybe.*

cius. On dit *Iccius, Roscius, Lucius: Fabricius* & *Fabrice.*

chius. On dit *Bacchius, Eustochius, Hesychius, Eutychius.* Mais *Eustachius,* nom de Saint, fait *Eustache.*

dius. On dit *Palladius, Lampridius,* &c. gardant la terminaison : mais on dit *Ovide. Claudius* se dit de l'Empereur : & *Claude,* du Saint. *Ægidius* fait *Gilles.*

eius. Ateius, Petreius, Proculeius, Velleius, Vulteius, ne se changent point. Mais on dit *Apulée, Pompée.*

gius. On dit *Pelagius,* plûtôt que *Pelage. Sergius,* nom de Saint, fait *Sierge.*

lius. La terminaison ne se change point. *Asellius, Aurelius, Cornelius, Gellius, Vitellius,* &c. Mais on dit *Iule, Virgile, Manille.* On dit aussi *Corneille Tacite,* & *Aulu-Gelle.*

mius. On dit *Memmius,* & *Postumius.* Mais *Memmius,* nom de Saint, fait *Menge.*

nius. On dit *Afinius, Ennius, Sidonius, Apollonius, Licinius,* &c. Mais on dit *Aufone, Petrone, Pline.*

On dit *Antonius,* en parlant de l'Orateur : & *Antoine,* en parlant du Triumvir, & du Saint.

Licinius, nom de Saint, fait *Lezin.*

pius. On dit *Appius* : mais on dit *Eutrope, Procope.*

rius. On dit *Arius, Darius, Marius, Laberius, Neftorius, Honorius, Sertorius, Maffurius, Demetrius, Olymbrius.* Mais on dit *Tibere, Gregoire, Magloire,* faint *Lidoire.*

On dit *Berengarius* & *Berenger,* pour l'Archidiacre d'Angers : & *Berenger* feul pour le Roy d'Italie.

On dit *Macarius* & *Cæfarius* : fi ce n'eft lorfqu'ils font des noms de Saints; car alors on dit *Macaire* & *Cefaire.*

On dit *Valere* feul, & *Valere Maxime :* mais on dit *Valerius Flaccus,* & *Valerius Soranus.*

Defiderius, nom de Saint, fait *Didier.*

fius. On dit *Gervais, Protais,* de *Gervafius, Protafius. Theodofe,* de *Theodofius :* & *Theraife,* de *Therafia,* que l'on appelle mal *Therefia.* Mais on dit *Caffius,* & *Valefius.*

Dionysius, estant seul, fait *Denys* : le *Pere Denys* ; *Denys d'Halicarnasse* ; *Denys l'Areopagite*, &c. Mais on dit *Dionysius Heracleotes* ; *Dionysius Milesius*, &c.

tius. On dit *Eustathius*, *Gratius*, *Minautius*, *Titius*, &c. Mais on dit *Horace*, *Properce*, *Terence*, *Saluste*. *Pancratius*, nom de Saint, fait *Panchrais*.

vius. On dit *Mævius*, & *Livius Andronicus* : mais on dit *Tite-Live*.

* QVS.

On dit, sans changer en Prose, *Acheloüs*, *Alcinoüs*, *Antinoüs* : mais en Vers on dit *Achelois*, *Alcinois*, *Antin*. Pour *Eoüs*, il garde sa terminaison en Prose & en Vers.

2. Noms en *A.*

Les noms d'hommes, terminés en *a*, retiennent leur terminaison ; comme, *Agricola*, *Catilina*, *Galba*, *Geta*, *Dolabella*, *Nasica*, *Pansa*, &c. Mais on dit *Seneque*, *Columelle*, *Massinisse*.

Scevola est meilleur que *Scevole*, en parlant du Romain : mais on dit *Scevole de sainte Marthe*.

Mathusala Hebreu, se change en *Mathusalem*. Villon a mal dit *Mathusalé*, & le peuple encore plus mal, *Mathieu-Salé*.

Les

Les noms de femme changent, pour la plûpart, *a* en *e* feminin. *Cleopatre, Flore, Silvie,* &c. Mais ceux qui font moins ufités, retiennent *a. Leda, Terentia, Sempronia, Galla, Cadicia, Poppea: Phedra,* ou *Phedre.*

On dit maintenant *Iulie, Octavie, Livie, Lydie,* & *Cornelie.*

Ces noms de montagnes, *Etna, Ida, Oeta, Offa, Sina,* ne changent point. *Barbara* fait *Barbe :* & *Aurea* fait *Aure.*

On dit *Anastafe,* d'*Anastafia. Luce,* de *Lucia. Lucie,* de *Lucîa. Du bois de fainte Lucie. Cecile,* de *Cecilia. Valere,* de *Valeria.*

3. Noms en *as.*

Plufieurs des Noms terminez en *as,* prennent *e,* comme, *Pythagore, Enée, Amynte, Menalque,* &c. *Tobie, Malachie, Zacharie,* &c. Mais on dit *Agathias, Atlas, Bias, Calchas, Charondas, Damœtas, Epaminondas, Gorgias, Herodias, Hylas, Iolas, Lycidas, Lyfias, Matthias, Midas, Olympias, Pallas, Paufanias, Phidias, Phocas, Suidas, Thomas, Alexias, Apellas, Ariftéas, Demas, Dofiadas, Euphorbas, Eurylas, Euthias, Glaucias, Gyas, Hegefias, Hermias, Idas, Iofias, Ifmenias, Lyfanias, Mathanias, Midias, Mimas,*

Naas, Pelias, Philetas, Polydamas, Psecas,
Scopas, Theudas, Theodas.

On dit *Mecenas* & *Mecene*, en Prose
& en Vers. On dit de même, *Ananias*
& *Ananie. Anaxagoras* , & *Anaxagore.*
Athenagoras , & *Athenagore. Hermagoras*
& *Hermagore. Protagoras* , & *Protagore.*
Thraseas, & *Thrasée. Cyneas,* & en Vers
Cynée. Augias ou *Augeas*, en Prose, &
Augée en Vers. *Iudas* , en parlant du
Macabée , & de l'Iscariot : & *Iude* , en
parlant du Saint.

Lucas fait *Luc*, & *Sathanas, Sathan.*

4. Noms en *e.*

Les Noms d'hommes, qui se termi-
nent en *e,* sont Hebreux, & gardent *é.*
Ießé, Iosué, *Noé, Tharé* , &c. excepté
Osée, & non pas *Oséé.*

A l'égard des Noms de femmes, on
dit *Ariadne, Berenice, Eurydice , Calliope,*
Rhodope, Penelope, Clymene , Cyrene , Cy-
bele , Enone , Hecate , Hermione , Euterpe,
Iole , Hipsiphile , Mnemosyne , Terpsichore,
Timarete , Mariane , Madeleine.

Mais on dit *Achiroé, Callirhoé, Beroé,*
Acmé, Agavé, Agné, Anchialé, Chloé,
Cymodocé, Daphné, Dicé, Eurythoé, Leu-
conoé, Leucothoé, Pholoé, Thoé, Harpalicé,
Hebé, Pasiphaé, Phryné, Thisbé.

On dit *Circé*, en Profe , & *Circe*, auffi en Vers. On peut dire *Steropé*, & *Sterope*.

En Profe on dit *Semelé*, & *Semele* : mais en Vers toûjours *Semele*.

Melpomené, & *Melpomene*, en Profe, *Melpomene*, en Vers.

5. Noms en *er*.

On dit *Alcandre*, *Alexandre*, *Leandre*, *Meandre*, *Menandre*, *Nicandre*, *Onofandre*, *Terpandre*, *Meleagre*. Mais on dit *Antipater*, *Arbiter*, *Celer*, *Efther*, *Iupiter*, *Teucer* : & *Caffander*, pour éviter l'équivoque de *Caffandre* feminin , formé de *Caffandra*.

On dit *Philandre* : mais le Commentateur de Vitruve, eft appellé ordinairement *Philander*.

Alexandre fe dit d'autres que d'Alexandre le Grand ; comme , *Alexandre Pherée* : *Alexandre Aphrodisée* : *Alexandre Severe*, &c. Mais il faut dire *Alexander ab Alexandro*, & non pas *Alexandre ab Alexandro*, ny *Alexandre d'Alexandre*.

6. Noms en *es*.

On dit *Achille*, *Alcide*, *Ariftide*, *Ariftote* (au lieu d'*Ariftotle*, ou *Ariftotele*.) *Callicrate*, *Diogene*, *Euphrate*, *Hercule*,

Hermogene, Herode, Hippocrate, Isocrate, Socrate, Themistocle, Thersite, Holoferne, Moyse.

Mais on dit *Eschinés, Cerés, Colotés, Epimenés, Evemerés, Gygés, Palés, Periclés, Simonidés, Thalés, Verrés.*

On dit *Carneadés,* & *Carneade.* *Apellés* en Prose, & *Apelle* aussi en Vers. *Callisthenés,* & *Callisthene : Epimenidés,* & *Epimenide : Miltiadés,* & *Miltiade : Palamedés,* & *Palamede.*

D'*Agnes, etis,* que les anciens disoient *Agne, es,* on a retenu *Agnés,* en François.

Quant aux noms barbares, on dit *Artaxerxe, Mithridate, Tyridate :* mais on dit *Ariziés, Manés, Menés, Xerxés.* On peut dire *Arsace* & *Arsacés.*

7. Noms en *is*.

Les Noms Grecs terminés en *is*, ne changent point en François, comme, *Adonis, Alcestis, Alexis, Amaryllis, Atalantis, Briseïs, Calaïs, Chloris, Coronis, Cypris, Doris, Isis, Iris, Laïs, Lycoris, Lysis, Memphis, Mœris, Naïs, Nemesis, Opis, Paris, Phalaris, Phyllis, Thaïs, Themis, Thetis, Zeuxis,* &c.

En Vers neanmoins on dit *Amaryllis,* & *Amarylle : Briseïs,* & *Briseïde.*

Adon, pour *Adonis* : *Chlore*, pour *Chloris* : & *Phalar*, pour *Phalaris*, font mal dits.

Aulis, *Chalcis*, *Eleufis*, *Elis*, font *Aulide*, *Aalcide*, *Eleufine*, *Elide*.

A l'égard des Noms Latins, on dit *Iuvenal*, *Pafcal*, *Martial* : Mais on dit *Martialis*, de celuy dont parle *Tacite*, à caufe qu'il n'eft pas connu. On dit *Noël*, de *Natalis*.

On dit *Apollinaris Sidonius*, ou *Sidonius Apollinaris* : mais en parlant du Saint, on dit *Apollinaire*.

On dit *Cerealis*, & *Vitalis*, en Profe : *Cereal* & *Vital*, en Vers : Mais en parlant des Saints, on dit toûjours, *faint Cereal*, *faint Vital*.

Les Noms barbares gardent toûjours *is* ; comme, *Apis*, *Amafis*, *Anacharfis*, *Ifis*, *Omphis*, *Ofiris*, *Parifatis*, *Semiramis*, *Syfigambis*, *Thaleftris*, *Thomiris*, *Toxaris*, &c.

Pour les Noms Teutoniques, on dit *Adelaïde*, & *Alis* par contraction. *Alpaïde*, *Eléonor*, *Aramburge*, *Eremburge*, *Vaubourg* : de *Adelaïs*, *Alpaïs*, *Alienoris*, *Aremburgis*, *Eremburgis*, *Valburgis*.

On dit *Aldegonde*, *Kunegonde*, *Radegonde*, & par contraction, *Ragonde* : de *Aldegundis*, &c.

On dit *Bathilde* & *Baudour : Brune-*
hault, Chlotilde, Menehoud, Mathilde &
Mahaut : Mechtilde : de *Bathildis, Bru-*
nechildis, Chlotildis, Manechildis, Mathil-
dis, Mechtildis.

On dit *Ansgarde, Hildegarde, Richarde;*
de *Ansgardis, Hildegardis, Ricardis.*

On dit *Gertrude, Hermantrude, Vaul-*
dru ; de *Gertrudis, Hirmentrudis, Valde-*
trudis. Et *Ersande, Orvande,* de *Ersen-*
dis, Orvandis.

En ys.

On dit *Atys, Cochlys, Tethys,* comme
en Grec. Il ne faut pas confondre *Te-*
thys Τηθὺς, avec *Thetis* Θέτις. *Tethys*
est femme de l'Ocean, selon la Fable;
& *Thetis* est femme de Pelée.

8. Noms en *o*, & *on*.

La plûpart des Noms d'hommes en
o, prennent *on*, en François, comme,
Agammemnon, Caton, Chilon, Cupidon,
Philon, Platon, Pluton, Scipion, Zenon. &c.

Ceux qui sont peu connus, retiennent
o, comme, *Dento, Gillo, Labeo, Latro,*
Sannio, &c.

Les Noms de Saints se disent à la
Françoise, comme, *S. Faron, S. Pantaleon*,
&c. Mais on dit *S. Bruno*. Pour l'Evêque d'Angers, on dit mieux aussi *Bruno*,

que *Brunon*, parcequ'on en parle rarement. On dit *Berno*, Fondateur de l'Ordre de Cluny.

Guido fait *Guy* ; *Hugo* fait *Hugues* : *Ivo* fait *Ives* ; *Odo* fait *Eudes* ; & *Odilo* fait *Odile* : mais il eſt à remarquer qu'on a dit auſſi *Guidus*, *Hugus*, *Ivus*, *Odus*, & *Odilus*.

Mr de Balzac a dit *Marc-Varron*, pour *Marcus-Varro*.

A l'égard des Noms feminins en *o*, ceux qui ſe declinent par *onis*, font *on*, en François : Les autres gardent *o*. Ainſi l'on dit *Iunon*, *Didon* ; de *Iuno*, *Dido*, *onis*. Mais il faut dire, *Calypſo*, *Calliſto*, *Clio*, *Clotho*, *Echo*, *Erato*, *Ino*, *Pitho*, *Sapho* ; de *Calypſo*, *ûs*, &c. Et non pas *Calypſon*, *Calliſton*, *Clion*, &c.
* Les Noms en *on*, ne reçoivent point de changement ; comme, *Amphion*, *Iaſon*, *Phaëton*, *Xenophon*, &c. qui ſont tous noms Grecs d'origine.

9. Noms en *os*.

Les Noms en *os*, ne changent point. *Nepos*, *Amos*, *Minos*, *Eros*, *Anteros*, *Phileros*, *Tros*, Roy de Troye. *Athos*, *Leſbos*, *Paros*, *Samos*, *Tenedos*, &c. Mais d'*Aglauros*, on dit *Aglaure*.

10. Autres Terminaisons plus rares,
& qui changent rarement.

Les Noms en *ab, ac, ad, ag, al, am, an,
ar, ars, ax, ath, & at,* ne changent point,
comme, *Achab*, *Isaac*, *Benadad*, *Abisag*,
Hannibal, *Adam*, *Titan*, *Cesar*, *Mars*,
Syphax, *Goliath*, *Mathat*, &c. On dit
aussi *Ajax*, quoyque Ronsard ait dit
Ajas, du Grec Α'ιας. De *Constans*, on
dit *l'Empereur Constant*.

Les Noms en *ech, ed, el, en, eph, ers,
eth, ens*, gardent leurs terminaisons,
comme, *Melchisedech, Ioëd, Daniel, Raphaël* ; mais on dit *Michel* : *Hymen, Ioseph, Camers, Elisabeth, Valens* Empereur:
mais on dit *Clement*.

Les Noms en *i, id, il, im, in, ix & yx,*
demeurent les mêmes en François. *Heli, David, Tanaquil, Eliacim, Caïn, Phœnix, Ceyx.* Mais de *Ioachim*, on dit *Ioachin* : & de *Beatrix*, on dit *Beatris*.

Les Noms en *ob, oc, och, og, ol, or, ops,
ors,* ne changent point, comme, *Iacob,
Iesboc, Enoch, Magog, Michol, Hector,
Cecrops, Mavors.* Mais d'*Amator*, on dit
S. Amatre : de *Myrops*, sainte *Myrope* :
de *Cyclops*, qui est plûtôt un Nom appellatif, on dit *Cyclope*.

Les Noms en *u*, *um* & *ur*, gardent leur terminaison, comme, *Esaü, Eusto-chium, Assur*.

Au reste, il est à remarquer que des Noms qui retiennent la terminaison La-tine, la plûpart ont le plurier sembla-ble au singulier, comme, *les Numa, les Epaminondas, les Antipater, les Memmius*, &c. Et d'autres ont une terminaison Françoise au plurier; comme, *les Grac-ques, les Lepides.*

Nous recevons aussi les Noms Latins des Auteurs étrangers modernes. Ainsi nous disons *Grotius, Heinsius, Vossius, Gronovius*: & non pas *Grot, Heins, Vosse, Gronove*. Nous disons aussi *Scaliger*, le pere; & *Scaliger*, le fils : ces deux grands hommes nous estant connus par leurs Livres Latins, où ils ont pris ce nom. Mais on dit *Gruter*, & non pas *Grute-rus.*

† Les Poëtes modernes disent *Brute*: & ce beau Vers de M. Corneille,

Il est des assassins, mais il n'est plus de Brutes.

semble avoir autorisé ce mot, qui est d'ailleurs fort choquant.

On dit maintenant *Livie, Octavie*; & même *Poppée*, au lieu de *Poppea.*

ARTICLE II.

Noms en *ian*, ou *ien*.

⁎ TOus les Noms Propres, & plusieurs Appellatifs, venans du Latin en *ia-nus*, se prononcent en François par *ien*, comme, *Tertullien*, *Quintilien*, *S. Cyprien*, *Diocletien*, *Domitien*, *Adrien*, *Iulien*, *Lucien*, *Maximilien*, *Salvien*, *Vespasien*, *Vlpien*, &c.

Titien Peintre : *Italien* : les *Pretoriens*.

Nous disons aussi *Chaldéen*, *Neméen*, *Lernéen*, &c.

Mais des Latins en *anus*, aprés une Consonne, se fait *an*, comme, *Trajan*, *Sejan*, *Tristan*, &c. de *Trajanus*, &c. ou *ain*, comme *Lucain*, &c.

On dit *Arien*, c'est à dire de la Secte d'*Arius*. Mais *Arrian*, Auteur Grec.

☞ On dit *Ammian Marcellin* ; *Appian Alexandrin* : *Elian*, *Oppian*, & *Severian*.

On dit *Claudian*, *Herodian*, & *Priscian*, ou mieux *Claudien*, *Herodien*, *Priscien*. M. de Balzac a dit *Iustinian* : mais on prononce neanmoins *Iustinien*.

Quelques-uns preferent, *l'Empereur Aurelian*, à *Aurelien*.

M. Colombel dit toûjours *le Senatus-consulte Macedonian.*

Mæcianus retient sa terminaison. *Le Iurisconsulte Mæcianus,* & non pas *Mæcian,* ny *Mæcien.*

Pour les Noms en *anus,* aprés une Consonne, voyés l'Article des Noms en * *NVS,* cy-devant.

※※※※※※※※※※※※※※※※

ARTICLE III.

D'autres Noms, à l'égard des Con-sonnes.

1. *Soûmission.*

❋ ON dit *soûmission,* comme *soûmettre.* Mais au Palais, on dit, *Faire les sub-missions au Greffe.*

2. *Cypre.*

❋ On dit *l'Isle de Chypre : la poudre de Chypre,* & non pas *de Cypre.*

☞ A l'égard de l'Isle, M. d'Ablancourt M. de Segrais, & plusieurs autres, avec tous les Geographes, disent *l'Isle de Cypre.* On ne doit pas blâmer nean-moins ceux qui disent *l'Isle de Chypre.*

3. *Gangraine.*

❋ On prononce *gangraine,* comme s'il y

avoit *cangraine.* Ainſi l'on prononce *va-
gabond*, comme *vacabond*, donnant au
g, le ſon du *c.* Et au contraire on prononce *ſecret*, *Claude*, comme *Segret*,
Glaude, donnant au *c*, le ſon du *g.*

☞ Il faut écrire & prononcer *gannif*, &
non pas *cannif* : *migraine*, & non pas
micraine. On prononce *Claude*, & non
pas *Glaude.*

4. *Arcenal*, *Arcenac.*

❀ *Arcenal*, eſt le plus uſité. Au plurier,
Arcenaux. L'Italien dit *Arcenale.* Pluſieurs diſent auſſi *Arcenac* : mais on ne
dit point *Arcenacs.* Qui eſt une marque
qu'*Arcenal* eſt le vray mot.

☞ Dans le diſcours familier, on dit plûtôt *Arſenac*, qu'*Arſenal.* Et M. de
Gomberville a même dit au plurier,
Arſenacs ; quoyque l'origine de ce mot
ſoit l'Italien *Arſenale.*

5. *Galand. Galant.*

❀ On dit, *un homme galant*, avec une *t.*
quand on parle *de la bonne grace*, *de
l'air de la Cour*, *de la civilité*, *& de la
gayeté.* De même, *une femme galante.*
Dans un autre ſens, on dit *galand*, &
galande, avec un *d*, auſſi bien qu'avec
un *t.*

6. *Temple.*

6. *Temple*, ou *Tempe.*

✳ On prononce *la temple de la teſte*, & non pas *la tempe*; quoyque ce mot vienne du Latin *tempus.*

7. *Vaillant*, pour *Valant.*

✳ De *Valoir*, l'analogie veut qu'on diſe *valant*, comme de *Vouloir*, *voulant*. Auſſi l'on dit *équivalant*. Mais l'uſage fait dire *vaillant*, dans cette façon de parler, *Il a cent mille écus vaillant.* Si neanmoins ce Participe eſt entre le Subſtantif & le nom de prix, on dit *valant*; comme, *Il a dix tableaux valans cent piſtoles.*

☞ Ainſi Coquillart a dit, *Il n'a que dix francs vaillant. Qui n'a pas vaillant une pomme.* On dit de même, *Il a en meubles, vaillant cent mille écus*, & non pas *valant*, comme M. de la Motte le Vayer veut qu'on diſe. On dit auſſi toûjours, *ſon vaillant.* Mais on dit bien, *Il a des meubles valans cent mille écus.*

8. *Fronde.*

✳ Quoyque ce mot vienne de *funda*, il faut toûjours prononcer *fronde*, & non pas *fonde.*

9. *Mercredy, Arbre, Marbre.*

✳ Le meilleur uſage eſt d'écrire & de prononcer *Mecredy* ſans *r.* Que ſi l'on

Ee

écrit *Mercredy*, il faut toûjours prononcer *Mecredy*.

On prononce *arbre* & *marbre*, & non
pas *abre*, *mabre*.

10. *Chaise*, *Chaire*.

✳ On dit *Vne Chaire de Droit*. *La Chaire d'un Predicateur*. *La Chaire de Saint
Pierre*. Mais on prononce *chaise*, en
parlant d'un siege pour s'asseoir, ou
d'une chaise à se faire porter en ville.
Vne chaise de paille. *Aller en chaise*.

11. *Pluriel*, ou *Plurier*.

✳ Venant du Latin *pluralis*, où il y a
une *l*, il la doit retenir en François,
Pluriel. Ce qui a trompé les Grammairiens, c'est que l'on dit *singulier* : mais
celuy-cy vient de *singularis*, où il y a
un *r*.

☞ Robert Estienne & Henry Estienne
ont dit *pluriel*, qui a esté fait de *pluria-
lis*, formé de l'ancien mot Latin *pluria*,
pour *plura* ; comme *substantiel*, de *sub-
stantia*.

On peut dire *pluriel*, & *plurier* ; mais
plurier est meilleur, & selon l'usage des
Grammairiens, qui doit prévaloir à l'é-
gard d'un mot Grammatical. *Plurier*
vient de *plurarius*, qu'on a dit au lieu
de *pluraris*, comme *singularius*, au lieu

de *singularis*. Et *pluraris* a esté dit pour *pluralis* ; comme *jugaris* , pour *jugalis*.

12. *Hampe.*

❋ On dit *la hampe d'une halebarde*, & non pas *la hante* ; quoyque plusieurs prononcent ainsi.

☞ Le veritable mot estoit *hante*, du Latin *ames*, Ablatif *amite* ; comme *sente*, de *semita*. Mais comme plusieurs des Anciens ont prononcé ce mot, conservant le son d'*m*, qui devant le *t*, emporte avec soy le *p* ; il est arrivé que l'on a dit *hampte*, d'où ôtant ensuite le *t*, on a fait *hampe*. On y a ajoûté *h*, comme dans *haut*, d'*altus*.

13. *Exemple.*

❋ On prononce *excepter*, *exciter* , &c. avec un *c*, parcequ'il y est : mais on doit prononcer *exemple* , donnant à *x*, le son de *gz*, & non pas de *cs*.

14. *Bizarre.*

❋ *Bizarre* est beaucoup meilleur que *bigearre*. Les Espagnols disent *bizarro* : mais ce mot signifie parmy eux *brave*, ou *galant*. Le mot de *bigearre*, vient de *bigarrer* ; & celuy-cy vient, selon quelques-uns, de *bis-variare*.

Ee ij

15. *Alte*, ou *halte*.

✸ Il faut dire, *faire alte*, & non *faire halte*, avec une aspiration. Ceux qui le veulent aspirer, disent que *halte* vient de l'Allemand *halten*, qui veut dire arrêter : ensorte que *faire halte*, c'est s'arrêter dans la marche. Les autres le derivent du Latin *altus*, c'est à dire *haut*, parceque, quand on fait alte, on tient les piques hautes, d'où est venu le proverbe, *Haut le bois*. Mais les premiers repliquent que d'*altus*, se fait *haut*, avec une aspiration ; & qu'ainsi du même *altus*, on feroit *halte*.

Sans avoir égard à ces etymologies, l'usage est de dire, *faire alte*, comme si l'on écrivoit *fair' alte*, par une apostrophe ; ce qui ne se fait jamais devant l'*h* aspirée.

16. Infinitifs en *er*, substantifiés.

✸ Les Infinitifs substantifiés se prononcent toûjours en *é*, sans faire sonner l'*r*, comme, *le boire & le manger* ; *le dîner*, *le souper* : *aprés le souper* : *aprés souper* : *pendant le souper*. *Le dîner est prêst*. On prononce & l'on écrit, *un demêlé*, & *un demêler*. Mais on dit toûjours, *le procedé*.

☞ On dit toûjours, *un demêlé* : on dit auffi, *un plaidoyé*, & non pas, *un plaidoyer.*

ARTICLE IV.

D'autres Noms, à l'égard des Voyelles.

1. *Veuve.*

❋ IL faut prononcer *veuve*, & non pas *vefve*, du mafculin *veuf.*

2. *Filleul*, & *fillol.*

❋ Il faut dire *filleul*, comme à la Cour; & non pas *fillol*, comme à la Ville.

3. *Floriſſant*, *fleuriſſant.*

❋ Dans le propre, on dit *fleurir*, *fleuriſſant*, *fleuriſſoit* : comme, *Vn arbre fleuriſſant.* Dans le figuré, on dit mieux, *floriſſant*, *floriſſoit* ; comme, *Vn Empire floriſſant. L'eloquence floriſſoit en ce temps.*

4. *Portrait.*

❋ Il faut dire *Portrait*, & non *Pourtrait.*

5. *On*, pour *o.*

❋ On ne dit plus *chouſe*, *arrouſer*, *foußé*, &c. mais *choſe*, *arroſer*, *foſſé.*

☞ On prononce, *choſe*, *portrait*, *porcelaine*, *profit*, *profil*, *arroſer*, *côtaux*, *maletôte*, *corvée*, *boëtte*, *colonne* ; & non pas

chouse, pourtraits, pourcelaine, prousit, prou-
fil, ny porfil, arrouser, coûtaux, maletoute,
courvée, bouëtte, coulonne.

On dit aussi, *froment, fromage, pomme,*
pommeau, Rome, lionne ; & non pas,
froument, froumage, roume, poumeau, Rou-
me, lioune. Quoyque M. de Balzac ait
écrit que toute la France prononce
Roume & *lioune ;* car il a pris toute la
Xaintonge, pour toute la France.

On dit *colombe,* & non pas *coulombe :*
mais on dit *Sainte Coulombe.* On dit
aussi *colombier* & *coulombier.*

On prononce *maltôtier,* & *maltoutier :*
poteaux, & *pouteaux : serpolet,* & *serpoulet:*
Bordeaux, & *Bourdeaux : Cologne,* & *Cou-*
logne : Pologne, & *Poulogne : concombre,* &
coucombre. Mais on dit mieux, *Cologne,*
Pologne, concombre. On prononce *Moïse,*
& *Mouïse.* Celuy-cy est meilleur dans le
discours familier. *Pentecôte,* & *Pentecoûte;*
mais le premier est mieux dit. *Noël,* &
Noüel.

Il faut dire, *Toulouse, Boulogne, Bou-*
lenois ; & non pas, *Tholose, Pologne, Bo-*
lenois. Croupion, & non pas *cropion. Four-*
my, & non *formy. Retourner,* & non *re-*
torner. Aujourd'huy, & non pas *aujor-*
d'huy. Moüelle, & non *moëlle. Pouliot,*

& non *poliot. Couvent*, & non pas *convent.* On dit *Loüise* ; mais il faut dire *Aloyse.*

6. *Août.*

✳ On prononce *Août*, comme s'il y avoit *Oût* ; & non pas *Août.*

☞ On dit aussi, *un Oûteron*, pour dire *un Moissonneur* ; & non pas *Aoûteron*, de quatre syllabes.

7. *Sarge. Marry.*

✳ Toute la Cour dit *sarge* ; & toute la Ville dit *serge.*

Il faut aussi dire *marry*, & non pas *merry.*

✝ Les gens de la Cour s'accordent maintenant avec les Bourgeois, & disent *serge.*

☞ *Serge* est meilleur que *sarge* ; & l'origine favorise cette prononciation, ce mot ayant esté fait de *serica.* L'ancien mot neanmoins estoit *sarge.* Les Italiens disent *sargia* ; & les Espagnols, *sarga.*

8. *Expedient*, & autres mots en *ent.*

✳ Les Noms terminés en *ent*, avec un *t* qui finit le mot, se prononce *ant* : comme, *expedient, ingredient, inconvenient, escient*, &c. mais on dit *Chré-*

tien, *moyen*, &c. avec l'*e*, parceque le mot ne finit pas en *t*.

9. *Demoiselle.*

✱ On dit maintenant, *Demoiselle*, & *Mademoiselle* : & non pas *Damoiselle*.

☞ Dans le Palais, les Advocats difent en plaidant, *Damoiselle*. *Ie plaide pour Damoiselle* ✱✱

10. *Herondelle.*

✱ On dit *herondelle*, ou *hirondelle*. Quelques-uns difent auffi *arondelle*.

✝ *Hirondelle* a gagné le deffus, & c'eft ainfi que tout le monde parle.

☞ Tous ceux qui parlent bien, difent *hirondelle*. Pour *herondelle*, il ne vaut rien. *Aronde* eft l'ancien mot, d'où l'on avoit fait *arondelle* : mais ces deux noms ne font plus en ufage.

11. *Compagnie.*

✱ Il faut dire *compagnie*, & non pas *compagnée* ; quoyque ce dernier foit tous les jours dans la bouche d'une quantité de gens qui font profeffion de bien parler.

12. *Seureté.*

✱ On dit *feureté*, de trois fyllabes ; comme *pureté* : Et jamais *feurté*, quoyqu'on dife *clarté*, *cherté*, *fierté*, &c.

13. *Thriacleur.*

❋ Il faut prononcer *Thriacleur,* qui vend de la Theriaque, ou qui paſſe pour Charlatan : & non pas *Theriacleur.*

☞ On diſoit, *du Thriacle,* ſelon Henry Eſtienne, pour la compoſition déguiſée que les Charlatans vendoient, & faiſoient paſſer pour la veritable Theriaque.

14. *Particularité.*

❋ Il faut dire *particularité,* & non pas *particuliarité;* comme le diſent pluſieurs, même à la Cour. Ainſi l'on dit *ſingularité,* & *pluralité.* Ces noms ne ſe forment pas des Adjectifs *particulier, ſingulier, pluriel:* mais des Latins *particularitas, ſingularitas, pluralitas,* qui ont eſté en uſage dans la baſſe Latinité.

15. *Iours caniculaires.*

❋ On dit *caniculaires,* ſelon l'uſage ; & non *caniculiers.* Des Noms Latins terminés en *aris,* on fait des Noms François en *ier;* comme, *ſingulier, regulier, ſeculier, particulier, écolier,* &c. qui viennent de *ſingularis,* &c. & d'autres en *aire,* comme, *ſalutaire, militaire, circulaire, auriculaire,* &c. de *ſalutaris,* &c. Mais nonobſtant cette double analogie, on dit ſeulement *caniculaires,* qui eſt

tellement de la Cour, qu'on n'y peut
souffrir *caniculiers.*

16. *Jumeau. Iumelle.*

✳ Nonobstant l'origine de ce mot qui
vient de *gemellus* ; on dit *jumeau*, pour
l'un des enfans d'une même portée : &
si c'est une fille, on l'appelle *jumelle.* On
dit aussi *une cerise jumelle.*

Mais pour le Signe du Zodiaque, il
faut prononcer *Gemeaux.*

17. *Confluent.*

✳ On dit *le confluent de deux rivieres*,
pour la jonction de deux fleuves : &
conflant, pour le nom propre des lieux
qui sont proche d'un endroit où une
riviere entre dans une autre. Au reste,
on dit *le confluent de deux rivieres*, au
singulier : & non pas, *les confluens de
deux rivieres.* On peut se servir du pluriel, si l'on parle de *tous les confluens
d'un Royaume.*

18. *Croyance. Creance.*

On prononce *croyance*, comme *creance.* Ce sont neanmoins deux choses differentes. Car *creance* signifie *credit*, *autorité* : & *croyance* signifie *opinion* ou *foy.*
Comme, *Avoir de la creance parmy le
peuple* : & *ce n'est pas ma croyance.*

19. *Arrhes. Airrhes.*

✝ *Airrhes* se dit dans le sens propre : *donner des airrhes au coche.* Et *arrhes,* dans le figuré. : *les arrhes du salut.* Il faut aussi remarquer que ces mots n'ont point de singulier.

20. Adverbes en *ement.*

✱ Les Adverbes qui viennent des Adjectifs en *é,* retiennent toûjours *é* fermé ; comme, *asseurément, aisément, aveuglément,* &c. d'*asseuré, aisé, aveuglé,* &c.

Les autres ont *e* feminin & bref; comme, *seurement, civilement, franchement,* &c. De même *extrêmement.* Mais l'usage en a fait quelques uns longs, contre la raison ; comme, *expressément, precisément, confusément, communément, commodément, conformément, profondément.*

✝ On prononce *ément,* quand l'Adjectif masculin a un *é* fermé à la fin : comme, *asseurément,* d'*asseuré,* &c.

On prononce de même, quand l'Adjectif a une *s,* à la fin ; comme, *expressément, precisément, confusément,* d'*exprés, precis, confus.*

Mais quand l'Adjectif masculin n'a ny *é,* ny *s,* à la fin, ou qu'il a un *e* feminin ou muet ; l'Adverbe a toû-

jours un *e* muet devant *ment* ; comme,
seurement, fortement, extrêmement, &c.

Il y a seulement trois ou quatre Adverbes qui ne suivent pas la regle,
comme, *communément, profondément, conformément*.

☞ Il faut dire, *extrêmement*, & non pas
extremément. De même *certainement*, &
non pas *certainément*, comme disent les
Angevins.

On dit au contraire, *profondément*, &
non pas *profondement*. Et M. de Girac
s'est trompé, en voulant reprendre M.
Costar, d'avoir dit *profondément*.

21. *De*, au commencement des mots.

✝ · Tous les mots composés de la syllabe *des*, & d'un mot qui commence par
une Voyelle, ont l'*e* muet ; comme,
*desarmer, desaccoûtumer, desesperer, desa-
greable, desavantage*. Car l's qui est aprés
de, se prononce comme si elle estoit
jointe à la Voyelle suivante : *De-sarmer,
de-saccoûtumer*, &c. A quoy il faut ajoûter *desormais*.

Tous les autres mots ont un *é* masculin, soit qu'ils viennent directement
du Latin, & presque sans nulle altera-
tion : comme, *débiliter, débiteur, décla-
rer,*

rer, *défendre*, &c. foit qu'ils viennent indirectement du Latin, ou qu'ils ayent une autre origine, comme, *débourfer*, *décadence*, *dégât*, &c. foit auffi qu'ils foient des Composés François, formés de la prepofition *dé*, & d'un Verbe fimple : comme, *déboucher*, *découdre*, *défaire*, &c. foit enfin qu'ils foient compofés de la prepofition *dé*, & d'un Verbe fimple inufité, renfermé dans un Composé de fignification contraire, comme, *débarraffer*, *décourager*, *détacher*, &c. qui font formés des Simples renfermés dans les Verbes, *embarraffer*, *encourager*, *attacher*, &c.

Il y a fort peu de mots exceptés : Par exemple, *devoir*, *demander*, *defirer*, *demeurer*, *devancer*, *deviner*, *devin*, *devenir*, *degoutter*, *debouter*, (en termes de Palais.)

☞ L'e eft feminin dans ces mots, *debat*, *debattre*, *decret*, *dedans*, *defaillance*, *defaillir*, *defaut*, *dégât*, *degré*, *demain*, *demanger*, *demy*, *denier*, *depuis*, *derechef*, *devaler*, *devant*, *devider*, *devis*, *devife*, *devifer*, &c.

22. *Re*, au commencement des mots.

✝ Quand les mots qui commencent par la prepofition *re*, fignifient une action

Ff

qui se fait une seconde fois, l'e est feminin : comme, *rebâtir, recoudre, refai-
re, remettre, reprendre, revoir,* &c. Et si
ces mots prennent une nouvelle signification, ils conservent leur prononciation. Ainsi on dit *remettre,* pour *mettre une seconde fois* ; & pour *pardonner,*
comme, *remettre un peché.* De même,
reprendre, pour *prendre une seconde fois,*
& pour *blâmer.*

Il faut excepter, *réformer, régenerer,
récapituler, réhabiliter, réiterer* : (dont
les Simples ne sont pas en usage, dans
la même signification que leur Composé.)

Il est vray qu'on prononce *rétablir,
réchaufer, réveiller, récrier, récrire, ré-
chaper* : mais il faut remarquer que ces
Verbes sont composés de la preposition *re,* & des Verbes *établir, échaufer,
éveiller, écrier, écrire, échaper.* Ce qui
paroît manifestement dans la différence
de ces deux Verbes, *rechaufer, réchaufer:*
dont l'un est composé de *re,* & de
chaufer ; & l'autre, de *re,* & *échaufer.*
On dit *rechaufer le four* : & *réchaufer
le courage des soldats* : *réchaufer dans le
lit.*

II. Lorsque la particule *re,* est pure-

ment Françoise, c'est à dire, que les
mots qui en sont composés, ne viennent point directement du Latin, l'*e* est
feminin. Cela paroît dans la plûpart des
mots qui marquent réïteration ; comme, *rebâtir, recoudre, remonter*, &c. &
dans une infinité d'autres, comme, *re-
brousser, rebuter, refuser, retirer*, &c.
mais on dit *rétraction de nerfs*.

III. Lorsque la particule *re*, vient du
Latin, c'est à dire, que les Verbes François qui en sont composés, sont tirés
directement du Latin, sans beaucoup
de changement, l'*é* est fermé ; comme,
réciter, réformer, réserver, résister, &c. de
recitare, reformare, reservare, resistere, &c.

Les mots derivés de ces Verbes, gardent la même prononciation ; comme,
récit, réforme, réserve, &c.

Il faut excepter *remettre*, & *reprendre*:
de *remittere*, & *reprehendere*, qui gardent
toûjours la prononciation des Verbes
tout François, *remettre*, & *reprendre*,
composés de *re*, & des Simples *mettre,
prendre*. Mais on prononce toûjours
rémission, & *réprehension*, des Latins *re-
missio*, & *reprehensio*.

Il faut encore excepter *rebelle, replet,
refuge* : de *rebellis, repletus, refugium* :

mais on dit, suivant la Regle, *rébellion,
répletion, réfugier.*

On prononce *réparer*, de *reparare*,
suivant la III. Regle : & *reparer*, composé de *parer*, suivant la I. & la II. Regle. Ainsi on dit, *réparer le temps* : &
c'est un gueux reparé.

* Si le Verbe qui vient du Latin, souffre un changement notable, l'*e* est feminin ; comme, *reluire, réconnoître, renaître, retenir,* &c. de *relucere, recognoscere, renasci, retinere,* &c. mais on dit
rétention.

IV. L'*e* de la particule *re,* est feminin,
dans tous les Composés d'un mot Simple, qui est en usage dans nôtre Langue : comme, *rebord, rebut, regain, remise, retraite,* &c. car on dit *bord ; but,
gain, mise, traite,* &c.

Il y faut ajoûter les mots dont le Simple n'est point en usage, mais qui sont composés dans leur premiere origine :
comme, *remede, repentir, repos,* &c.

* On prononce *République* : mais ce
mot vient de *Res-publica*, & n'est pas
composé de la preposition *re*, dont
nous parlons.

V. Les mots simples ont ordinairement un *é* fermé, *récent, récit, répit, ré-*

gal, *régiment*, &c. Il en faut excepter *Religion, Religieux, Regiſtre.*

ARTICLE V.

Autres Noms particuliers.

1. *Bétail*, *Beſtial.*

❋ IL ſemble que *bétail* eſt plus de la Ville & de la Cour : & que *beſtial* eſt plus dans l'uſage de la campagne.

☞ Je ſuis, dit M. Menage, de l'avis de M. de Vaugelas. Mais au plurier, on dit ſeulement, *beſtiaux.*

2. *Brelan.*

❋ On a toûjours prononcé *brelan*, quoy-qu'on ait écrit *berlan*. Mais aujour-d'huy pluſieurs prononcent & écrivent *brelan*. En effet on dit toûjours *brelan-der*, & non pas *berlander*.

3. *Courte-pointe.*

❋ L'Uſage veut qu'on prononce *courte-pointe*, pour *contre-pointe*, que l'on diſoit autrefois, à cauſe des points d'éguille dont ces ſortes de couvertures ſont pi-quées deſſus & deſſous : comme qui diroit, *point contre point*, ou *pointe contre pointe.*

4. *Fil-d'archal.*

✻ Il faut dire *fil-d'archal*, & non pas *fil-de-richar*. Le mot d'*archal*, vient d'*aurichalcum*.

5. *Ieux seculaires.*

† On dit *Ieux seculaires*, en parlant des Jeux qui se faisoient à la fin d'un siecle : & non pas *Ieux seculiers.*

Seculier ne se dit que dans le figuré, pour ce qui est opposé à l'Etat Ecclesiastique, ou Religieux : comme, *Prince seculier, habit seculier, divertissemens seculiers.*

6. *Bienfaiteur.*

✻ *Bienfaiteur* est le meilleur. *Bienfaicteur*, en prononçant le *c*, ne se dit point. *Bienfacteur* n'est pas approuvé des plus delicats. Ainsi l'on dit *malfaiteur*, & non pas *malfaicteur*, en prononçant le *c* : ny *malfacteur*.

† M. de Vaugelas & M. d'Ablancourt, disent *bienfaiteur*. M. de Voiture & M. Pelisson, disent *bien-faicteur*. M. de Balzac aime mieux *bienfacteur*. M. Maucroix dit tantôt *bienfaicteur*, & tantôt *bienfacteur*. Il n'y a rien de fixe, à cét égard, parmy nous. Pour moy, dit le P. Bouhours, j'avouë que *bienfacteur* me plaît d'avantage : mais je ne pre-

tens pas condamner *bienfaiteur*, ny *bien-faicteur*.

☞ *Bienfaicteur*, dit M. Menage, est aujourd'huy le plus en usage. M. de Vaugelas est pour *bienfaiteur* : & M. d'Ablancourt l'a suivy dans l'Epître Dedicatoire de son Lucien. Pour *bienfacteur*, il n'est gueres usité que par les Curez, qui disent dans leurs Prônes , *Priés-Dieu pour les bienfacteurs de cette Eglise.*

On dit *bienfaictrice* , & *malfaicteur* : ce qui ne confirme pas peu le mot de *bienfaicteur*.

F I N.

TABLE
DES TITRES, CHAPITRES,
ET PRINCIPAUX ARTICLES.

TABLE.

TABLE.

TABLE.

SECONDE PARTIE.

REMARQUES SUR LA GRAMMAIRE FRANÇOISE.

Chapi-

TABLE.

TABLE.

TABLE.

Gg ij

TABLE.

TABLE.

TABLE
DES MATIERES,
mises en ordre Alphabetique.

A

DES MATIERES.

TABLE

B

DES MATIERES
C

TABLE

TABLE

H.

DES MATIERES.

H

I

Hh

TABLE

TABLE

DES MATIERES.

TABLE

R

S

TABLE

DES MATIERES.

V

Y

att¼